南方周末记者文集
在这里，读懂中国

中国的心病

鄢烈山 著

南方周末 ZHONGGUO DE XINBING

U0942794

南方日报出版社
NANFANG DAILY PRESS

图书在版编目（CIP）数据

中国的心病 / 鄢烈山著 . -- 广州 : 南方日报出版社，
2011.11

ISBN 978-7-5491-0262-4

Ⅰ. ①中… Ⅱ. ①鄢… Ⅲ. ①时事评论—作品集—中国—当代
Ⅳ. ① I253

中国版本图书馆 CIP 数据核字（2011）第 220932 号

中国的心病 鄢烈山 著

出版发行：南方日报出版社
地 址：广州市广州大道中 289 号
电 话：020-83000502
经 销：全国新华书店
印 刷：河北环京美印刷有限公司
开 本：720mm × 1000mm 1/16
印 张：16.5
字 数：265 千字
版 次：2019 年 4 月第 1 版第 2 次印刷
定 价：30.00 元

《南方周末》记者文集
编辑委员会

总策划

王更辉　　黄　灿　　向　熹

主　编

陈明洋

编辑委员会成员

王更辉　　黄　灿　　向　熹　　陈明洋
毛　哲　　任小峰　　向　阳　　郭光东
邓　科　　朱　强　　吴志泉　　张　英

执行主编

张　英

目录 CONTENTS

第贰辑　公民与法律

第叁辑　常识与逻辑

第肆辑　道德与制度

第伍辑　良知与心病

GENERAL PREFACE

总序

你必须抚摸他们，他们是中国跳脱的心

陈明洋

我一直说，来《南方周末》的人，多少有点别有抱负。这些人，往大里说，胸怀理想，心忧天下，距稻粱之谋远，离家国情怀近，铁肩担道义，妙手著文章；往小里说，他们不过是说点真话，说点实话，不过是我手写我见，我口说我心，不过是在新闻这样一个岗位上，在中国特色的巨大转型中，尽一点新闻人应尽的职分而已。套用维特根斯坦对人最高评价的话"他还像个人"来说，就是：他们还像个新闻人。

我说过，真话在中国曾是——现在也许还是——稀缺的产出。"有可以不说的真话，但是绝不说假话"，在新闻共同体中大约遂成名句，原出自南方老报人黄文俞之口，被左方、江艺平等一代代《南方周末》掌门人以及《南方周末》人视为报训，接力传递，铭之于心，应之于手，《南方周末》一纸风行到现在已是第二十六个年头了，应该说，良有以也。坚守这一报训，不容易，需要一点执著，一点坚韧，甚至一点——照北京话说——浑不吝，当然，也需要一点技术含量。

我也一直说，《南方周末》和《南方周末》人，其关系是彼此成全的。《南方周末》被认为是中国新闻界一个不算低的平台，《南方周末》人则高人辈出（据说，有《南方周末》是"中国新闻界的黄埔军校"之说。幸耶？非耶？）。"不算低"滋养"高人"，"高人"成就"不算低"，彼此遭遇，相得益彰。

并非蝉，"居高声自远，非是借秋风"。成全《南方周末》、滋养《南方周末》

人的，是中国这个被视做新闻的天堂——民吾同胞，物吾与也。新闻天堂，意味着不时有“同胞”地狱准地狱，而“物”不吾与也；是“要识中国真面目”的巨大挑战和巨大诱惑——中国仍未走出李鸿章所说的“三千余年一大变局”……

而被成全被滋养的《南方周末》佼佼者，“高人”中的“高人”，就是《南方周末》的高级评论员、高级记者、高级编辑吧。

这里的“高级”，是《南方周末》内部职称的塔尖；这里的内部职称，只能算是“内部粮票”，跟“省票”、“国票”不同，行用于《南方周末》内部而已。“职称”虽“内部”，标识的也是职业段位；高级，则有标杆之义；标准，自是“《南方周末》牌”的。

六年前，我忝为《南方周末》内部职称的始作俑者，是期望为无意于管理岗位的采编人员打通一条业务上升通道的，乃至有为《南方周末》服务的终身评论员、终身记者、终身编辑，而进入管理岗位的则不在职称评聘之列；六年下来，《南方周末》的“高级”计有十二位：

高级评论员：鄢烈山、陈敏。

高级记者：郭国松、南香红、李海鹏、张立、章敬平、陈涛、庞瑞锋、张英。

高级编辑：朱力远、林楚方。

如果不出意外，今年产生的高级职称者还有：马莉、刘小磊、袁蕾。前此“高级”而离开《南方周末》——前面说过“高人辈出”，这里是另一种“辈出”，即出去了——的，是八位：郭国松、南香红、李海鹏、张立、陈涛、庞瑞锋、林楚方、章敬平；留在《南方周末》的，还有四位：鄢烈山、陈敏、朱力远、张英，其为《南方周末》而“终身”乎？其为新闻而“终身”乎？

写到这里，要借李叔同一用，“悲欣交集”，不为矫情！悲不说了——《南方周末》或不止《南方周末》一机构之小悲而已，这里要说的“欣”是：无论“终身”的，还是“辈出”的，他们仍以《南方周末》为荣，他们仍以《南方周末》为家，为娘家，为冤家，为情人，可资证明的是：当《南方周末》要出这套高级丛书时，他们慨然允诺，把在《南方周末》的作品结集。

我不敢妄说我认为“《南方周末》关切‘中国根目录问题’”，而他们是优异的身体力行者，我不想数说这些“‘高人’中的‘高人’”一个个地如何如何，我不能分说新闻如何易碎而南香红、李海鹏如何有“对抗时间的写作”，我也不用再说杂文如何被鲁迅期待速朽而写评论的鄢烈山、陈敏又三复斯言：因为他们自有作品在，而读者诸君，你们亦自有如炬目光在！

是为序。

2010年4月18日于陈留居

序 PREFACE

呈90度角前进的鄢烈山

杨锦麟

一个月前,《南方人物周刊》主编徐列捎来讯息，说受鄢烈山之托，想请我为其新著写个序言。徐列并转来鄢烈山的信函。鄢烈山在信函中写道：我想，杨锦麟先生如果肯给我写的话，那是再好不过的。一来名人中杨先生是令我和我的潜在读者所尊敬的人，二来杨先生“读报”其实也是时事评点，他的心与内地民意相通，对言论环境甘苦也是亲历，三则他对我也有所了解，在香港与他有一面之缘，曾蒙他赐宴。

烈山先生将我纳入所谓的“名人”，实在不敢当，其实也是徒有虚名而已。在电子媒体混饭吃的人,最应警惕的就是不可为虚名所累,但他对我的观察心得,我觉得是知音话语，能引起我的共鸣。

和烈山先生确有数面之缘。印象最深的是在香港的邂逅,那天大家谈兴甚浓,遂相约到庄士敦道的一家专事杭州本帮菜的酒家餐叙。席间，烈山先生话语不多，他更多时候是倾听，酒喝得不多，询问之下，才知道他并不善饮，也是这些年勤于笔耕，身体或有欠安，方有所节制，这一点自律和节制，显然就比我强。只是纳闷，不善饮的写作人，何以有如此洗练、泼辣的文字，精准的“点穴”话语究竟从何而来?

对笔耕为生的同行，我一向充满敬意和好感。毕竟，以我个人的经历和经验，即使勤于笔耕，文字工作者的日子也过得并不宽裕，三餐温饱之余，更多时候寻求的是一种精神层次的满足。或针砭时政，或苦心建言，或怒发冲冠，或匍匍行进。基于特定话语表达环境的规限,很少人是能坚持始终的。即使中途退出,改弦更张,也是情有可原。

能坚持始终,热爱手中那一把笔,那一迭稿纸,或者是狭小书桌上那一部代笔的电脑的,一定是执迷不悟的人。我想,我和鄢烈山应该都是这一种类型的人。

未识其人,先识其文。正式认识鄢烈山之前,我是在内地一些报刊杂志上逐步认识鄢烈山文字,领教和叹服其行文风格的。字里行间的老辣,字字珠玑的精准,每每拜读,总有回肠荡气,畅快淋漓,拍案叫绝之感。总以为,能写出这等精彩之人,非资深媒体从业、非阅历深厚者莫属。

却未曾料到,这一个“想当公民的杂文家”,和我岁数相若。1982年毕业于北师大中文系,曾做过农民、民办小学与中师函授教师、政府机关干部的经历,让我有一种油然而生的亲近感,因为我也有相似的阅历和人生轨迹,我们年龄相近,一个属龙,一个属蛇,凑成了一个“龙蛇混杂”的映像,希望不至引起读者诸君的负面观感。

有趣的是,烈山先生直至1986年才加入新闻界,弃仕途官场而不顾,卖文为生而不悔,并不是当下多数人的选择。无法深究其究竟,但也发现他自此之后一发而不可收拾,目前为南方报业传媒集团高级编辑的他,二十余年笔耕不辍,至今已出版杂文时评集17种,虽然他自谦“多为吞吞吐吐的言辞”,但这位时评家,却直言不讳其以“公民写作”自我定位,憧憬“我手写我心”的境界。

杂文家或者杂文写作,在过去的六十年间,曾有过一个众所周知的年代断层,人才凋谢、鸦雀无声的那一个断层,人们记忆犹新。

没有杂文随笔的时代,几乎可以断定是一个万马齐喑的时代。一个大时代的转型和变迁,若只是主流话语的喋喋不休、千篇一律,思想势必是苍白无力的,有感而发,顺手拈来,或指点江山,或激扬文字,或一挥而就,或洋洋洒洒,或斟酌字句,或低声吟唱,或引吭高歌,或小桥流水,或大江东去。

杂文或杂文界的兴衰起伏,是一个时代究竟有没有言路的观察坐标。我们当然也知道,很少有脱离大时代而天马行空的自由自在。写杂文的鄢烈山,和其他写评论、写杂文的同行一样,都知道戴着脚镣跳舞的不易,都知道裹足不前但仍要奋力前行的艰难,都知道很多时候脖子被使劲掐着还要大声疾呼的痛苦，只是诚如烈山先生所言：

人间总有一些基本的准则需要我们来申明来维护吧？总不能听任一些人颠倒是非、指鹿为马吧？宽容不应当成为同流合污或苟且偷安的借口。

作为时评家或杂文家，烈山先生的新闻触觉是敏锐的，往往见人所未见，文风明快，出手极快，他说，期待读者能从他的著作中，“对我们习焉不察的观念重新审视，有一种发现的快乐”。以我的经验而言，确信多数读者都能在阅读过程中获得这样的快感。

台湾“中国时报”记者彭蕙仙 2007 年间曾有感而发：

如果这个世界只有疯狂的政治人物或者政客，我们只会无聊但不会无耻；我们只会苦恼但不会苦闷。单调形成了道德问题，甚至把权力斗争化妆为族群对抗，那通常要有文化人加入战场，文化人良知的堕落是整个社会堕落的重力加速度；政客都需要文化人与知识分子协同作战，那是帮助他更快打倒敌人的利器。

鄢烈山显然不会是那些趋炎附势的帮闲，无数像鄢烈山这样的杂文家、时评家，都让我们更深入地了解到，并不是所有文化人的良知都是那么容易堕落的。

博物学家威尔森（Edward O.Wilson）说，知识分子是与“当道”成 90 度前进的人。这说的不只是一种态度，更是一种责任。一个社会要有够多清醒并且时时保持批判精神的知识分子，这个社会才会有希望；如果敢说话的知识分子说的都是跟有权力者相同的语言，其他的知识分子不敢说不屑说也不想说，这个社会只有愈来愈往一个方向走，难有例外的，那通常是沉沦，一步一步走向毁灭；如果文化人对现象只能表达出实时的意见，不能沉淀出深远的反省，这个社会将永远不可能改进，只有一步一步被表面的情绪所淹没。

因为有像鄢烈山如此清醒而时时保持批判精神的知识分子，我们才不至于对社会失去最起码的信心。

我们中间的很多人，尤其是文字工作者，也许会有为五斗米折腰之时，或为稻粱谋而不能不或不得不迎合和迁就话语环境的约束和规限，但即使是“吞吞吐吐的言辞”，欲言又止的表述，却仍然不妨碍我们思想的自由驰骋，不妨碍我们在任何情境之下，力求挣脱味同嚼蜡的八股文风，力争写出言之有物、行之且远的上乘之作，鄢烈山的杂文、时评以及这一部时评集，就是这种奋力挣脱之后的上乘之作。

也许是巧合，为五斗米折腰的姿势，其实和呈 90 度角前进的姿势不谋而合。呈 90 度角前进，并不是怯弱的表现，而是一种坚持和执著。

是为序。

于 2009 年 9 月 30 日

一个月前，《南方人物周刊》主编徐列捎来讯息，说受鄢烈山之托，想请我为其新著写个序言。徐列并转来鄢烈山的信函。鄢烈山在信函中写道：我想，杨锦麟先生如果肯给我写的话，那是再好不过的。一来名人中杨先生是令我和我的潜在读者所尊敬的人，二来杨先生“读报”其实也是时事评点，他的心与内地民意相通，对言论环境甘苦也是亲历，三则他对我也有所了解，在香港与他有一面之缘，曾蒙他赐宴。烈山先生将我纳入所谓的“名人”，实在不敢当，其实也是徒有虚名而已。在电子媒体混饭吃的人，最应警惕的就是不可为虚名所累，但他对我的观察心得，我觉得是知音话语，能引起我的共鸣。和烈山先生确有数面之缘。印象最深的是在香港的邂逅，那天大家谈兴甚浓，遂相约到庄士敦道的一家专事杭州本帮菜酒家餐叙。席间，烈山先生话语不多，他更多时候是倾听，酒喝得不多，询问之下，才知道他并不善饮，也是这些年勤于笔耕，身体或有欠安，方有所节制，这一

第壹辑

资本与权利

痴人说梦

朋友们告诉我，上海《报刊文摘》1995 年 3 月 14 日摘登了某报的通讯，介绍河南“临颍县有这么一个村”：“与九十年代发达农村毫无二致，然而，稍事停留，便恍若隔世，似乎回到与眼前景物截然相反的六七十年代……早已被列入改革范围，有养懒之嫌的分配制度，在南街（村）却创造了这样的速度和经济效益：一九九一年村办企业产值突破一亿大关……一九九三年的最新统计数字是四亿。”

所谓“恍若隔世”的景象，学《毛选》、背“老三篇”、开“讲用会”、“斗私会”之类，我去年偶尔翻《河南画报》时，已经看过图文并茂的报道了。现在既然被颇有影响的某报加以传播，我倒来了认真对待它的兴致。

找来这篇题为《昨日的梦，今天的梦……》的通讯，我仔细拜读，越读越觉得是痴人说梦！

我一点也不怀疑报道提供的事实——当然是精心选择过的事实。南街村民享受的福利很多，“无论你有没有劳动能力，只要是南街人，就是一个年收入至少千元的村民”。这不稀奇。我们武汉城乡结合部的一些村按人头每月发一百元“工资”。一些村是这些年押（转让）土地有了大笔的钱，一些村是村办企业年产值过亿，或兼而有之。何况这个南街村有二十三个企业，包括中日合资企业，有全国最大的方便面生产基地，从经济实力上说搞这些福利是完全可能的。

稍有点科学头脑，略懂对比试验分析的人，都不至于把南街村的富裕归功于搞“六七十年代”的那一套。道理是明摆着的，唱《大海航行靠舵手》、学毛著、开“讲用会”、唱“样板戏”、办“学习班”这一套“法宝”，“文革”中大面积“实验”过，搞得很虔诚的地方定然会有不少气（包括南街村吧），因为它们中并没有出现一个这样的亿元村；如今，绝大多数村子不搞这一套了，却出了华西村、大邱庄等许多富裕村。排同求异，可见起决定作用的不可能是“恍若隔世”的那一套，而是十一届三中全会以来的路线，是市场取向。到珠江三角洲、长江三角洲去访一访，那成千上万富起来的村子靠的是什么？靠的是改革开放，是搞市场经济！

这个“梦”也提了提所谓“外圆内方与市场经济接轨”，无非是吃饭送礼、高薪聘用人才，仿佛这是不得已与外界发生的联系，而南街村内部真正致富的原因，如产品设计、经营决策、推销策略是怎么按市场机制运作的一概略而不述，却武断地下结论是“早已被（别处、社会）列入改革范围，有养懒之嫌的分配制度，在南街创造了这样的速度和效益”。这样的推论方法我们是很习惯了：想证明什么想鼓吹什么，都可以将经济成果拿来挂钩作证据。在那个“恍若隔世”的年代，一会儿是“批林批孔”促进了生产，一会儿是赛诗促进了……一会儿是“批邓”促进了……而一个先进单位的成绩可以归功于任何一个单项的经验总结！没有逻辑，不需要逻辑，只有宣传的需要。

一方水土养一方人，对南街村带头人的一些做法、说法只要不违法，谁也无权说三道四。但既然作为新闻（而且是正面介绍）加以传播了，我们就有义务予以评论。从理论上讲，村总支讲的什么“跨越小康，向共产主义迈进。一个具有高度精神文明和高度物质文明的共产主义的新南街正在中原大地崛起”，完全有悖马克思主义的基本精神。全社会（全世界）是商品经济、是市场经济，一村（一国）怎么实现共产主义？这个所谓“共产主义”只能是“大跃进”年代那个“楼上楼下、电灯电话”的所谓“共产主义”的新版。

在实践上，南街村的一些做法毫无疑义不符合现代文明准则，而带有“原始”的村社制度的痕迹或“左”的印记。比如，“让有过错的当事人站在台前，回答大家质问，接受批评，由长辈训斥，亲朋劝导，孩童羞骂，使这种场面生动激烈，当事人立马汗颜”。这显然是“六七十年代”批斗会的遗风，是对公民人格的不尊重。至于“有错误行为的人要穿上标志参加学习班的一种黄颜色背心，白天用人力车从窑场往建筑工地拉砖，晚上住在南街保留下来的一座破房子里，吃窝头菜汤”，是公然限制公民的人身自由。羁留一晚上，穿那种号衣我还是在一个劳改农场见过！还有“年轻人谈对象要首先向团支部汇报申请，经组织调查了解后方可进行；结婚亦如此……不得自定日期”。这种规矩也是对公民自由的粗暴干涉。乡规民约岂容与法律相抵触?

我想不透编者为什么会在显著版面推出这个通讯，而且经济角度的分析毫无新意，政治含量却不轻。这恐怕还是在于对“六七十年代”(主要是“文革”)那一套认识不深,仍存有幻想。这两年虽然提出了“主要是防‘左’”,但是“左”的那一套，在传媒中并没有成为“过街老鼠”，因而仍如“城狐社鼠”，敢于公然招摇，甚至神气得很。由此看来，“主要是防‘左’”，并非无的放矢。

附记

本文是我于1995年底加盟南方周末之前，在《南方周末》发表的三篇代表性作品之一。文中所称“某报”是《中国青年报》。只有《南方周末》才能“逆势”发表这样的批评文章。本文发表后，上世纪90年代初颇为得志的《中流》杂志(后来它因反对“三个代表”理论而停刊，那是另一回事),以“清华大学萧奇”的名字发表了长篇“调查报告”《学子南街行札记》,证明“禾苗生长靠雨露阳光,南街兴旺靠毛泽东思想”,并附录了本文做批判靶子。

2008年，这个所谓“红色亿元村”、集体化道路的样板、“毛主席共和国”，资不抵债、瞒着村民“改制”的真相，在一些杂志报纸相继曝光后，引起了广泛的热议。有人说，南街村的真相，“让人们看见一只狐假虎威的历史假老虎”；有人问，“南街村是谁的梦想?”我在2008年3月2日《南方都市报》发表《南街村是谁的教训?》指出：南街村神话的破灭，是全中国所有相信精神“永动机”(“精神原子弹”)神话的人们的又一个教训。

文章最后对那些真诚怀念改革开放前“毛泽东时代”的人们说：渴望公平正义、共同富裕没错，但过去的时光并不像有些人说的那么美好，变革现实的途径有多种选择，我们并非只能在承认现状与回到从前这二者之间选择一种。

拒绝金庸

我的理智和学养顽固地拒斥金庸（以及梁羽生、古龙之辈），一向无惑又无惭。有几位欣赏新武侠小说的文友曾极力向我推荐金庸、梁羽生，我也曾怀着“一无不知，君子所耻”的心理借来《鹿鼎记》、《射雕英雄传》，最终却只是帮儿子跑了一趟腿。我固执地认为，武侠先天就是一种头足倒置的怪物，无论什么文学天才用生花妙笔把一个用头走路的英雄或圣人写得活灵活现，我都根本无法接受。

然而，令我尴尬的是，我一向崇敬的北大却崇拜金庸！

“刚被聘为北大名誉教授的金庸第一次登台授课。数百名没能拿到入场券的学生抱着一丝侥幸守侯在办公楼前，一部分老师也只能望楼兴叹。”（1994 年 10 月 28 日《中国青年报》头版）据说，北大中文系教授严家炎先生盛赞金庸的武侠小说“带来了一场文学革命”。此誉可谓无以复加了！

当年“文学革命”的发起人之一、北大的教授胡适，曾对武侠小说不屑一顾，呸之曰“下流”。而今，“下流”变成了“上流”，诚所谓“三十年河东，三十年河西”。

鲁迅先生曾称赞“北大的校格”，赞赏北大“那向上的精神还是始终一贯，不见得弛懈”。(《我观北大》) 莫非崇拜武侠小说，正是北大从善如流、追求真知、唯真理马首是瞻的新表现？

感谢金庸先生，他清醒的表白解除了我的迷惑与尴尬。

在聘任仪式上，校方要求他作一番有关武侠小说的演讲，他表示，“在这著名的高等学府讲武侠似有欠庄严”，因而他只结合着他的武侠故事，讲演了一通中国历史。被聘为北大名誉教授，金先生并不想掩饰他的欢欣，他说：“从小就仰慕北大这个学府，今天终于成为北大的一分子。很高兴。”是啊，“岂不爱拥戴，颂歌盈耳神仙乐。”（陈毅诗句）既然北大要赠他名誉教授的名誉，这名誉一非行骗窃取，二非利用权位捞来，不得白不得。金先生虽然为此“沉浸而欢愉”，却并没有得意忘形，真的把写作通俗的武侠小说，当作一场什么“文学革命”！

那么，有金先生的支持，我且不管北大是在领导学术界的新潮流还是“欠庄严”，仍然坚持我的立场：武侠小说不是罪恶，萝卜青菜各有所爱，谁爱看谁就去看，我拒绝它们！

自评

所谓“拒绝金庸”当然是讲个人偏好，我根本就无权禁止别人喜欢；算是在一片赞美声中唱一点反调，特别是与北大名教授们唱一点反调。果然，金庸迷们生气了。严教授正经八百地写了《答〈拒绝金庸〉——兼论金庸小说的文学史地位》，《今日名流》主编童志刚兄则写了《且慢拒绝金庸》，我随后写了四篇文章“答金迷代表”，进一步阐述我“拒绝”的理由和“唱反调”的权利。“说大众则藐之”是我至今不改的文风。一是因为我好热闹，二是我认为“好杂文追求独到的见解，不避‘片面’之讥，因为它不想独占话语权而终结真理，只想激活人类的思维，其‘独见之处，即其精光不可磨灭者’”。

孩子，你怎么会这样想

据《服务导报》报道：日前，在南京电视台举办的首届“十大青春偶像”评选座谈会上，20 多名中小学生放言无忌。最令人啧啧称奇的是，有一位学生竟然提出，他最崇拜的是萨达姆。理由是，“全世界有许多国家怕美国，而萨达姆不怕，他有骨气”。

天哪，这并非痴人说梦，也不是无知的小流氓躺在某个角落胡侃，而是我们的经过挑选的学生在大众传媒上吐露心曲！萨达姆恐怕也没有料到，他在中国少年心中也这般伟大、光荣、正确！

孩子，你怎么会这样想？是受老师的影响，是受父兄的教诲，还是舆论导向的潜移默化？

孩子，你怎么能这样想呢？你的想法太稚气，太可怕了！

一个国家的政治、外交、军事举措，当还是不当，其大前提或者说评价的最高准则，并不在于其表现是怕或不怕美国，而在于对这个国家的人民怎样更有利或较少危害。

美国是怎样一个国家你我都很难作出恰当的判断。本世纪初，中国民主革命的先行者孙中山先生称美国是世界上“一最进步、最伟大、最富强”的国家，“今出而维护世界之和平，主张人道之正谊，不惜牺牲无数之性命金钱务期其目的之达者，此美利坚民族之发扬光大，亦民族主义之发扬光大也。”（《手写本三民主义》）二战期间，美国对反德意日法西斯的历史贡献勿需多说，但是我们忘不了美国支持蒋介石打内战，忘不了朝鲜战争、越南战争中的美国。虽然美国仍在给中国“最惠国待遇”，我不得以敌国视之，虽然中越、美越关系已今非昔比，但历史的投影没经过几代人是不会消失的。何况美国并不讳言其决策的前提是符合美国的利益，包括今日的援助俄国，当时的出兵索马里制止内战，在前南斯拉夫对人民进行人道主义救援，我们却不能以动机不纯一笔抹煞其正义性和对国际社会的贡献，因为我们是动机与效果统一论者。其实，从如前所述的大前提出发，对美国的国际行为，包括美伊战争与对抗的道德评判，我们完全可以先撇开不管。

衡量萨达姆的行为是否值得肯定，从伊拉克的国家和民族利益出发，就应当看他定的国策是否有利于伊拉克人民。作为领袖人物的萨达姆个人，他当然“不怕美国”：打起仗来他最安全，有足够的隐蔽处，可以每天换几个地方。而老百姓呢——幸好多国部队尽量避免轰炸平民，但也难免有人被误炸，前线士兵的生命危险就更甭说了，已有数十万人伤亡在战场。战后，受经济制裁，忍饥挨饿、缺医少药的灾难由谁承受，是萨达姆吗？不是。他当然不怕。但伊拉克的老百姓、士兵“怕”，临战前有逃往土耳其的，战场上更是纷纷当逃兵——据新华社记者李义昌 1993 年 4 月 8 日从巴格达报道，近 10 多天就有 16000 多名逃兵，在政府颁布特赦令后从湖区藏身的芦苇荡里走出来“投诚”——评论国际事务不是我们的目的，我们只是在讨论观念问题，因此，我们何必直接讨论萨达姆与伊拉克？不妨来谈中国的人和事，道理是一样的。

对于那些高谈“主义”（爱国主义、英雄主义、民族主义等等）的人，我们先要看看他们怎样对待民生而且他们是怎样在“生（活）”。“三年自然灾害时期”，中国哀鸿遍野，仅河南信阳地区就有近百万人饿死。可是彭德怀为民请命却被指控是参加“帝修反的反华大合唱”。那些“有骨气”的敢于不顾“帝修反”的“诅咒”而坚持“三面红旗”的英雄们，与老百姓们同甘共苦了吗？当河南人民饿得头昏眼花一个接一个倒毙时，河南却有人用民脂民膏为中央领导在黄河边造豪华的园林型别墅群。“文革”期间，国民经济到了崩溃的边缘，人民苦不堪言，却在发生唐山大地震时也拒绝国际救援，而那些高喊革命口号的左派林彪、“四人帮”一伙人，却过着王公贵族般的豪奢的生活。据《武汉晚报》披露，“文革”时期在湖北咸宁建造的什么“江南总指挥部”，地下有“三防区”（防原子冲击波、毒气和激光武器），地面“特一号”居室的格局跟中南海的一样大，总共耗资 1.3 亿，跟建武汉长江大桥的 1.4 亿相差无几。如果我们相信“宁要社会主义的草，不要资本主义的苗”之类大义凛然的信条或训示，岂不真是“被人卖了还帮他数钱”？！

我们首先是人，要吃饭穿衣的人，生存是第一位的。1943年至1944年春，日寇侵入河南时，河南不少老百姓为日军带路，甚至帮日本人解除中国军队的武装——河南战役中约有5万中国士兵被同胞缴械。为什么？河南连年灾荒，“国军”和政府仍对民众敲骨吸髓地压榨，而鬼子到河南却发放军粮收买人心。你可以骂那些帮日本人的老百姓不爱国，是汉奸；但如果你面临着宁肯饿死做中国鬼，还是不饿死做亡国奴的选择，你怎样决定呢？我跟刘震云一样，选择后者。人，就是人，本不是为什么名分活着的，一切名、义都本来应是为了让人们活得更好。爱国的前提是这个国家把人民当人。

民生高于一切，这种人本主义的思想虽然在中国从来不曾占正统地位，但也是“古已有之”的。孟子早就讲过，“民为贵、社稷次之”。说曹操讲过“宁可我负天下人，不可天下人负我”，那是小说家言，不足凭信，但他确实提出过“天地间，人为贵”的思想（《魏武帝集》乐府诗《度关山》）。唐朝安史之乱时，张巡困守睢阳，因被围久，初杀战马，继而杀老弱妇幼3万余口为军粮，他把爱妾也奉献出来供食，待城破之日，遗民仅400人。他对朝廷自然是大忠臣、大功臣，图悬凌烟阁，立祠享祭。但是这样的烈士为人性未泯的士大夫所不齿，以致《池北偶谈》载千年之后张巡其妾报冤事，《抚青杂志》有张巡显灵自辩云云，“足证人心之所同”（《随园文选》之《张巡杀妾论》）。明朝的“异端”思想家李贽曾从“社者，所以安民也；稷者，所以养民也”的大前提出发，称赞五代时历事四姓十二君的冯道和三国时劝刘禅开城投降曹魏的谯周。他们不把一姓一主的荣辱放在至上的地位，而是避免让百姓万民无谓地受锋镝之灾（《藏书》卷六十八），这才是真有良心和头脑！时至今日，我们需要继承和发展的价值观念和伦理传统，难道不应是这种人本主义的思想，而是与此相反的东西吗？

啊，孩子，你应该明白萨达姆的“不怕美国”，对他个人的权位来说是别无选择，而事实上，他的“不怕”只不过是嘴硬。不论是接受停战的条件，还是关于在伊拉克南部设立禁飞区的争端，抑或是关于检查核设施的冲突，最后都以萨达姆屈服告终。而就为了他逞英雄喊几声“不怕”，伊拉克人民付出了惨重的代价。

孩子，你的英雄主义气概是很宝贵的，可得当心不要用错了地方。中国的老百姓再也不想用鲜血为任何人的英雄形象涂底色了!

自赞

这是我的一篇得意之作，也是迄今网上转载不绝的篇章，虽然发表在进入《南方周末》之前，而且是杂文，但还是要选在这里。

据2009年8月22日《新快报》报道,《中国不高兴》作者之一“王小东做客南国书香节开讲”,他说:“(《中国不高兴》)这书主要是民间、年轻人叫好的多。……具体来讲,(19)70年以前出生的知识分子，大多数会(对本书)不高兴;但是年轻人大多数会高兴。造成这种差别的有历史原因，过去那几代知识分子有一种怨恨吧，年轻一代没有这种怨恨……”

这话说得实在，发人深省。我们这些1970年以前出生的人，在“打倒帝修反”的歌声中长大，应该最反美仇日了，为什么反而不相信王小东们的话呢?他们怨恨什么?显然，是怨恨被“解放全世界四分之三生活在水深火热之中劳苦大众”的宣传忽悠了。如今的年轻人听得进《中国不高兴》怨恨美日的话，赞成中国领导世界，这是为什么?是好事吗?

年轻，头脑简单这是基本事实。我当年也曾热泪盈眶地站在长安街上接受检阅，声嘶力竭高喊“万岁”。“孩子”、童子军、红卫兵、红小兵，有热血也容易轻信、受蛊惑。

这篇文章，显然文不对题。并没有解答“孩子怎么会这样想?”对其答案，开篇就以疑问句式给出了多个选项:老师的影响、父兄的教诲、舆论导向的潜移默化。既然是电视台挑选学生搞的活动,并经审查播出，将萨达姆作为“青春偶像”就不再是那些孩子们的个人偏好了。

本文要表述的基本立场其实是:孩子，你怎么能这样想!基本价值观是人本主义，是社稷为安养人民而存在这个“爱国的前提”，针对的是为反美而反美的所谓“英雄主义”，而基本情感则是出于对萨达姆这类专制暴君惑民误国以固位的憎恨。

似在对“孩子”讲话，实是对大众讲话；对“孩子”的心灵被扭曲表示惊诧和忧惧，希望我们的成人不要再贻害下一代。表达这个唱反调的主题，不仅要调动所有的知识积累，选取有说服力的论据，而且特别要掌握好政治分寸。尽管如此，还是被写《中国还是可以说“不”》的那几个小子据以指控为“汉奸”、“卖国贼”；好在官方倒没有把我捉进牢里去。

18年过去了，当年的“孩子”如今已是走向社会的青年。这篇小文当然无力阻挡更多的“愤青”的涌现，但是它的存在仍是有价值的。

哀小丹

小丹，学名李渊，贵阳市某中学初二的学生。1997 年 2 月 20 日午夜，趁父母不在家时，他喝“敌敌畏”了结了 14 岁的生命。

人们不难想象孩子临死前口吐白沫、浑身抽搐、满地打滚、肝肠寸断的情景，不难想象他的父母痛失爱子后撕心裂肺、天塌地陷般的痛楚——而我们的想象再凄惨，怎能及身受者的万分之一!

冬去春来，草木争荣，一个 14 岁的少年，却这样绝然弃世了。他有什么大不了的隐痛和无法解开的死结？请读一读《贵阳都市报，1997 年 2 月 28 日刊载的他的遗书吧：

敬爱（的）爸、妈：

我已不存在，请不要悲伤。我很对不起你们，请原谅。

我知道你们把我养这么大很辛苦。但是呢，我又没有报答过你们。我的成绩从来没好过，我也不知道为什么，我也不知道从什么时候起我有想死的念头，我曾经有过几次想死，但是我还是不愿意过早地死去，但是这一次，我已经彻底地绝望，并不是什么原因，而是我已感到，我是一个废物，样样不如别人。而且由于没有交成绩册和补课本，（老师）没有（让我）报到，也没有（发给我）课本。今天我们班上来了个新生，侯老师对他讲：“后面的同学基本上都是差生……”我想，我也被老师列入了差生行列吧，我也感到很绝望。下午，我去问老师，星期一交行不行（据同学说，李渊的假期作业有两道数学题没做，没有通过小组检查),老师说:“不行,今天不交星期一就不准上课。”我真的绝望了。

我也想过,我一死会给你们带来什么呢?有坏处、有好处,我一死,会给你们精神上加不少压力,好处是我一死,你们可以节约一大笔钱,你们可以不用愁我的开支,你们可以尽情地游玩,坐飞机、坐火车、坐轮船,而不用为我担心。我死了,也不要传开来,因为会带来别人所讲的闲话,使你们很不好。如果真的很想我,便给我写信,你们尽情地玩乐吧,你们也不要想不开,存折密码是1122(李渊得压岁钱的存折)。来生再见。

李渊(小丹)97.2.20 10:17

另加一句话,妈妈不要责怪爸爸,爸爸不要责怪妈妈。记住。

多么好的一个孩子,不是不想上进啊!多么懂事,临死还为父母想得那么周到!

这一次的挫折只是他寻死的引子,他早就不想窝窝囊囊被人轻贱地活着了。谁体察、体谅了孩子内心的压力和痛苦?周围的环境氛围总使他感到自卑,“废物,废物……”一个狞笑着的声音追索着他;从别人的轻蔑到自责,忧伤像磐石压在他的心头,每日每时碾过来碾过去,碾碎了他的心。他把自己当害虫给消灭了!

他临死祝福父母的是“你们尽情地玩乐吧”,多么稚气而真诚的话语。因为在他小小的心中,能尽情地玩乐是人生最难得、最幸运、最幸福的!难道游戏、玩乐不是孩子们天赋的权利吗?是谁给孩子们施加了这么大的精神压力?是谁违背人类的天性,剥夺了孩子们玩乐的乐趣?

我要控诉!可是,我不知道该控诉谁:我们小时候也是在搞“应试教育”,但是没有那么重的书包压弯我们的腰,甚至那么多书我们根本买不起;更没有那么多的作业做得天昏地暗,我们要放牛、打柴、割猪草,也没有那么多工夫浮沉题海……不也照样学好了功课吗?何况,在今天,上大学早已不是人生成功必须通过的独木桥——试看多少大老板都没有高文凭!为什么非要逼孩子们走“独木桥”不可?

我要呼吁！可是，已有不少有识之士大声疾呼过要面向未来改革教育，减轻学生负担，有多少效果呢？孩子们到底在为谁念书？那只把小丹们推向绝路的看不见的手，是谁在操纵？我问苍天，苍天无言；我问大地，大地不语。天覆地载间的各色人等，该对这样的惨剧负什么责？

我只有一个心愿：但愿小丹的死，不是仅仅在一长串历年枉死少年的名字上新添一个而已，但愿他的死会唤醒国人麻木的心，痛下决心革除教育领域害人误国的积弊。

自评

我曾发表过一篇短论《激情：杂文的生命泉》；时评不仅要有理性、冷静的观察和思想，也一样要有激情，对人的权利和命运关心，对这个社会的状态关心，对这个民族的利益关心，才会像梁启超那样“笔锋常带感情”。关注底层民众生存状态的小说家刘庆邦说：“我就是要感情用事！”有感情的文章才能与奉命文章、应景文章、写手文章区别开来。

“权力资本”

有人半开玩笑地说：有些事可以说（比如偶尔在特定场合讲几句荤笑话）不可干，有些事可干不可说（意为干的人大家视而不见，说破“皇帝没穿新衣”的人则可能遭祸）。这大约是不符合陶行知先生“知行合一”主张的吧？

且说在这届全国政协会议上，全国政协委员、中科院院士梁思礼先生在讨论政府工作报告时说：改革开放后，我国经济形势很好，但是一些预算外资金控制得不好，有些挪作他用了。应当给那些随意大量移动资金挪作他用的人治罪。现在有个词叫“权力资本”，一些人有了权，他可以利用手中的权力，把资金挪作他用，搞房地产、炒股票赚大钱。梁先生讲话中涉及的现象并不新鲜，几乎是人所共知的“秘密”，但他在郑重场合正式使用“权力资本”一词，却仍有惕然惊世的效果。

“文革”后期曾有一个“最最权威”的说法：“党内有一个资产阶级。”先不谈别的，这话本身就文理不通，什么党内有“阶级”，不像马列主义像梦呓，很可能是“矫诏”。但说从改革开放以来，有“权力资本”作祟，恐怕是不争的事实。从起初的“官倒”、“翻牌公司”，到如今大量地挪用公款炒股、炒房地产、乱收费乱罚款以设立数百万上千万元的“小金库”，乃至卖官鬻爵，这桩桩件件，不都是靠权力在“启动”、在运作吗？

有的是手握权柄的人，直接利用“权力资本”攫取私利，导致国有资产流失，比如本埠传媒当时披露的珠江造纸厂“庙穷方丈富”。有的则是“借鸡下蛋”、“借船出海”，利用权势者的“权力资本”牟取不义之财（包括那些冒用权势者的旗号招摇撞骗的诈骗犯，其所以能得逞也是因为权势确有所向披靡的威力，人们宁可信其真；不妨读一下《报刊文摘》1997 年 3 月 6 日的《一起发人深思的政治诈骗案》，一个流浪汉靠谎称高官外甥，就心想事成成了副师级军官、副专员，这不禁让我想起沙叶新80年代初挨批的剧作《假如我是真的》)。“权力资本”的“开发利用”在有些地方已经到了丧心病狂的地步。比如曾揭露的湖南省安全部门一要人，儿子仗着老子的势开窑子，老子去嫖娼；近例如，据《中国保险报》报道，安徽临泉县一些有权势的单位和自恃有背景的人，为了发财，竟抢着办起了28家电视台（站）。据说,这并非独此一家（地）的天下奇谈,可见“权力资本”抢占公共资源以攫取暴利的疯狂劲到了何种程度！

对于疯狂的“权力资本”的危害性，是不用多说的。其败坏党风、政风和民风，妨害社会主义市场经济秩序的建立，都是不言而喻的。其实，说“权力资本”还抬举了某些当事人：作为“资本”，即使如资本主义原始积累阶段，其形成虽然充满了血腥和罪恶，它毕竟主要用于社会再生产（以攫取更大的利润），有促进社会发展的一面，人们还可以作为社会进步的“代价”在一定程度上“认了”；而今，有些人利用权势攫取社会财富后，用于大吃大喝狂嫖滥赌满世界游乐，民脂民膏都填了那伙人的私壑,一点“资本”的影子都不见。这就教人特别不能容忍。

怎样遏止“权力资本”的肆虐？说起来，也是很明确的。正如著名经济学家吴敬琏（在《中国改革报》1997年1月16日上）所言：首先要从体制上挖权力寻租的基础，同时要扩大民主，加强对各级行政权力的监督。一定要把腐败的基础铲除，而铲除的根本途径是推进改革；否则反腐败就等于割韭菜。

问题在于怎么做。

自评

14年前发表这样一篇文章也是很刺激人的，不像现在人们这样说已经麻木了。所以要借全国“两会”期间的报道来立论，“放大”这个概念，使之成为众矢之的。

现在人们说“权贵资本主义”、“特殊利益集团”、“既得利益集团”也没有什么，因为这样的事例太多，比如“石首事件”后报道说在清理官员入股企业，比如有报道说有个公安局官员包住三家什么店的房间，长期“检阅”每个新来的“小姐”……

我不知道再怎么写了，好话已经说完，狠话说不出口。

道德“悬棺”

在我近年所读到的经济报道中，公有企业的“庙穷方丈富”现象，是一个非常突出的主题：一则表明了问题的严重性、普遍性；二则表明了社会舆论对公有资财被少数人鲸吞的强烈关注。显然，这不仅是一个经济问题，更是一个政治问题：被少数人折腾得破产、破败的企业的职工，生计发生了危机，本来就很难承受，但见少数负责人反在纵情享乐乃至暴富起来，尤其教人怨忿不平，值此际要人们上下共度“两个转变”的难关谈何容易？

有报道说，原安徽淮南蓄电池总厂厂长刘玉振不择手段，大肆贪污、侵占公款，把一个好端端的盈利企业蛀成“空壳”，亏损637万元；300多名愤怒的职工把他团团围住，逼他交出“本田”轿车的钥匙，并集体签名，要求罢免其厂长职务。而更多的情况是，对这样的一些混账“能人”没人敢撄逆鳞，或动不了他们。据《报刊文摘》1997年5月5日载，浙江竟有这样的怪事：临海丝厂厂长翟元一年多时间，把该厂的老本吃光，买“皇冠”，配“大哥大”，后不辞而别，遁往他乡，而他头上的“顶戴花翎”却纹丝未动。类似的“国有资产流失”个案真可谓罄竹难书。具体的情况虽然千差万别，但既是一种普遍现象，则肯定有某些共同的因素在起作用。

这些共同因素是什么呢？造成这种现象的关键性症结是什么呢？

据报道，有位经济学家发表高论说：厂长经理个人的道德境界在相当程度上决定着整个企业的生死兴衰。这位专家真有“理论勇气”，什么时候了还在闭着眼睛唱道德修养、道德自律的调调！以他得此结论的个案来讲，为什么不到两年河南泌阳县水泥厂换了12任厂长都没救？是12个人的道德品质都不怎么样？

那么，专挑些道德境界低的人当厂长又说明什么问题呢？岂不表明我们的道德评价机制先就出了毛病？为什么农民王义堂接手这家国企就能连年赢利数百万？他身先士卒，不挥霍公款，不吃“回扣”，不厂外办厂，是因为他道德境界比国家干部都高？根本不是这么回事。他是交了10万元抵押金当厂长的，厂子办垮了他的10万元本钱就打了水漂。他搞的是国有民营，企业兴衰与他真正休戚相关，哪像我们许多国有企业干部不捞白不捞，把企业整垮了，别说拿家产折抵，连乌纱帽都可以不少一根纱！

长江三峡有一种叫“悬棺”的风景——陡峭的崖壁中，古人不知是怎样在上面凿洞厝棺的，颇费思量。现在，我们有些人总在不断地制造令人仰之弥玄的道德“悬棺”，让大伙越思越想越迷惘。古人的悬棺是有观赏与科研价值的，而今人的道德“悬棺”只会使人产生绝望之感。我们的先贤虽然讲“修齐治平”，推崇德治，可是他们忠实于生活感受，并不脱离实际作欺人的道德之论。比如，《易经》上就直言“利者，义之和也”；《墨子》一语中的指出“义者，利也”；《淮南子》更清醒地告诫人们“为义者必以取予明之”。离开了利益调整空讲道德境界也绝不是马列主义。

我想，要真正解决国有资产流失之类问题，现在非常需要破除道德或别的思想“悬棺”，重新讲点马克思主义的政治经济学基本理论，诸如经济基础决定上层建筑，经济基础即社会生产关系的总和，生产关系的调整（改革就是较大幅度的调整）无非是在所有制、人与人（特别是管理者与被管理者）之间的关系、分配原则与方式三大方面。在所有制方面，我们现行的“公有制”是否太容易被少数人据为己有？在人与人关系方面，广大的职工事实上有多少平等权利和参与机会？在分配原则方面，是按劳按资，还是按权按胆，或按别的什么？是这些问题，而不是什么道德境界之类，才是事情的症结所在。

自评

道德是要讲的，一个社会怎么能没有道德规范呢？但儒家提倡的“德治”却是治不了国的，所以两汉以来，中国都是“儒表法里”。但专制社会的“法”却是专门制服民众的“法”，不是今天讲“法律面前人人平等”的法治，更不是宪政框架下限制公权保障民权的法治。这些年主流媒体不提建设“法治国家”，也不提“以德治国”了，但在当时讲道德“悬棺”也算是唱反调，虽然只是拿一个学者来批。

“悬棺”这个意象是有意味的。

“市长经济”

这个词儿是我杜撰的。它既有别于计划经济，又显然不是市场经济，且与市场经济的原则存在相当尖锐的矛盾；如果在“计划”与“市场”两端之间连一条线，“市长经济”更靠近计划经济一端——君不闻，国企厂长经理表决心时往往豪气满天地说“（我们将）不找市长找市场”！但事实上，我们现在的经济在很大程度上可以说是“市长经济”，企业真要不找“市长（行政首长、行政机关）”，会有不少事很难办下来。

有人说：建立市场经济体系只是我们的目标，而且世界上也没有完全靠“看不见的手”操纵的“纯粹的”市场经济，正如著名经济学家萨缪尔森所说，当代发达国家都是“混合型经济”；在传统经济模式向市场经济过渡的历史阶段，我们出现“市长经济（行政调度、操纵下的经济）模式”是不可避免的、完全必要的。对于这一点，应该是没有异议的。正是基于这样的认识，我们接受了“菜篮子工程”等市场方面的市长负责制，接受了地方首长出面的直接对外和出境招商，接受了“开发区”作为市政府直属机关等非市场经济的作法。但是，我们应当看到，这只是在当前历史条件下不得已的作法，就像父母搀扶小儿学步，逐步让孩子自立自行，才是负责任的表现，总拽着孩子的家长是不明智的。

至于说，各级领导机关都要以经济建设为中心，这并不是搞“市长经济”的理由。以经济建设为中心，有一个如何“为”的问题。地方首脑和行政机关的主要任务，在于为经济建设创造一个良好的社会环境，提供社会秩序、经济秩序、道德文化氛围以及市政设施等公共产品，也就是所谓“领导就是服务”，而不应是家长式地指挥一切乃至包办一切。

还有一种理论，产生于前些年“开明专制”呼声甚高的时候，说是韩国、新加坡等所谓“四小龙”之所以能迎头赶上，靠的就是有开明的行政权力，自上而下地推行市场取向的改革。这种说法有那么一点道理但太肤浅。中国有中国的国情，政治方面不说，在经济体制方面哪个国家哪个地区有我们这样深重这样无所不在的计划经济（统制经济）印痕？不去有意识地淡化行政权力对经济生活的直接干预，反而有意无意地强化行政权力（行政利益？），不可能加速而只能阻碍市场经济体制的建立健全。

以上所说，并不是一个经院派的理论问题，而是当前中国的一个亟待正视并寻求解决的现实问题。为什么“政企分开”喊了这么多年，就是分不开？一些行政部门为了维护和扩大其既得利益，置经济建设的大局和民族根本利益于不顾，对企业的不当干预（所谓“三乱”）变本加厉。南京大学国际商学院的洪银兴分析中国目前的经济构架，指出我们的地方政府行为具有准企业性。政府的这个“准企业性”难道不是地方主义（中央政府政令不畅，全国统一的法令在某些地方执行受阻）、地方保护主义（充当制假贩假的保护伞即其一）猖獗的一个重要原因吗？

最近，世界银行中蒙局局长霍普撰文指出，对经济行为的过度干预给官僚主义者提供了“寻租”的机会（参见《中国改革报》1997 年 4 月 17 日）。丁品余在《经济日报》（1997 年 5 月 7 日）上撰文分析了“隐性经济与腐败”的关系及其危害。他指出，从经济体制上说，国有资产边界不清，使名义上的“全民”、“国有”，实际上被分散的各种主体占有、转移、分割；价格双轨制大量存在，使掌握人财物的实权人物和部门得以吞食价差利润、寻租、受贿、截留财政收入，出现滥行减免税、大量机关办公司实体、滥发奖金实物等问题。这种“隐性经济”中产生的大量腐败现象，已经严重地干扰了经济秩序，加剧了社会不公和社会心理不平衡，使社会和群众对舆论宣传产生不信任感。在我看来，“隐性经济”之所以愈演愈烈，是“市长经济”（即对经济行为的过度干预）长期存在并呈有增无减势头的必然结果。

要在中国确立社会主义市场经济体制，使中国的经济走上良性发展的康庄大道，我们必须清醒地认识到“市长经济”的弊病，逐步抛弃之，即使不能为此列出一个时间表，也绝不能把权宜之计当真经念。

自评

与此相近，我还批评过政府“经营城市”，说了白说也要说。中国在国际社会一直在谋求美国等国家承认中国是“市场经济国家”，这不仅是一个称号问题，面子问题。

昆明市委书记仇和搞的“招商引资为第一要务”，应该叫“书记经济”吧？所谓“市长经济”其实就是政府当老板的“国家资本主义”——“资本主义”在这里没有贬义。

对内开放

在这个尚以民族国家为最大最基本的利益单元的世界上，我们需要增强民族意识和“国家利益”观念。然而，民族意识与国家观念仅仅是对外而言的吗？我想，首先是对内而言的：我们的民族应该是一个整体，我们的国家不能是一盘散沙。只有这样，才有合力，才能充满活力地参与世界性竞争。

我不爱听那些半通不通的人写的不咸不淡的祖国“颂歌”。比如，有支歌唱道：我们都有一个家，名字叫中国，家里盘着两条龙——长江与黄河。什么叫“盘”着？奔流到海不复回的长江黄河是“盘着”的吗？一条龙在窗口探头探脑，标榜喜欢龙的叶公尚被吓得半死，家里盘着两条龙，那一家老小还怎么过日子？这些假大空的话实际是对民族自豪感的嘲弄。

用不着胡编，我们的祖国、我们的中华民族确实有许多值得我们引为骄傲的地方。比如，至少早在公元前200多年，中国就是一个书同文、车同轨的统一国家。那时候，英国法国在哪儿？还是一些彼此仇杀的茹毛饮血的部落。现在的一些发达国家，什么时候才形成了统一的民族国家？法国是在18世纪法国大革命之后，才实现全民族的统一，不再以对一个共同的国王的服从为基础，而是以制度的划一为基础。德国消灭封建诸侯割据，完成德意志民族的统一则更晚些。日本是在明治维新之后，才“奉还版籍”、“废藩置县”，产生了一个统一政令的中央政府。在这方面，我国的历史无疑是值得引以为荣的。

可是，现在我感到似乎有一种逆向发展的趋势。一方面，“与国际经济接轨”正在我国成为最时髦的口号，深圳经济特区在我国率先对外商实行“国民待遇”……一句话，中国对外开放的步伐正在加快，毫不自外于世界经济一体化的进程。另一方面，在国内，“诸侯经济”却有愈演愈烈之势。不久前，传媒披露了哈尔滨市宾县有关部门禁售外地（宾县之外）啤酒的做法。其实，这样做的并非独此一家。西北某郊县一读者是开杂货铺的，他打电话告诉我，他们那里只准卖本地出品的香烟。也不止是不大“开化”的县城里这么干，某大城市不是也曾制定措施排斥外省市生产的小汽车吗？国道上关卡林立，“要从此地过，留下买路财”，更是人们司空见惯的现象，一半像山大王，一半像封建割据的关税壁垒，还有查假、打假和司法方面的“地方保护主义”，等等，无疑，都是一种历史的倒退。这既是违背市场一体化世界潮流的，也是违反中国“大一统”传统的。

叫人搞不懂的是，一些人在对外开放方面似乎是想通了，竞相引进外资，给外商以种种优惠并不犹豫，为什么对自己的同胞反而设置种种障碍呢？说搞“地方保护主义”的人意在为本地群众谋福利，是说不通的。像宾县有关部门强迫本地人买质次价高的本地啤酒，分明是欺负治下老百姓嘛。

自评

所谓“改革开放”本是指对内改革，对外开放，而“对内开放”原是不言而喻的，事实却不是这样，所以有了本文“对内开放”的呼吁，其隐含的前提当然是内部分割。

这种现象至今没有大的改变。对内不开放主要表现在三个方面：一是城乡二元分割的户籍制度，甚至北京、上海等特权城市居然成了国中之国，特殊人才要在上海住满七年才能获得永久居民户口；二是诸侯经济，其标志是进入各地公路的收费站；三是不少行业对国有资本、海外资本开放，就是不让民企进入。

职业杀手

职业杀手是一种古老的职业。这种职业有公开、半公开、地下之分。公开的职业杀手又叫刽子手、刀斧手、行刑队。

看旧戏旧小说时,常见秉持生杀予夺大权者喝令将某人“推出午门（或辕门）斩首”，那执行者便是职业杀手。台湾历史小说家高阳曾生动描述过他们杀人的技能。这种人是杀人指令的完成者，本身无所谓善恶。这也符合“职业性”行为的本义。

所谓半公开的职业杀手,即权豪势要、野心家豢养的武士。平常是家将、家丁；有事则是刺客、杀手。古时候这样的杀手不乏忠义之士。比如，晋灵公派去刺杀相国赵盾的杀手，见到兢兢业业等候天明上朝的赵盾，退而叹曰：杀忠臣，弃君命，一样是罪过，遂触树而死。陈世美派家将韩琪去追杀秦香莲母子，韩琪不忍下手而自刎于三官殿。这两个杀手就很有良心，即使是奉命也不肯滥杀无辜。（这使我想起前几年在《××报》上读到一篇关于“胡风反革命集团”冤案的回忆文章。作者在文末声明自己无愧无怍，因为他整胡风们不过是忠实地执行上头的指示。此公何得大言不惭！他既不配言“忠”，违背了“功则归君、过则归己”的古训，也大不义，连韩琪都不如。）

所谓地下的职业杀手，就是那些谁拍出银子就为谁“干活”的江湖流氓，他们是不仁不义的冷血恶犬。

如今，职业杀手成了一个常用词，人们所指的“职业杀手”就是指第三种。他们或属于黑社会或某一带黑社会性质的犯罪团伙，或是独往独来的亡命之徒。

关于职业杀手的新闻接连不断。有被车间班长罚款，而请杀手报复的；有怀疑某人与其妻子关系暧昧，而雇杀手砍死被疑者全家的；有副职为了扫除升官的障碍，而请境外杀手谋害正职的；至于为了债务纠纷而请杀手绑架人质勒逼欠款的就更多了。现在，一些人互相威胁时，其杀手锏就是“老子花几个钱，叫你不得好死”。在“首善之区”流行的恐吓语“摆平你”、“灭了你”之类，使人隐隐闻到职业杀手将至的血腥味。

这是一股恐怖的气味，严重威胁着社会的正常秩序，威胁着人们的心理安全。如前所言，“替钱行道”的职业杀手是古已有之的，他们的出现并非市场经济的产物；但“杀手”而成为“职业”，而且“从业”者有越来越多的趋向，则显然是时下的一种社会怪现状。以“杀手”为“职业”者绝对是罪不容赦的，这些丧失了理性与良知的恶徒是人渣，非严加惩处不足以儆效尤。而我们更需要做的是铲除需求“职业杀手”的市场。

一些人为了点挑不上筷子的事儿，就恨不得把对方食肉寝皮，打得赢就动手，打不赢就请杀手，这种疯狂的病态的仇视人的心理是怎样养成的？与我们多年来大搞你死我活的“斗争哲学”，大批人道主义、温情主义是否有关？为了向上爬而不惜杀上司或同僚，肯定不是因为所觊觎的职位更能为人民服务。官位怎么有这么大的诱惑力，使一些人甘于铤而走险？而对于被有恃无恐的欠债人拖得丧失理智的债权人，他们采用绑架人质的下策，是否也有社会的一份责任？我们搞市场经济，怎能缺乏信用保障？

无论怎么说，采用恐怖手段杀人都是说不过去的；法外行刑的“杀手”根本就不应该成为一种“职业”。一个健全的社会要使人们免于恐惧，这是一种基本的生存保障。听任职业杀手孳长繁衍，乃至出现意大利那样黑道猖獗的“模式”，那将是每个正常的中国公民都不愿看到的。

自评

我编此书时，重庆正在刮“打黑风暴”，忽然想到文强之流，不正是双重“职业杀手”吗？刑警、特警在某种意义上是合法的职业杀手，黑帮分子是不穿制服的职业杀手。他们一旦职能合流即“警匪一家”，人民群众的麻烦就大了。

“波尔大哥”，永别了？

在热带雨林地区，严重威胁居民身家性命的有恶性疟疾和毒蛇猛兽等灾害。而对生于斯长于斯的柬埔寨人民，比这些自然灾祸更难以承受的是暴政——乌托邦光环笼罩下的暴政。

对柬埔寨近几十年的历史作出全面的描述和公正评价为时尚早。可以肯定的是：比起经济蓬勃发展的“东盟”诸国，柬埔寨大大地落伍了；而柬埔寨人民遭遇的劫难，相当大部分得“归功于”以波尔布特为首的“红色高棉”；以波尔布特被其追随者所唾弃为标志，乌托邦理想主义与恐怖主义纠结而成的红色“运动”，在柬埔寨无可挽回地破产了。

与希特勒的“国家社会主义”（纳粹）对全世界的祸害相比，波尔布特在柬埔寨实行的极端政策，只能算是在一个小国之内搞的乌托邦实验。在波氏乌托邦里，知识分子与商人是社会公敌，年岁稍长的人都是被改造者，土地公有，取消货币，没有通信自由，配给婚姻……然而在“消灭不平等、实现全体人民幸福”的口号下，乌托邦里的人民并没有什么平等、幸福可言，有的只是无休无止的猜疑与屠杀，有的只是日甚一日的饥饿与贫穷。1975 年红色高棉在金边执政后，4 年间仅有 700 万人口的柬埔寨被处决、拷打致死、饿死的多达 100 多万人。（“红色高棉”以“共产主义”名义推行的恐怖政策，参见《看世界》1997 年第九期发表的新华社资深记者杨木的报道。）

波尔布特这个独裁者，曾被部下称作“波尔大哥”或“头号大哥”；大权独揽后由“书记大叔”最后变成“最高组织”。谁敢反对他的意见，谁就要被无情清洗。正是因为残杀了红色高棉的“国防部长”宋成一家 15 口，又要暗算他的战友达莫将军等人，才激起了红色高棉内部的反叛，波尔布特终于“失道寡助”，被昔日战友判处终身监禁。

波尔布特在柬埔寨的丛林里失败了，但他所奉行的“主义”高于实践，一切服从“革命”，不顾基本国情，无视世界潮流，不惜扼杀生产力发展的教条主义思想，还没有在世界上彻底消失。在我看来，那些动辄祭起“姓社姓资”的法宝，反对改革开放所奉行的“主义”，就是这种意识形态的中国版。幸运的是他们不像大权在握时的波尔布特手中掌有镇压之权，中国共产党人已将高举邓小平理论伟大旗帜作为政治信念与最高准则载入了党章，因而中国人民无须忧虑遭受柬埔寨人民遭受过的灾难。

与丛林中的波尔布特不同，中国的“左”大哥们充分享受着中国改革开放带来的成果，享受着在邓小平理论指导下经济发展的富裕与从容。他们可以居华屋、出有车、食有鱼而炮制耸人听闻的高论。他们甚至不像波尔布特还得操心追随他的人的衣食，而可以像不当家不理财的阔少爷般夸夸其谈，不负责任地发泄其对现行政策不满的情绪。他们视他们心中的理论教条为万古不易的天条，至于什么实践标准、生产力标准、人民的愿望、群众的首创精神、“三个有利于”，在他们眼中统统不在话下。

稍有良知、尚未完全丧失理性的人都明白，中国向何处去——是在邓小平理论的指导下深化改革扩大开放，赢得中国的富强与进步，还是固守原有的模式，坚持阶级斗争为纲与“一大二公”，让中国堕入万劫不复的深渊——并不是什么理论问题，早已没有争论的必要，而是一个现实的课题，是如何实践的问题。

高调好唱饿难挨。事实证明，不改革开放，中国人就只有死路一条。正是在这样的意义上，人们从内心深处自然而然地接受了“发展才是硬道理”这个朴素而伟大的思想。任何“天条”都扼杀不了人民群众谋求现世生存的本能和追求人间幸福的愿望。

然而，这并不等于说我们从此就一劳永逸地消除了“左”的势力和影响，勿需再防止“左”。“左比右好”，至今仍是一些人的政治选择——讲出这种话的康生之流虽已臭不可闻，作为几十年的一条社会经验它却积淀在一些人的心灵深处，或隐或显地左右着人们的行为取向。从苏联30年代的农业集体化与“肃反”，到中国的“大跃进”和“文革”，再到“红色高棉”弥漫着血腥味的暴政，一个比一个更狂热更极端更残忍，未见得前事不忘，后事之师。我们切莫低估了极左思想顽强的表现欲。对于中国来说，“警惕右，但主要是防止‘左’”，这个谆谆告诫还须谨记不忘。

但愿到下个世纪中期，我们的后代回顾近50年的历史时，可以欣慰地说一声：永别了，“波尔大哥”！

附录并记

《燕赵都市报》丁东专栏评价说：

“鄢烈山的那篇《“波尔大哥”，永别了？》，竟成了国内填补新闻评论空白之作。波尔布特统治柬埔寨不到四年，使这个当时不足千万人口的国家非正常死亡人数以百万计。退守山林之后，他仍然剪除异己，直到最后众叛亲离。而这一切，又是在最革命的名义下进行的。剖析这个典型，对认识极左思潮的危害，颇具现实意义。意识到这一点的人很多，但当时公开发表评论的，却只有鄢烈山一个。”

诚如丁兄所言，我批波尔布特是批“极左”即极权主义，而不是一般的专制和“后极权”，文章的历史局限性不可避免，这与篇幅短小有关，也与发表文章时的“语境”有关。

工友们，谈判去！

1998 年 1 月 22 日本埠报纸刊载了一则很不起眼的“北京消息”：国家计委最近正式提出，今后国有企业工资改革的总体思路是在分配中推行“谈判工资制”。“据了解，这主要是指企业工资水平依据单位经济效益、劳动生产率和劳动市场供求情况，通过集体协商、谈判来确定。”

我想，毫无疑问，既然在国有企业里也将推行工资谈判制度（这里且不追问谁与谁谈判，谁代表劳动者集体），那么在资方（老板）与劳方（打工者）已经“阵线”分明的私有企业、外资企业、合资企业，现在就应建立和落实工资集体谈判制度。

在公有企业一统天下、实行 8 级工资制的计划经济时代，不存在集体谈判工资的问题。而今搞市场经济，资本与利润分享关系密切，构成生产关系与分配关系的各方都本能地追求自身利益最大化，如果在建立利益激励机制的同时不注重各方利益的协调，势必造成尖锐的劳资冲突或经营者（集体）与所有者（国家）利益的严重失衡。老板奴役打工者、克扣或拖欠工资，打工者以恐怖手段报复老板、毁灭工厂店堂，已经不是什么新闻了。如果不进一步建立、健全调整劳资关系的规章制度与法律，可以断言，劳资关系将日益恶化，社会生产的发展将受到严重阻碍。

从工业革命到本世纪初，资本主义国家的劳资冲突是很尖锐的，这在左拉、德莱塞等欧美作家的小说中有相当充分的表现。但时至今日，发达国家为缓和阶级冲突与劳资矛盾已采取了许多具有重大意义的改革。应当承认，这些国家为了社会稳定所立的保护劳动者利益的法令，有不少是值得我们借鉴的。

比如，美国国会1935年颁布了《全国劳工关系法令》，1959年又制定了规范工会活动章程的《劳工管理报告兼公布法令》。其中一项内容就是规定受管辖的一切雇主都必须与他的大多数雇员所指定的担任他们代表的工会，谈判工资、工作时间及其他工作条件。在这里,集体谈判遵循的是“团结就是力量”的信念，不然，个别劳动者向老板讨公道，后者可能睬都不睬。为了防止老板对工人“各个击破”,美国劳工关系法律还保障雇员们在少数服从多数原则的基础上采取“一致行动”，即可以使用罢工、抵制和设立纠察队阻挡被资方收买者上工的办法。

虽然在我们的有关法令中已有“集体谈判”的字眼，但迄今仍只是一种“提法”，甚至不为社会大众所知。对于我们的各类企业来说，首要的问题是用民主的办法建立真正代表雇员利益的有权威的依法行事的工会组织。在计划经济时代，工会作为党委领导下，比“行政”低半级的“群众团体”，搞点慰病吊丧之类“亲民”的事儿，也说得过去；如今，工会如果仍是管理者和所有者（老板）的附庸，那是决计行不通的。岂有靠工农运动起家，工人阶级的政党及其领导下的行政机关、管理部门与管理人员怕工会、怕工人的道理！

有位参与中外合资企业筹建过程的朋友告诉我，外方代表按照国际惯例提出的一些有利于工人的工资分配方案与福利措施，竟被我方代表否决了——他们认为中国工人好打发，可以根据“中国国情”，尽量节省劳动工资成本。这种事看起来很荒唐，倒也合乎当下的“逻辑”呢。

自评

这篇文章的文眼就一个词：“谈判”。到现在这个词都没人敢用，要说“协商”。咱中国人就好掩耳盗铃的把戏。鲁迅先生希望中国人不自欺，不知何时能做到。

顺应世界潮流

——戊戌变法百年祭感言

今年（1998年）是戊戌变法一百周年。

过去的一百年，中华民族面临千古未有之变局，所经历的沧桑巨变，比秦汉以来的两千年还要重大而深刻。在即将跨入新世纪的时刻，回顾近一百年来的风雨征程，我们总结出什么样的历史启示，对中华民族的存亡兴衰至为重要。

一八九八年：甲午中日之战宣告了“洋务运动”的失败与“中体西用”道路的破产。在寇深祸亟的危机面前，以康梁为首的志士仁人决心以强敌为师，“借镜西国以变神州旧法”。然而，以慈禧太后为首的满族贵族顽固派猜忌维新志士旨在“保中国不保大清（满族贵族一族之天下）”，竟然将中华民族变法图存的希望浸灭于血泊之中，“百日维新”被血腥镇压。谭嗣同在菜市口的刑场上慷慨授首时，除了“有心杀贼，无力回天”的一腔孤愤，支撑他不为刽子手的淫威稍慑精魂的，是他以热血唤醒国人变法图强的殷切期盼。

一九〇八年：“八国联军”的炮火已无情地毁灭了顽固派利用“民心”御敌而固守祖宗法度，依旧南面称尊的如意算盘，更加上庚子之变以来“排满”革命运动风起云涌的强大压力，清廷不得不颁布《钦定宪法大纲》、议院选举法要领等，“不用其人用其政”，允诺实行比康梁当年更“激进”的变法。

一九一八年：第一次世界大战结束，作为所谓“战胜国”的中国，在列强眼中不过是一个无足轻重的小伙计……

一九二八年：早已按捺不住鲸吞中国的狼子野心的日本强盗制造了“济南惨案”，制造了“皇姑屯事件”……

一九三八年：日寇大举进攻中国，台儿庄血战，花园口黄河决堤，古城长沙火光冲天……千百年来妄自尊大的“天朝”子民，在先行“开港”的蕞尔岛国来的“倭奴”铁蹄下呻吟。

一九四八年：中国人民解放军发起三大战役，粉碎了独夫民贼蒋介石悍然发动内战，以实现“一个主义、一个党、一个领袖”的黄粱美梦……

一九五八年：揪出了五十五万“右派”分子后的中国。似乎成了政治真空，可以无阻力地“超英赶美”，奔向共产主义天堂了，大办食堂，大炼钢铁，大放“卫星”；接下来，是哀鸿遍野，饿殍载道……

一九六八年：“文化大革命”如火如荼，“全国山河一片红”。并没有被废黜的国家元首刘少奇，此时被关押在何处呢？当他听到八届十二中全会正式给他加上“叛徒、内奸、工贼”的恶名时，想说些什么呢？无人知道，也鲜有人想知道……

一九七八年：中华民族将永远铭记这个具有特殊历史意义的年份，中共十一届三中全会的召开不仅标志着“文革”十年浩劫的结束，也标志着中国终于走出了百年迷途，开始踏上民族振兴、人民幸福的大道。

一九九八年：经过近二十年的以经济建设为中心，对内改革，对外开放。中国的综合国力空前提高；亿万人民坚信只要我们进一步深化改革，扩大开放，大力发展社会生产力，不动摇、不松劲、不折腾，团结奋斗，就能实现中华民族数代人苦苦求索的民富国强梦想，以更加自信的姿态自立于世界民族之林。

回首风云激荡的百年史，研讨成败得失，我们可以发现这样一条至浅又至深的心得，即孙中山先生的总结：世界潮流，浩浩荡荡，顺之则昌，逆之则亡。一八九八年“戊戌变法”诸君子要变的是严“夷夏之防”的祖制，让“中国”适应世界。一九九八年“两会’期间，江泽民在参加广东代表团讨论时，强调要顺应世界经济、科技发展的新潮流、大趋势，把改革开放和经济社会发展推进到一个新阶段（新华社3月9日电）。顺应世界潮流，就是变革中国的现状，“变则通”。这不仅是百余年来中国社会贤达的共识，也是一条为中华民族百余年的奋斗史所验证的宝贵的经验教训。

闭关锁国，妄自尊大，自外于世界潮流，无异于自速其祸，自取灭亡。与人类社会三百多万年历史相比，今日各民族、各国之间数千年数百年间拉开的发展差距与文化差别，简直可以忽略不计。假如真有外星人，在他们眼中地球人类的体型、心性与智慧能有多大差异？这样讲并不是要否定“国情”对各民族国家发展的制约性，而是说，我们讲国情只是提醒自己别忘了从实际出发，采取务实的有效的发展方略，不能以此为口实划地为牢。讲“中国特色”，我想，也不是说我们可以自外于世界潮流，自给自足，我行我素，而是要求我们结合自己的具体情况走出适合中国的发展路子，百川归海，为促进人类社会的共同进步做出自己的贡献。

有那么些人“天朝上国”的美梦不醒，妄自尊大的心态依旧，不遗余力地鼓吹中国儒教文化具有永远引领万邦的生命力。在他们看来根本不存在中国要顺应世界潮流的问题，而是相反。这些人自然不肯正视“戊戌变法”正是儒教文化及中国封建专制制度破产后的反应，却抬出新加坡等所谓“儒文化圈”内的国家作范例来证明中国固有文化的优胜。其实，新加坡等国的成功与儒文化并不相干；恰恰相反，它们所取得的成就正是顺应世界潮流的结果。一九九三年十一月八日，新加坡前总理、内阁资政李光耀曾向非洲十四国领导人介绍了新加坡的七条发展经验（重要的治国原则），没有一条涉及什么儒文化，倒是有三条直接谈到“自觉地继续贯彻过去（搞市场经济）的政策”，鼓励外商投资，与世界经济接轨，“当传统的智慧不符合理性的分析和本身的经验时，新加坡就会加以摒弃”。

今天看来，所谓顺应世界潮流，举其大端似乎可以归纳为：在外部关系上，经历了两次世界大战、非殖民化浪潮、冷战及其结束，和平与发展是当今时代的主潮，我们应当学会以对话代替对抗，抓住机遇办好自己的事。在国家内政方面，充分发挥市场在优化资源配置上的基础性作用，尽可能避免滥用行政权力控制经济运行，以形成良性循环的经济发展机制；真诚地相信科技是第一生产力，把科教兴国的战略落到实处，永不再干敌视知识分子、践踏教育规律、搞愚民政策的蠢事，警惕打着弘扬民族文化的旗号，弱化民族心智的国粹主义、神秘主义、蒙昧主义；确立“人民本位”的政治原则，积极进行民主与法制建设，一切国家权力的“合法性”都以人民的意志为基础，必须接受公众监督，依法治国；提倡自由、宽容的精神，维护人的尊严和思维权利，容许思想文化的多样化存在与发展。

所谓顺应世界潮流，并非一厢情愿地去当什么世界公民，也不意味着对什么主义和文化的“归顺”，而是我们反思历史又审时度势作出的理性选择。当今世界的发展一日千里，真正的爱国者就应当胸怀天下，以全球为舞台，参加全人类的“竞技”，为中华民族争光荣，进而为人类社会增福祉。还不知“鹿死谁手”，我们岂能没出息地不战而败，对世界潮流坚拒固斥，再做躲进土围子里成一统，关起门来称大王的梦想？

自评

本文借纪念戊戌变法一百周年的契机，提出民主宪政这样一个重大问题，也算是对20世纪中国的总结。惜乎受篇幅等条件限制，不可能展开来谈，唯有知音者在内心续补之。

性交易

“性交易”是我有意选择的一个词语。它显然与两情相悦的情爱、性爱不同，与一厢情愿的侵犯、性骚扰、性奴役也不同。它比含糊其辞的“性服务”（是否包括性咨询、性保健等正当的社会服务？）更确切，比通常所说的“卖淫嫖娼”外延要宽。性交易，除了卖淫嫖娼，还包括异性陪泳、浴室异性按摩等不一定发生狭义性关系的色情活动，以“美人计”等媚权媚钱或以权钱作诱色之饵的不道德交易。

应当明确，性交易不仅是不道德的，而且是违法乃至犯罪行为。可是，这些年有些地方养“小蜜”、“包二奶”的邪风愈刮愈烈。从广州市妇联接到的投诉个案可以看到：“包二奶”者既有重权在握的官员和一掷千金的老板，也有普通百姓；有年逾花甲的老者，也有蜜月刚过的新郎；有人偷偷摸摸“金屋藏娇”，更有人携“二奶”招摇过市，对家庭关系与社会风气的危害愈来愈大。

但是总的来说，养“小蜜”、“包二奶”的人还是极少数。最令人难以忍受的是，满街都是“发廊”，你却很难找到几处真正理发的地方。一间小小的发廊，排着一群浓妆艳抹而眼珠骨碌碌转或昏昏欲睡的女子，分明是“应召站”，以致“发廊妹”现在成了个暧昧的词，几乎是暗娼的同义语，搞得正经从事此业的良家女子也抬不起头。至于桑拿、按摩、浴室等地方有多少从业人员的手是干净的，凡去过那些地方的人都清楚。所以，据 1998 年 7 月 16 日《广州日报》报道，珠海市最近强行关闭所有按摩院，“并强令上千名按摩女走出灰暗的按摩室，重新寻找新的职业。”（这样“一刀切”，如果不是宣示“按摩业里无好人”，便是滥用行政权力，损害合法经营者的权益。而据 1998 年 7 月 23 日《羊城晚报·新闻周刊》报道,尚有十二间酒店的按摩场所在营业,“按摩”拉客仔仍相当活跃。)

最近,广东全省开展了严厉打击黄赌毒的行动,广州城区公安部门对发廊、浴足城和桑拿浴池等场所进行了突击清查,战果大大的。这样的行动是“完全必要的”,但不能说是“非常及时的”。1998年7月17日《南方都市报》发表的无为同志的《谁的责任?》一文问得好:多年前就有文件规定,禁止异性按摩;令人奇怪的是异性按摩却有增无减;申办按摩室营业执照是要“特批”的,十分困难;尽管如此,全省现在已有一千多家,还不算挂羊头卖狗肉的。那么,当时是怎么批的?谁批的?为什么一面说禁止,一面又放开?究竟是谁的责任?如果这些问题不弄清楚,只怕一阵风过后,“繁荣娼盛”的旧景又依然如故。

“繁荣娼盛”,性交易公开化半公开化,绝不是广东等沿海地区特有的“景观”。据新华社西宁7月9日(1998年)电,青海省西宁市三位初中女生的家长致信政府痛斥黄害。三个少女被诱到酒吧,老板威逼她们拉客、接客。家长找到孩子后向派出所报告,民警竟说:“现在是改革开放,我们不好查,影响了人家正常营业怎么办!”不论这是民警“换”错了“脑筋”,还是他托辞纵容包庇,都足以表明当地黄害之深重。而据西安六月十四日消息,陕西成阳市秦都区“按摩小姐满街走,歌厅开到校门口”,古渡中学和吴家堡小学已陷落于“红灯区”,严重危害着两校两千余名师生的身心健康。如果听任性交易泛滥,我们的民族就会陷入另一场浩劫,大伤元气,还谈什么自强不息,振兴中华?

性交易公开化,泛滥成灾,首先当然是由于社会道德的失范,从禁欲主义到纵欲主义,总是走极端。如果掌教化民众之职的人说教的是仁义道德,践行的是男盗女娼,人们还会相信那些扬善惩恶的“清规戒律”吗?其次,社会分配严重不公,贫富差距过大也是造成社会风气堕落的重要原因。一些人通过巧取豪夺聚集了大量的财富,因而可以挥金如土,纵情声色,醉生梦死,反正是“鱼口里的水——来得容易去也不惜”。这些志得意满的社会宠儿人数虽少,却领导着消费潮流,起着极坏的示范作用。而许许多多本分人,因为各种原因依然是“贫贱夫妇百事哀”,至于工厂流水线上做牛做马的打工者,则不仅收入菲薄,而且缺少做人的尊严,挨打挨骂被无端解雇如家常便饭。在这样的社会环境中,“劳动光荣”成了反讽,“笑贫不笑娼”便成了部分人的信条。

附记

《性交易》一文发表后，反响之强烈，仅次于评《中国可以说不》的文章。来稿、来信的包括专家、教授到农民、工人等各阶层的人士。有痛斥性交易泛滥的,有主张进一步“性解放”的。出我意料之外的是，有位在职检察官也主张设立“红灯区”。

随后在同一版面,《南方周末》发表了中国人民大学教授、著名性学专家潘绥铭先生致鄢烈山的短信。信中说:“我和朋友都爱看你的文章，可是《性交易》一文，实在像官员的话而不是读书人的话。你了解‘性交易’的双方吗？尤其是那些底层的小姐？站在‘多数人的道德’上骂贱民是最容易的，可惜也是最贱的。你不懂的事情，请少说两句好不好？”很有性情，当然也只是一家之言。

追问的权利

俗话说“眼不见为净”，表达的是人们对身边丑恶现象的忧愤与无奈；而对传媒上披露的一些事件和案例,则往往使人有“眼不见为净”的感觉。如果不“曝光”，自欺欺人，满纸莺歌燕舞固然令人生厌，而遮遮掩掩，欲言不言，令人满腹狐疑，也极不利于心理卫生。

例如：抗洪救灾是当前全国至少是灾区干部群众的头等大事，可是据《羊城晚报》1998 年 8 月 13 日所载“湖南消息”，在湖南安乡县，某些下灾区的领导不问灾情先问吃喝，要甲鱼要名酒还要空调房，10 万灾民生活困难，这段时间县里接待各级来人花费已超过 10 万元。报道具体写了某位领导的秘书到安乡县“打前站”坚持要甲鱼的丑恶行径。人们不禁要问，这种人哪里还有一丝共产党人的气味？其腐败与国难当头时“前方吃紧，后方紧吃”的国民党官僚有多少区别？这样的领导，这样的秘书良心已经喂了王八，如果不是编造的假新闻，为什么还必须跟他们说“某”？

据报道，此次九江城防大堤决口，祸根在于防洪墙是劣质工程，混凝土墙体竟然没有发现钢筋。朱镕基总理气愤地说：这样的工程要从根查起，对负责设计、施工、监理的人员都要追查。人命关天，竟然搞出这样的“豆腐渣”工程、“王八蛋”工程。腐败到这种程度怎么得了？这个个案纳入了总理的视野，相信其黑幕可以水落石出，一干责任人难逃应得的报应。

没有纳入总理视野的，能追查到底吗？比如，1998 年 6 月 29 日南海市荷村水闸崩塌，导致珠江三角洲五大堤围之一樵桑联围溃决，南海、三水两市的 12 个镇浸淹达 20 多天，直接经济损失 46 亿多元。现在调查得知，荷村水闸作为一项举足轻重的防洪工程，不仅其设计根本未按规定先批后建，而且交由一个没有水利工程施工资质、没有质量保证和工程管理的施工队完成。“更为令人惊讶和不解的是，在工程施工过程中，佛山市水利工程质监站南海质监组曾派质监人员先后 8 次到现场检查，指出施工中存在的问题，但施工单位竟敢拒不接受，职能部门又无可奈何。”（见《南方日报》1998 年 7 月 25 日），人们不禁要问：这个有恃无恐、胆大包天的施工队的后台，仅仅是一个镇水利所所长陈永安吗？姓陈的如此狗胆包天，上下左右有没有人支持？他除了“玩忽职守”，有没有“利益驱动”？据 1998 年 8 月 12 日本埠一篇报道说“荷村决堤，陈永安应负主责”。这么大一个事件，一个小小的水利所长就可以“负主责”了？据称“由于监督人员经常提出返工要求，陈永安便打报告，请求南海市水利局撤走了水利技术干部……”你瞧，陈永安并不全是恣意妄为嘛，他还是打了报告的。市水利局是谁批准了他的请求，该当何罪？工程是谁签字验收的，不会是他自己吧？验收的人该不该“负主责”？这些疑点都是需要追问的。

翻开各地的报纸，这类须追问的事例不胜枚举。大到大片土地使用权的不正常批售，到底是谁和谁，做了什么幕后交易；小到报上已公布的公车私用的车牌号码，其车主或使用者究竟是何方神圣……人们想追问的事还有许许多多。

从前，平民百姓是没有追问的权利的。他们只能问苍天、问大地、问阎王，恨天不公、恨地不平、恨命运之神瞎了眼。其实，他们明白“世上无神鬼，全是人在闹”。他们是不得不屈服于权势者的淫威，接受权势者指鹿为马作出的“这是为什么”的最高判决，或不容置辩抛下的“这事儿到此为止”的最后结论。

如今，党的十五大提出要依法治国，要建设社会主义民主政治，人们怎肯再放弃和让渡追问的权利？民主社会民众追问的权利，大体有三种。一种是当事人依法讨公道，一定要查到水落石出，把事件真相昭告世人。一种是人大代表行使质询权之类民主监督的权利，责令有关人员提供事实真相。更多更普遍的方式，恐怕就是人们依法行使言论自由和舆论监督权，提出疑点，穷追不舍，让那些徇私枉法者在大众面前无所遁形。

显然，只有保障人们依法行使追问的权利，才有可能消除一切黑幕交易，才会有阳光灿烂的社会主义民主，才能有效地防止腐败，才能真正地实现社会公正。

自赞

所谓“追问的权利”就是人民的知情权和监督权，包括记者的调查权、评论权、报道权，人大代表的质询权等民主权利。我们有“追问的权利”吗？今天我们还要这样追问。

人权：人的权利

在纪念联合国发布《世界人权宣言》50周年、纪念中国正式宣告“文革”结束并进入改革开放新时期20周年的日子里，在华夏儿女欢庆传统佳节中秋的这一天，1998年10月5日，我国常驻联合国代表秦华孙代表中国政府正式签署了《公民权利和政治权利国际公约》。应当说，这是中国人民政治生活中的一件大事，它既是我国民主建设和社会进步的一个里程碑，也是“中国政府庄严承诺，促进和保护人权和基本自由”的真诚意愿的有力显示。《世界人权宣言》“作为所有人民和所有国家努力实现的共同标准”，主要是为人类社会提供一套道义的、伦理的价值准则和奋斗目标，而《经济、社会和文化权利国际公约》与《公民权利和政治权利国际公约》则将其主要内容化为有某种约束力（至少是国际监督）的国际的实在法。现在，中国政府已相继签署了这两个国际公约。这是一件关乎国民生活和国家荣誉的庄重的事体，不可能不载入中华人民共和国的史册。

值此际，我想谈谈自己对人权概念的粗浅理解，虽然我知道这是一个学术性、政治性都非常强的话题，很容易荒腔、走板、贻笑大方。

中国有句古老的格言：“卑之，无甚高论。”而“人权”概念的精髓，在我看来也极平实，即人的权利。这样说并非同义反复，而是不证自明地表达着以下三层含义。

其一，它表明了人权的普遍性原则。也就是要努力实现《联合国宪章》规定的“不分种族、性别、语言或宗教，增进并激励对于全体人类之人权及基本自由的尊重”。虽然“人”是个舍弃了出生地域、民族、性别等差别的抽象概念，是对人类的全称，而事实上，在人类的历史上，妇女、奴隶和某些种族长期被排除在“人”的概念之外；1948 年之后，“人权”的概念才具有了一定的普遍性。虽然《世界人权宣言》所确定的国际人权准则，并不反映任何特殊的社会制度、政治理论和文化背景，而是人类文明长期发展，特别是“二战”后总结法西斯主义荼毒人类的教训，国际社会反复协商的产物，但长期以来，一些人用阶级斗争或民族斗争的眼光观察一切、分析一切，习惯于对人权概念讲姓社姓资、分西方东方，乃至对人权的概念讳莫如深，乃至抛弃人权的旗帜将之拱手让人专美。毋庸置疑，我国政府的代表今天宣布人权的普遍性原则应当得到尊重，实现人权是全人类的共同理想，也是中国政府长期为之努力的目标，是我们解放思想、实事求是的成果。今后，我们仍然不会容许别人打着“人权”的旗号，损害我们的国家利益，但也不会与国际社会“对着干”，或者采取对骂的方式拒绝批评与国际监督，而是以开诚布公的对话代替冷战时期的对抗。江泽民主席与克林顿总统不久前在北京联合举行的记者招待会，即这种建设性对话的成功范例。

其二，人权，人的权利表明了所指权利的固有性。人的权利即人呱呱落地生而为人所享有的权利，亦所谓“天赋的”、“自然的”权利，这样的解释表明人本身是目的，是终极价值，而不是达到其他什么目的（哪怕是实现国家现代化、振兴民族这类崇高目的）的手段；同时意味着承认，人权，包括政治权利（选举权、参政权等）、文化权利（思想、通讯自由等）是人民天然应当享有的（除非他因违法犯罪而部分丧失），而非什么人或组织机构的恩赐。所以，《世界人权宣言》第二十一条规定：“人民的意志是政府权力的基础。”从这样的观点看人权，人权就是“对由政府及其官员代表的社会的正当要求”，官员不是什么民之父母，而是人民的公仆。人民有权利对他们进行监督，而没有义务对之感恩戴德。

其三，人权，人的权利，这个表述表达着人类的尊严感。人一旦为人身，他就不能像牲畜一样被对待，就应享有言论自由、宗教信仰自由等公民权利和政治权利。借用孟子关于“养口体”和“养志”的概念来说，“食（饲）而不爱，豕交之也；爱而不敬，兽畜（蓄）之也”。（《孟子・尽心上》）乡野农夫对自己饲养的马牛羊，时髦女郎对她们豢养的波斯猫、哈巴狗，关爱有加，但不会给它们平等权利，让它们参与自己的决策。事实上，《世界人权宣言》提出的人的公民权利、政治权利与经济、社会、文化权利是相互联系的，不是一张可以随意挑选的菜谱。试想，对于一个没有公民权利、政治权利的奴隶，他能享受充分的经济、社会和文化权利吗？

不容否认，中华人民共和国成立以来，特别是改革开放20年来，我国人权状况的改善是有目共睹的，比如50年代实施的新婚姻法，近年实施的新刑法采用无罪推定的原则，都鲜明地标志着中国向实现人权目标的巨大推进。克林顿总统访华期间，他与江主席举行的记者招待会，与上海市民的无线电对话，全部向全中国和全世界现场直播，更是标志着中国在言论自由方面的开放与进步。也不必讳言，我们的人权状况还有许多课题有待解决，这只能是一个渐进的历史过程。思路理清了，目标确立了，只要我们以只争朝夕的精神状态去做，中华民族就必将以更加光荣的形象自立于世界民族之林，并为实现人类社会的共同理想作出应有的贡献。

自赞

在“尊重和保障人权”已载入中国宪法的今天看此文也许没有什么新鲜感，在10多年前是很不一样的。

在中国，有些话必须选择时机讲出来，这就是一位老杂文家传授给我的“窥测时机，以求一逞”——一句毛泽东批胡风的语录。中国政府既然签署了《公民权利与政治权利国际公约》等两个文件，我再来讲讲人权的普遍性该是可以免于挨板子了。

签约是中国人民政治生活中的大事，众媒体却超低调处理，或发一则简讯，或佯装不知。作这样的论题，起到“拾遗补阙”的作用，不正是我们这样的“民间的评论员”应做的吗？

你凭什么先富

这一问有两种含义：一是你打算靠什么达到先富起来的目标？二是你先富起来了靠的是什么？二者息息相关，先富起来的对想进入“先富”之列的具有示范作用。本文侧重讨论后一种含义。

有些人缺乏逻辑训练思路不清，有些人是故意把水搅浑，所以在讨论这个问题之前，需要先达成几点共识，即：1. 只有容许一部分人先富起来才能最终实现共同富裕而不是共同贫困；2. 所谓社会公平，不是要实现财富分配均等，而是要逐步消除历史积弊，实现机会均等的竞争，因而现阶段只能在效率优先的同时兼顾伦理上的公平；3. 生产（如何把“蛋糕”做大）至少与分配（如失业救济金、贫困线的标准定多少）同等重要。

经过 20 多年的思想解放与改革实践，对于让一部分人先富起来的政策绝大多数人是能接受的。如果先富起来的人，凭的是自己的勤奋、经营才能、投资胆略、创造发明和得天独厚的禀赋等，人们只有赞赏和羡慕的份。问题是，有些人先富得不明不白、莫明其妙乃至以损害国家和人民的利益为基础，这就不能令人心服了。这里说的“有些人”不包括靠贪污受贿、贩毒制假等黑色手段“先富”的犯罪分子，因为普通人自问没有他们心肠黑、脸皮厚、胆子大，并相信这些人一旦东窗事发不会有好下场，一般不会同他们攀比。“先富”起来而令公众心理不平衡的主要有两种人，一是垄断行业的一些人，二是国家机关的一些人。这两种人虽然大多算不上大款、中款，但数量不小，安全系数挺大。

据国家统计局公布的抽样调查结果，10%的最低收入户与 10%的最高收入户之间的收入差距，从 1981 年的 2 倍，逐步扩大到 1986 年的 3 倍，1993 年的 3.8

倍，1997 年的 4.2 倍。而据广州市总工会对该市国企职工收入的调查结果显示：1997 年广州市职工年人均工资收入为 13118 元，而最高行业职工收入是最低行业职工收入的 5.21 倍，相差 34102 元。这些高收入的垄断行业职工凭什么“先富”？是他们自己冒风险投资了？是他们特别能干？是他们的产品与服务特别优秀？都不是。比如银行的办公条件豪华、职工福利好，并非因为他们经营有方，极少呆账、死账、坏账。

有些国家机关的人，工资单上就那么几千毛钱，但你看他们的穿戴打扮、居室装修，胜过月薪几千元的职员。他们凭什么“先富”？“集体腐败”，是不用个人承担法律责任的。新华社 6 月 26 日公布的，国家审计署向全国人大常委会提供的 1998 年中央预算执行和其他财政收支的审计报告，披露了一些国家行政机关这方面的问题：如财政部原工交司部分人利用职权向下属单位集资用于购买国债和炒股票；水利部隐瞒转移南水北调资金，设立“小金库”吃利息，挪用大江大河堤防工程资金 1400 万元给黄河水利委员会等单位建宿舍；国家旅游局所属一公司采取收入不入账的手法，私分国债收益人均 12 万元，诸如此类。“天子脚下”的中直机关有些人如此“先富”起来，“山高皇帝远”的某些地方、某些人搞“集体腐败”更加放肆。这些人的“先富”对社会毫无贡献，他们完全是食公而肥的蛀虫。

让这样的两种人“先富”起来，只有负面的示范效应。这种分配不公影响了人们的生产积极性。前述广州市总工会的调查报告说，有 82.8%的职工对不同行业的收入悬殊、垄断行业职工收入过高表示不满。同时，宠坏了垄断行业的一些职工,使他们不思进取。而时下一些人拼命挤进本来人浮于事的国家机关、事业单位和垄断行业，甚至让未成年的子女抢占“好位置”，不能不说与这种分配不公有很大关系。

据金融部门的统计资料，我国 1998 年末约 33407 亿元城镇居民存款，近 50%为占 20%的城镇高收入户拥有，这些高收入阶层一般都拥有住房和大件耐用消费品，储蓄倾向较强，其消费开始追求外国名牌，不构成国内需求，而 20%的低收入家庭户均存款不足 10000 元，消费能力有限。高收入阶层与低收入阶层收入差距扩大，因而导致了社会总需求结构中私人消费比重的下降。这是一个很现实的妨碍经济发展的因素。

总之，我们有必要检讨一下分配作为经济杠杆，其实现是否有利于生产，是否能促进社会财富总量的增长。只有让那些应该先富起来的人先富起来，才是合理的、明智的。

附记

“你先富起来了，靠的是什么？”这种质疑声现在更加强烈了，即所谓“仇富”。其实“仇”的是不义而富。但愿不要发展成“吃大富”的社会心理，这很不和谐，也于大家很不安全。

中国的心病

ZHONGGUO DE XINBING

一个月前，《南方人物周刊》主编徐列捎来讯息，说受鄢烈山之托，想请我为其新著写个序言。徐列并转来鄢烈山的信函。鄢烈山在信函中写道：我想，杨锦麟先生如果肯给我写的话，那是再好不过的。一来名人中杨先生是令我和我的潜在读者所尊敬的人，二来杨先生"读报"其实也是时事评点，他的心与内地民意相通，对言论环境甘苦也是亲历，三则他对我也有所了解，在香港与他有一面之缘，曾蒙他赐宴。烈山先生将我纳入所谓的"名人"，实在不敢当，其实也是徒有虚名而已。在电子媒体混饭吃的人，最应警惕的就是不可为虚名所累，但他对我的观察心得，我觉得是知音话语，能引起我的共鸣。和烈山先生确有数面之缘。印象最深的是在香港的邂逅，那天大家谈兴甚浓，遂相约到庄士敦道的一家专事杭州本帮菜酒家餐叙。席间，烈山先生话语不多，他更多时候是倾听，酒喝得不多，询问之下，才知道他并不善饮，也是这些年勤于笔耕，身体或有欠安，方有所节制，这一

第贰辑

公民与法律

从臣民社会到公民社会

——纪念中华人民共和国成立五十周年

1949年前的今天，古城北京举行开国大典，毛泽东主席在天安门城楼上向全世界庄严宣告：中华人民共和国、中央人民政府成立了！这位无产阶级革命家和政治家，用他特有的富于诗意的语言，简洁明快地揭示了这个伟大历史事件的深厚意蕴："占人类总数四分之一的中国人从此站立起来了。"

中国人民从此站起来了！不言而喻，从前中国人民是跪着的，是俯伏着的。难道不是这样吗？几千年来，中国是一个封建君主专制的臣民社会，"普天之下，莫非王土；率土之滨，莫非王臣"。天下兴，百姓苦；天下亡，百姓亦苦。自19世纪中叶，帝国主义列强以炮舰轰开我们的国门，一百多年里，这群强盗杀我人民，割我领土，索我"赔款"，神州大地被浸没在一片血与火的海洋之中。

然而，中华儿女是有血性有骨气的，中华民族岂甘忍受任人宰割的命运？他们要推翻内外压迫者，赢得生而为人的权利与中华民族的尊严。他们中的先进分子披荆斩棘探寻着救国救民的真理。他们曾试图"师夷长技以制夷"。1894年（甲午）中日之战的失败宣告了"洋务运动"的失败和"中体西用"道路的破产；1905年日本战胜沙俄，更使国人看到了"立宪"对于富国强兵的重要性。人们认识到，所谓坚船利炮并非仅仅是器物制造技术的成果，军事实力与战争动员能力并非无源之水、无本之木，中国只有在政治经济等事关根本的制度层面变法维新，才能改变积贫积弱受人欺侮的局面。目睹无数血写的事实，大多数的中国人才达成共识，以"宁赠友邦，勿予家奴"为信条的腐朽卖国的封建王朝若不彻底推翻，中华民族就不可能避免亡国亡种的灾祸，于是起而拥护孙中山领导的“目的在求中国之自由平等”的民主革命。

从五四新文化运动到八年浴血抗战，到推翻国民党蒋家王朝建立新中国，“民主”，一直是引领中华民族踏平坎坷，走向胜利的光辉的旗帜。在战争最艰苦的阶段人们憧憬着新中国，他们发自内心深处地歌唱“没有共产党就没有新中国”，因为看到“她建设了敌后根据地，她实行了民主好处多”，相信“她一心救中国，她指引了人民解放的道路”。几千年来被“治”得一盘散沙的中华民族，何以有了空前团结一致的凝聚力，这力量比铁还硬，比钢还强？因为人们是在向法西斯开火，是要让一切不民主的制度死亡，是亘古未有的民主信念“向着太阳，向着自由，向着新中国发出万丈光芒！”

中华人民共和国的诞生，其所以是划时代的，是因为它意味着，中华民族从此可以挣脱被束缚被奴役的命运。对外，赢得了国家独立解放，将以爱好和平自由的姿态成为世界各民族大家庭中平等的一员；对内，赢得了人民当家作主，各族人民将以勤劳、勇敢、正直的品格组成一个在法律面前人人平等的“公民社会”。人民当家作主，是“公民社会”的本质特征，它不仅是语言学和政治学家给出的“人民共和国”这个词语的含义，而且是我们的立国之本，是我们这个政权的合法性的道义基础，是我们的社会主义制度区别于一切剥削阶级专政制度的真义和正义所在。

“天下为公”，“天视自我民视，天听自我民听”，可以说是中华民族的祖先最久远的关于公民社会的理想，但几千年来一直是乌托邦。在世界史上，从中世纪的“主权在神”到宗教革命后的“主权在君”，再到18世纪启蒙时代以来形成“主权在民”的思想，国际社会普遍承认“民主”的含义，是人民参与政治过程并赋予政府行为的合法性，国家政权是为人民服务的机器而不是少数人作威作福的工具，是保障公民自由与人权的盾牌而不是少数人滥用权势的利器；但理论不等于现实，资本主义社会的民主只能是资产阶级的民主。中国共产党领导人民进行革命，建立新中国，而今又领导人民进行社会主义建设和改革，正如江泽民同志所说，“是要实现全中国人民的自由、民主和人权”。我们的民主理应是最广泛最真实的民主，虽然这仍然是我们须不懈追求的目标。

正是努力实行最广泛的人民民主，中国人民有了当家作主的感觉，才焕发出了前所未有的劳动积极性和首创精神，让中华大地涌现出蓬勃的活力和生机，用不长的时间在旧中国一穷二白的基础上，建立了比较完整的工业体系和国民经济体系。也恰是由于党和国家的政治生活后来违背了民主集中制的原则，出现了个人专断，“运动”群众进行所谓“大民主”，使中国人民经历了以“文革”为高潮的极“左”路线造成的大劫难。党的十一届三中全会，人民总结“文革”和建国后经验教训，旗帜鲜明地提出：“没有民主就没有社会主义，就没有社会主义的现代化，必须加强法制，必须使民主制度化、法制化。”

遵循邓小平的理论，20 年来，我们大力发展社会主义民主，健全社会主义法制，努力改变“无法无天”的局面，切实保障人民当家作主，参与管理国家事务和社会事务、管理经济和文化事业的权利，成就有目共睹。《中华人民共和国宪法》修正案庄严地载入了“建设社会主义法治国家”的目标；《中国共产党章程》庄重承诺（也是规定）：“党必须在宪法和法律的范围内活动。”从此，任何组织和个人都不再享有超越宪法和法律的特权。作为现代民主国家依法治国基本方略的成果，这些年我国先后制定了一系列实体法和程序法。为防止滥用行政权力，保障公民的自由与人权，我国于 1989 年出台了《中华人民共和国行政诉讼法》，为“秋菊”们民告官“讨说法”提供了法律依据；1999 年又颁布了《行政复议法》，强调以法律作为判别是非的标准，开始改变以权力为标准的传统状况。此外，如《国家赔偿法》的颁行，新的刑事诉讼法对无罪推定原则的采用，都是中国公民权利得到前所未有的保障的显证。与此同时，村民自治、厂务公开、政务公开等一系列民主建设正在展开，我国人民正在逐步提高对社会与公共事务管理的发言权。尤其值得大书特书的是，二十年来我们不断解放思想，打破形形色色的精神桎梏，确立了建立社会主义市场经济体制的伟大目标，努力为全体公民创造发挥个人潜能、参与平等竞争获取成功的机会，极大地解放了社会生产力，也切实提升了人民的生活水平和人格尊严。

不必讳言，在我们这样一个有长期封建主义传统，经济和教育欠发达的国家，要达成完全的民主与法治，实现充分的自由与人权，还需要经过相当长时间的艰苦奋斗。官贵民贱的等级制思想和“官本位”的封建遗风，吏治腐败、司法腐败等种种严重腐蚀政权、涣散人心的丑恶现象，它们的存在与蔓延，是与人民共和国的国体绝不相容的。历史的经验告诉我们：对外，若国家没有完整的独立的主权，就不可能保障本国公民的人权；对内，若人民没有当家作主的权利，则不可能实现社会安定、经济发展和综合国力的强盛，以维护国家主权。两者是互相关联、积极互动的关系。因此，作为中华人民共和国的公民，作为真正的爱国者，为了增强我们国家的经济实力和国防实力，为了增进中华民族对人类社会的影响与贡献，我们必须以高度的历史使命感加强社会主义民主与法治建设，促进政治民主化、经济市场化和社会治理法制化，从而增强民族的凝聚力。

自知者明，自胜者强。让我们在邓小平理论指引下，以更加成熟的理念，更加坚定的意志，深入推进政治和经济体制改革，扩大对外开放，扫除发展道路上的一切拦路虎，阔步迈向21世纪，创造光辉灿烂的未来，把我国建设成为一个富强、民主、文明的社会主义现代化国家，实现中华民族的伟大复兴!

自评

这是为五十周年国庆写的命题作文，以《南方周末》编辑部名义发表。代表报社立场的文章，“官话”、套话是免不了的，但基本价值观却是我所认同的，当然也是《南方周末》领导所认同的。建设公民社会至今仍是我们奋斗的目标。

读这样的文章要学九方皋相马不辨雌雄的“遗貌取神”法，不要抠字句。我不欣赏、不信服那些有洁癖的高人，同行的修女绅士们并不比羊脂球更高尚。

杀人的理由

这里说的“杀人”当然是特指。我想讨论的话题是，我们为什么要保留死刑，要将罪大恶极的犯罪分子处死？现在世界上已有130多个国家废除了死刑；那些尚保留死刑的国家，或事实上废除之（法律上有死刑条款却不再判处死刑），或尽量缩小其适用范围（如在美国保留死刑的38个州里，一级谋杀才判死刑，1998年全美共判死刑68人）。与此世界潮流相反，我国的死刑罪名，已由1979年7月1日通过的《刑法》的28种，增加到1997年的合计81种，且民间与官方都还有增加死刑罪名的呼声。同时，中国古代的死刑由中央三法司（刑部、大理寺、都察院）会审、皇帝核准后等到秋天执行，现在则将死刑核准权下放到地方高级法院，不少死囚时不过旬日就“从快”毙了。为什么会是这样呢？——我在感情上倾向于“杀杀杀”，理智上却不能不生此疑惑，想探究个中因果得失。

我们正大光明地杀人或呼吁杀人，主要有四条理由：不杀不足以平民愤；杀人偿命；杀一儆百；治乱世须用重典。

所谓“不杀不足以平民愤”，是近50年来的新说法，以尊重民意、体恤民情的面貌出现，仿佛打出“人民”的杏黄旗，一切行为便具有不可抗拒的天然的合法性。其实这种说法与现代法治理念是有冲突的。立法、执法最需要的是理性，审判者只应查证事实、裁量适用何种罪名，却不应受证据与法律以外的因素左右，而“民愤”正是一种非理性的情绪化的东西。一个忍无可忍的父亲深夜斧劈了他为害乡里的劣子，乡亲们赞他大义灭亲；几个狱警逮住越狱的村霸把他毙了，当地群众为之拍手称快。换言之，这个父亲和狱警们的行为是平了“民愤”。这些民众的情感是发自内心的，但我们不能不承认他们支持了杀人者的违法犯罪行为。不错，存在司法腐败是现实，司法独立、法官独立判案需要有制衡和监督。但是，舆论监督与“民愤”是两个不同的概念。传媒的煽情炒作往往会激起“民愤”，共同形成对审判的压力，而这正是我们要警惕判决产生“宁枉不纵”偏向的时候。从 2001 年第 3 期《报告文学》披露的张金柱案件调查细节来看,以“故意伤害”判处张金柱死刑恐怕是畸重了,他酒醉肇事是实,“故意”则属莫须有，说张金柱屈死于“民愤”杀人似不为过。

2001 年又有安徽阜阳籍研究生亓培玉遇害案引起舆论广泛关注。有人说，如果亓不是研究生而是个普通村民，很可能“白死”，这表明我们的执法存在身份歧视。我愿再当回说破皇帝没穿衣服的孩子：此乃皮相之见。实因大学生是些群体意识很强的人，弄不好他们就会聚众抗议，影响安定团结的大好局面，况且亓所属大学还在华东重镇上海，故需及时追捕凶手以平“民愤”，防止事态扩大。倘若乡民们也是一呼百应千应万应地易于聚众，一个村民被残害见诸报端也会惊动公安部长的！此话有点离题，还是回到“民愤”上来。为平“民愤”，韩永臣已被一审判处死刑,罪名是“故意杀人”和“寻衅滋事”。后一罪名是轻罪，处有期徒刑 5 年；前一罪名就够死刑。对此蔡未名先生已撰文提出异议，认为韩并非“故意杀人”，而是“故意伤害”(意外致死)，量刑畸重。韩已提出上诉，结果不得而知。我在这里提及此案，只是想再次证明对于“民愤”要保持足够的清醒。当下,尤其是不要“鼓励”某些权势人物千方百计掩盖犯罪压制传媒曝光，从而以没有“民愤”或“民愤”不大包庇那些“罪该万死”的坏蛋；同时，公正执法、违法必究，不要视“民愤”而动，鼓励“大闹大解决，小闹小解决，不闹不解决”。

“杀人偿命，欠债还钱”，自古以来被认为是天经地义的。所谓“以眼还眼，以牙还牙”、“血债要用血来偿”都是这个意思。这种古老的理念是建立在“刑罚报应论”基础上的。而在西方国家，从 18 世纪启蒙主义思潮兴起以来，这种理念已受到质疑和矫正。贝卡利亚、卢梭、孟德斯鸠等人极力倡议刑罚人道化、宽容化。启蒙主义先贤的这些思想传入中国，已对我们的刑罚观念产生了某些影响，比如我国已正式采用注射法执行死刑，以尽量减少受刑者临终的痛苦，而不管他曾经用多么残忍的手段施害于人。但总的来说，刑罚报应的观念在中国仍然根深蒂固。莫说废除死刑绝大多数人不会赞成,就是采用注射法行刑,初试时广东著名的评论家微音还在他的专栏文章里表示过反对意见哩。

我们为什么要杀人？按照法家的理论是为了“信赏必罚”；按照儒家的理论是为了“惩恶扬善”。而以人道主义观之，我们之所以剥夺某个人的自由乃至生命权，主要不是为了惩罚，而是为了防止有严重反社会反人类的暴力倾向的人继续危害他人和社会，是不得已而采取的措施。即令是对穷凶极恶的人，我们也应怀着“不度尽恒河最后一粒沙绝不成佛”的大悲悯。事实上，没有任何人是恶魔转世，是天生的歹徒、恶棍、杀人犯。纵然是制造了石家庄“3・16”特大爆炸案的靳如超，他出娘胎时与我们降生时有什么不同？他之失聪，也只是比我们更不幸更需要怜爱而已。人是社会的人，从这个意义上讲，如果某人有罪，首先是“社会”的罪过，没有照料好他而致使他误入歧途，他也是受害者。可以毫不含糊地说，许多被处死的人比如大贪官成克杰、胡长青们，若生活在一个权力受严格制约和监督的社会环境中，是不可能那么容易堕落的。他们难道不是社会弊病造成的牺牲品，有值得同情的一面？我这样讲，并非想开脱他们的个人责任，更无意替他们翻案，只是作为两足无毛的同类，替他们也替我们难过罢了。希腊史诗《奥德赛》中有女神刻尔吉将人变成蠢猪、脏猪的故事；中国神话《西游记》中有黄袍老怪将唐僧幻化为吃人猛虎的故事。是谁将靳如超们变成了嗜血狂魔呢？最无奈的是，我们没有神力恢复靳如超们的人性。

怀着“杀一儆百”的动机杀人是野蛮的。从法理上讲，它违背了“有法必依、违法必究”的原则。犯有同样罪行的“一百零一”个人中，“一”被杀掉了，做了示众材料，而“百”则只是受到警诫，这公平吗？从执法效果上讲，杀一未必能儆百。喊（严）打喊杀的风头一过，“百”们便重出江湖再振雄威，乃至有杀“一”而“百”不受“儆”照样“顶风作案”的，这已是有目共睹的现实。从历史传统上看，历代统治者都寄厚望于“杀一儆百”：杀人的手段极端惨虐，什么炮烙、油炸、五马分尸、点天灯、零刀碎剐、剖心、腰斩等等酷刑上百种，还有灭三族、灭九族、灭十族，无非想震慑民心；杀人往往要示众，或刑前游街，或曝尸荒郊，或悬头城楼，总之欲恐吓世人。然而，数千年的中国古代史，证明了这一套理论的效用极其有限。

至于所谓“治乱世须用重典”，首先界定了当今的世道是“乱世”，这个界定符合事实吗？如果承认是事实，那就要追问致乱之源，采取正本清源的对策。

若唯一的对策只是启用杀人的“重典”，则一来有“不教而诛”之过，二来“民不畏死，奈何以死惧之”？若社会转型举措失当，铤而走险者众，亡命之徒日多，重刑犯如割韭菜，岂是安邦治国之道？据《江南都市报》报道，2000 年 11 月 11 日在南昌持枪抢劫银行杀人的匪首华敏，在 2001 年 2 月 26 日的庭审中表现得相当“酷”，非“藐视法庭”四字所能形容其张狂。对于这样一些丧失人性的“新新人类”，指望靠“重典”遏止其孳长繁衍显属一厢情愿。

自赞

这是一篇颇见功力的评论。可见本人还是很讲“理性”的，也对现代法学理论有些基本的了解吧。

论幸灾乐祸者的心态

在2001年9月11日发生的美国系列受袭事件中，最早被证实不幸罹难的是不久前从北京赴美的郑于光和杨树荫夫妇。两位分别为65岁、61岁的老人，探望了正在美作博士后研究的女儿以及女婿和刚出生不久的外孙，搭乘美航AA77航班前往洛杉矶准备转机回国时，该机遭恐怖分子劫持，飞机撞向了五角大楼……

两位老人（以及惨遭横死的同胞），他们招谁惹谁了呢？想郑杨夫妇劳碌一生，退休没几年，正该安度晚年，享受人生的夕阳之美；幸而教女有方，女儿成长为一名高级研究员，又喜添孙辈，正当满怀欣慰品味天伦之乐。岂料邪魔蹑踪，竟作异乡之鬼耳！

郑杨夫妇等被充当“肉弹”的乘客，以及世贸中心罹难的各国客商及大厦雇员，他们的死，难道不应当唤起全世界每一个人性未泯者的巨大哀伤和强烈悲愤吗？

制造这场旷世惨祸的恐怖分子，是人类社会的公敌，是现代文明的死对头！他们不择手段的野蛮、凶残，越出了人之为人的底线，是任何理由与“理解”都开脱不了的罪恶。

有人将“9·11”恐怖暴力袭击事件，与日本当年偷袭珍珠港相提并论。这显属拟于不伦。不管怎么说，偷袭珍珠港虽不宣而战，毕竟是军队对军队；日军“神风”特攻队员的自杀性攻击，虽系狂热的军国主义表现，却并没有拉上不愿送死的平民百姓殉葬。可是这些恐怖分子呢？他们是否宗教狂热分子或极端民族主义分子这并不重要，重要的是，他们首先，直接伤害的是与他无冤无仇的平民，比如郑于光夫妇。在他们的心中眼底，什么是至上的？他们的目标才是至上的，别的人不论种族国籍身份善恶都不足挂齿。这种对人命的蔑视，正是恐怖分子最根本的不可饶恕的罪孽。可见，恐怖主义是比法西斯更野蛮的人类病毒。

然而，制造"9·11"袭击事件的恐怖主义分子却要冒天下之大不韪，挟持平民！更令人不可思议的是，我们这里竟有人对"9·11"事件幸灾乐祸，在网上高呼"高兴，绝对高兴，高兴死了"！

连美国的死敌卡斯特罗与萨达姆都不肯为这种反人类罪恶叫好，萨达姆也只是说事出有因；连塔利班领袖奥马尔也认为这种袭击是犯罪，不承认是本·拉登干的，要美国拿出指控拉登的证据来。这些幸灾乐祸的人生着怎样的心肝？

假如他们有父母像郑于光夫妇一样在美国探亲遇难，假如他们有兄妹子侄伯叔婶姨在世贸中心中资公司上班，他们的第一反应仍然是"炸得好"吗？

不错，恐怖分子最终目标是针对美国的，但他们首先，直接祸害的是被劫持的无辜者和被袭击的平民。在恐怖分子心中，这些直接受害者只是为他铺路的石子和尘土，其生命价值可以忽略不计，可以任意践踏。为恐怖行为叫好的人，显然也认同了这种观念。

是什么心理使幸灾乐祸者的心灵如此阴森？是嫉妒美国的富裕和强大吗？不然，何以如此"仇美"，却又为美国使领馆的拒签率上升而怨声连天呢？

是因为美国作为唯一的超级大国充当"世界警察"，到处插手国际事务吗？且不论当今的世界是否需要这样一个"警察"，没有这样一个"警察"，伊拉克是否会撤离科威特，上百万的科索沃阿族难民能否重返家园；即使美国奉行"单边主义"，确有倚强凌弱的劣迹，那就该对一切踏上美国领土和与美国沾边的人，毫不怜恤地大开杀戒吗？这种将国家关系"调整"凌驾于个人生命之上的思想，是国家主义的还是人道主义的？与"主权高于人权"的观点有逻辑联系吗？

有人将幸灾乐祸者的心态比拟为"义和团"或"红卫兵"。前者盲目仇洋，不分青红皂白是愚昧；后者以"阶级"划线，对"敌人"像冬天般严厉，"炮打"、"火烧"、"油炸"不绝于耳，是被蛊惑的结果。前者的民族狂热与后者的政治狂热，在今天为何还会"薪尽火传"？真的是中国文化存在这样的温床吗？

若说是因为中国人缺少基督教那种"博爱"的宗教情怀，可基督教也有不宽容的历史；中国许多人信奉的佛教，也讲大慈大悲，乃至"不杀生"。

若说是中国人受儒家文化影响太深，重血缘，对社会关系取近及远的态度，论亲疏不论曲直，但儒家圣贤同时也教导我们，要“老吾老以及人之老，幼吾幼以及人之幼”，“杀一无辜得天下而不为”。何尝教我们幸灾乐祸，更不会教我们认同恐怖主义。

若说是因为日益繁荣的武侠文化（流民文化）助长了某些中国青年的暴力倾向，则他们何以独独学会了武侠的视芸芸众生如草芥，刈人如麻手不软，却没有学到武林正派的以暗器伤人为可耻？而后者正是恐怖分子的惯用手段。

回想近年来发生的一系列令人毛骨悚然的社会新闻：比如2001年3月16日在石家庄市一家棉纺厂宿舍制造爆炸惨剧的靳如超；2001年3月31日因与女友吵架进行报复，纵火烧死6人的温州男子唐兵武；为灭养子竟在超市试毒而导致无辜市民1死23人中毒的南阳人杜可平……这些恶魔与袭击美国的恐怖分子一样，对无辜者的生命毫无怜惜之情，但他们既不是宗教狂热分子，也不是极端民族主义分子。他们是具有“中国特色”的恐怖分子，没有主义的恐怖分子；若说有“主义”，那就是极端自我中心，这个世界上的一切人都以“我”的情绪和需要为取舍标准，生杀予夺随意为之。“我”活不好或不想活了谁也别活。这些人是精神上已丧失家园的恶狗，稍不如意就准备扑杀任何遇上他们的人。

而幸灾乐祸者呢，也许还不是这样极端的恶狗，心态却离这样的恶狗已相差不多了。信不信由你，对美国遇袭事件中罹难者幸灾乐祸的人，很可能在失意绝望之时，采取恐怖手段向他人泄愤，而决不会顾惜伤及无辜。

附记

编书时寻找发表出处，通过百度搜得，《世界历史》网站标明是《丢脸》选载。可江苏人民出版社出版的拙著《丢脸》中并没有这一篇。很可能是沈编辑做前期宣传工作时，贴到网上的，可是审稿时却被拿下了。讲这样的话，政治上应该没有什么大妨害了，但市场反响可能不好——怕“爱国愤青”们不买账。

“爱国贼”

“爱国贼”、“和平贩子”等是近年网上公共论坛涌现的新概念。所谓“和平贩子”，是指那种“扯偏架”的伪人道主义者、伪和平主义者，这里且撇过不说。所谓“爱国贼”，主要是指那些打着爱国主义的幌子，扇动极端的民族主义情绪，以做爱国秀捞取名和利的家伙。

其实，“爱国贼”这个词是早已有之的。1922 年 1 月出版的《戏剧》第二卷第一号，有陈大悲创作的独幕剧，就叫《爱国贼》——赤裸裸地就叫爱国贼，不像我草此文时心存顾忌地在这三个字上加引号。陈大悲描写的这个爱国贼，专事偷窃的营生。他溜进一个大买办的藏娇金屋，偷了珠宝、手枪、合同等，义正辞严地教训大买办说：“你们这一班卖国的王八旦也配称‘贼’吗？你们只配称‘老爷’！称‘大人’！你们卖了国，还配称‘贼’？我们当贼的，不能卖国！国卖给外国人，我们到那儿偷去？当贼的从来没有卖过国！卖国的就是你们这班老爷！大人！……慢着！你这钱当真是赌博赢来的不是？若是卖国的钱，我还不要你的！老实给你说，我们当贼的没有不爱国的。”二三十年代真有这样干净这样深明大义的贼吗？我看，纯粹是剧作者想痛骂卖国的大人老爷们连“贼”都不如，从概念出发杜撰的人物和故事。他这样抠字眼没有什么意思，因为贼字本非专指鼠窃狗偷之人，历代所谓“乱臣贼子”、“反贼”、“逆贼”、“奸贼”的“贼”都是指政治上的大奸大恶。

而今网上所称谓的“爱国贼”并非源于陈大悲的创意，他们与“卖国贼”是一丘之貉，目的都在于窃国自肥，不过一个直接一卖了之，一个走曲线，使出“爱国”的障眼法。

能称得上“卖国贼”的确非大人老爷莫属。“爱国贼”则有大有小。大人物中的“爱国贼”我说不清，大概是像鲁迅《华盖集》中的小品《牺牲谟》所描绘的那位“同志”，要人家为同胞为国家无私奉献，脱下最后一件短裤头，送到他的公馆门房去，救助他家的穷丫头。

小的“爱国贼”这些年我们见得多了。君记否：1996年几个混混拼凑了一本“可以说不”的书，借“爱国”的商标大捞了一把；自己赶着又来一本“还是说不”。他们的暴发惹得不少人眼红，一时间仿制品纷纷涌上书报摊，都想给中国人灌“爱国”的迷魂汤，趁机掏人们的口袋。

最近翻了一本名为《切·格瓦拉反响与争鸣》的书。书中收录了《切·格瓦拉》剧组的主创人员在公演前写的《给驻华美国大使的邀请信》和《张广天、黄纪苏致古巴驻华大使馆的信》。写给美国大使的信中，三位编导俨然是“爱国家”、中国人民的特命全权代表。他们用一副“朕即国家”的腔调，请大使先生来观看演出，“倾听中国人民的真实声音，了解目前中国的民意”；他们在信的最后写道：“我们知道，美国政府已经向在华美国人发出了安全警告，但是，我们可以向你保证，5月8日，前来观看演出的美国客人绝对不会受到任何人身攻击，哪怕是误攻或误击。”这些人当然明白他们不是中国外交部或安全部的发言人，拍胸“保证”纯属胡扯，但他们更明白扯到5月8日中国驻南使馆被炸事件，亮出这副对美国人挑战的架势，显得很爱国，可以在道义上得分。这些人不仅要道义上、舆论上得分，还要现钱。在致古巴大使的信中，他们与古巴人和卡斯特罗套近乎后，图穷匕见地写道：“我们希望得到你们的支持，不论是道义上的，还是资金上的……”亏这帮人想得到、做得出，竟然向古巴同志打秋风！我原以为他们是想借切剧赚了钱，支援处于经济困境中的古巴同志呢。

我注意到，另有一种“爱国者”——爱国贼，公然宣称自己是民族主义者，中美关系或中日关系稍有摩擦，他们就亢奋莫名，吐喷出一大堆极端“爱国”的狠话来；居然就真的被外国记者、学者注意到了，以为他们是中国民意的喉舌，于是发专访、邀出国演讲，走这条终南捷径使他们俨然成了国际名人。这种人其实是在拿中国人的国际荣誉勾兑一己私利，比贼还贪心、无耻、阴险、小人。你要是说他非理性，他会心中窃笑，他理性得很——门槛精着呢！

“爱国贼”的类型还有一些。比如马少华先生在《新民周刊》2001年第49

期中所分析的那个网名“无情”的电脑黑客。他为4600元入室杀害了一个无辜的人，却敢在被捕后的“悔过书”中声称自己“有一颗不容置疑的爱国之心。”他这样自我定位的根据是他参加过针对美国、日本的黑客大战。这样丧心病狂的爱国贼，中的是什么邪教的邪?

附记

本人从不想争什么词语的发明权。关于“爱国贼”的正解，请参看“互动百科”的词条。

教育不公乃最大的不公

我不是一个喜欢怀旧的人，对20年以前的日子“忆苦”则有之，“思甜”却极少。但扪心自问，20年以前确有一桩事叫我不能不深感庆幸。那就是：像我这样出身在穷乡僻壤贫寒人家的孩子，几乎没有花父母的钱而能读到大学毕业。因为是超支户，我读小学和初中时学费全免，自家只须筹2–3元书本费。记得读初中时，国家不仅每学期给我这样的穷学生发点助学金，还给我们所有农村户口的学生每月发18.5斤粮票，即扣除生产队应当发的基本口粮，补到与城镇户口学生一样的口粮指标每月34斤……若是搁到当今，要这么高的学费杂费，以我家的经济状况，恐怕我连小学都毕不了业。尽管意识到即使在那时我也属幸运儿（我家阶级成分没问题；我是长子，家里保我上学而让姐姐与大弟大妹下学挣工分），我还是对那时候的教育资源虽然紧缺但分配相对公平，特别是国家对农民子女和贫穷人家子女的关照心存感激。

是什么时候开始，是什么原因，使教育资源的分配越来越不公平呢？本人说不清楚。好在教育部2003年发布了《中国教育与人力资源问题报告》，用最权威的数据直面了教育领域当前存在的教育机会不均加剧的现状。这份报告指出：一是义务教育财政资源分布不均，对农村存在教育歧视。农民收入本来比城里人低得多，《教育法》却规定向农民征收教育附加，而大多数地方的城镇居民则无此责任。城乡教育预算内经费差距巨大，使城乡中小学生入学率、教学条件与教育质量相差悬殊。二是地区之间高等教育机会分布不均。比如，北京市高中毕业学龄人口只占全国的0.9%，而北大、清华在北京的招生名额分别占总数的13%和18%。三是公办学校本是公共资源，一些享受政策倾斜的重点学校却私收高额择校费、赞助费，还不用纳税或上缴。这个研究报告所揭示的问题与人们的直觉是吻合的。国家教育管理部门正视这些问题，并提出要建立适合中国国情的公共教育财政体制，建立对社会低收入阶层、农村和边远地区人口等弱势群体实行教育补偿的机制。应该说，这是一个明智的令人鼓舞的信息。

什么是最大的社会不公？在一个商人或企业家看来，不公开竞标，大宗生意凭权势定取舍，靠关系搞桌底交易，这是最大的不公；在一个有政治抱负的人看来，“说你不行就不行，行也不行”，升沉不取决于能力和公议，前途系于一人之喜嗔，这是最大的不公……但是，从全社会的角度看，从一个人的命运沉浮来看，最大的不公则是教育机会的不公平，借用一句广告词来讲就是让人“输在起跑线上”。在这个新经济时代，知识是最重要的资本，人们的能力取决于智力而不是体力，而智力无疑是要通过教育来开发的。相对贫穷的人们，只要不忍饥挨冻，只要还有通过受教育向上发展的希望，他们就不会失去梦想，就勿须妒羡别人的美食华服，而以自己的勤勉进取去赢得自尊和成功。也就是说，教育机会的公平，对他们对社会来说，是最大的公平。

20 世纪 80 年代，我们在讨论中国古代社会为什么会不同于欧洲而出现“超稳定结构”时，比较公认的缘由之一是，中国的科举制度比欧洲的贵族等级制度优越，它为中下层民众提供了上升到上层精英阶层的通道，化解了阶级对抗。这个结论应当说是可信的。科举时代，买一套四书五经花费不多，考上县学秀才就可以全家免赋税劳役。如今要受到良好教育成本大大增加，国家政策不扶持弱势群体，他们的“上升通道”就会被堵塞或者变得极狭窄，更易比古代造成社会不公。何况，我们已进入了张扬人道主义、强调公民权利平等的现代社会！

自赞

这篇时评网上转载率颇高，可见引起了许多人的共鸣。如今的新问题是，如果就业机会不公平，阶层世袭强化，底层出身的青年受教育的积极性就会大受打击。

专权使人变成鬼

《南风窗》2006年第2期有篇专题报道：《卢氏五种相——“一把手”和一个地方的命运》。说的是落马的贪官河南省卢氏县原县委书记杜保乾，在那个地方掌权5年，对那里的政治与社会生态的影响，文章的小标题有“奴才相”、“贪官相”等等。杜保乾在任期间一掌遮天，买官鬻爵，5年间任免干部达650多人次，以致该县干部超编50%。最不堪的是杜的继父去世时，三个乡官跑数百里到他老家鄢陵县去奔丧，抢着“摔盆”比谁最像“孝子贤孙”，而后三人分别被任命为“油水最大”的城建主任、县委常委兼宣传部长、常务副县长。读这篇报道，我当时最愤慨的是，树倒猢狲未散，“绝大多数向杜行贿买官者安然无事，仍当着自己的官，有的还高升了。”

孰料，反腐败“捷报频传”，没过几天，传媒曝出“贿赂奇闻”：吉林省白山市原政协副主席、市委统战部部长李铁成，在担任靖宇县委书记期间，全县科、处、局级干部，为了“政治前途”几乎无一人没向他行贿；在这个国家级贫困县，李铁成一年的受贿额，竟相当于全县科局级以上公职人员全年工资总额的近80%！贪官李铁成被判了刑，那些向他行贿的官员怎样处理呢？跟卢氏县一样，法不责众，各安其位。据说是在办李铁成案时有过“辩诉交易”：对如实交代行贿事实的“污点证人”免责免讼。

“堕甑不顾”由它去，最要紧是曲突徙薪，以期今后不发生或少发生类似问题。

由此我想到一段历史故事，题为“豺狼当道，安问狐狸”。话说东汉末年，外戚诸梁姻族满朝，大将军梁冀专权。朝廷派遣张纲等八人分道巡按各州郡，纠察收审贪官污吏。张纲衔命出洛阳，叹道：“豺狼当道，安问狐狸？”遂将车轮埋于都亭，起草弹劾梁冀的奏章。在卢氏、在靖宇，在这些由贪婪的“一把手”一掌遮天的地方，不正是“豺狼当道”吗？平心而论，在这种地方要下属干部洁身自好甘当“另类”确实是不容易的。不问“豺狼”何以能“当道”的缘由，而拿“狐狸”问罪，岂不是避重就轻，本末倒置？

我写这篇文章时，本想用“豺狼当道，安问狐狸”做标题，但怕被人乱引申或自作多情瞎对号入座，使我打不着狐狸反惹一身臊；于是，我便套用“旧社会使人变成鬼”的名言，用了“专权使人变成鬼”做题目。我相信，大多数干部原本有自尊心，为了仕途平安不被挤下来，拎着礼品揣着红包心怀鬼胎鬼头鬼脑去孝敬“一把手”时，是有一种人不人鬼不鬼的自我感觉的。这就叫“人在XX，身不由己”吧！

那么，怎样才能使我们的干部从鬼影中走出来，堂堂正正、光明正大地做个“人”呢？唯有民主，民主可以使鬼变成人。想走仕途，好呀，只要你觉得你是当官的材料；有野心也罢，有雄心也罢，只要能让选民称心就行。中共十六大政治报告提出实行“四大民主”的概念，即民主选举、民主决策、民主管理和民主监督；同时指出“党内民主是党的生命”。这些话都是很不错的，而且本来应该是常识。以《常识》的小册子闻名于世，参加过美国独立战争和法国大革命的政治活动家和思想家潘恩，在他的著作中早就指出“选举权是保护其他权力的最基本权力，取消这一权力无异于把人民推向奴隶的境地”。（转引自朱学勤《托马斯·潘恩在近代政治思想史上的地位》）由此可见，民主选举权是多么重要！如果党政首长都是民主选举产生，还会出现“一把手”一掌遮天卖官鬻爵的现象吗？如果“四大民主”真正实行起来了，官帽不再私相授受，想走仕途的人还用得着一门心思讨好掌权者吗？

生不逢时胡文海

这些天我常想起胡文海，山西省晋中市榆次区乌金山镇大峪口村的村民，已于2002年初被处决的那个杀人犯。

他于2001年10月26日晚上，一连杀了村支书等数家14口。可是这个人大开杀戒之前家门上还挂着“社会治安模范户”的牌牌；他家每年有四五万元的收入,在农村属小康。他何以堕入魔道如此穷凶极恶？在法庭审判的“最后陈述”时，他捧着自辩书朗读，仿佛劳模在作报告。他说：“我生在新社会，长在红旗下……我希望自己成为一个正直善良的人……村里的那些无权无势的善良的村民和我和睦相处,有时,我就成了他们利益的代言人。……历任村干部贪污行贿，欺压百姓，村里的小煤矿（村民冒着生命危险）等企业上交的400余万元被他们瓜分。4年来，我多次和村民向有关部门检举反映都石沉大海，公安、纪检、检察，省、市、区的官老爷们给足了我们冷眼与白眼……我们到哪里去说理呢？谁又为我们做主呢？……我只有以暴制暴了，我只能自己来维护老百姓的利益了……我知道我将死去，如果我的死能够引起官老爷们的注意，能够查办了那些贪官污吏，我将死而无憾，否则我将变成厉鬼也不放过他们……”他的话竟赢得旁听席上的热烈掌声。

这些天我常在想，是谁制造了胡文海这样毁己害人的悲剧，一个胡文海消灭了，还有多少人可能做“胡文海”？

2003年7月9日《中国青年报》“冰点”版报道了中国社科院农村发展研究所于建嵘博士3年来追踪调查湖南衡阳县农民“减负代表”彭荣俊等人的情形。彭荣俊、屈刚、邓仔生等人要求执行中央与省里的减负文件，要求村务公开，一再上访，结果是被乡村干部殴打、示众、抄家，有的还被法院判了刑至今关在牢里。退伍军人彭俊荣这样的汉子如果在愤激中失去理智，不就是又一个“胡文海”吗？

2003 年 7 月 12 日西安《华商报》刊载了一张令人心悸的新闻照片，一个 70 多岁的老人在咸阳市下属兴平市政府大院被 3 名市府保安打得大小便失禁，躺在冰凉的水泥地上昏迷 8 小时无人管……假如这个老人有儿子孙子，他们在暴怒之中什么干不出来呢？

2003 年 7 月下半月号的《南风窗》的《调查》专栏，披露了湖北省咸宁市通山县大路乡塘下村的民选村委主任、54 岁的农妇余兰芳，为“村小学教学楼建成豆腐渣”、“村财务十几年未公开”等事由，几十次自费到乡、县、市、省反映无果后，多次进京上访，最终问题未解决，反被公安局逮回判处劳教一年半。她若是一个男人，会不会突然变成胡文海？

世上并无“天生杀人犯”。人是社会的动物，用马克思的话说是“一切社会关系的总和”。是什么样的社会因素造就了胡文海呢？我并不欣赏胡文海。有位常讲“程序正义先于实质正义”的法学界朋友，有一天忽然很认真地对我说他赞成“个体复仇”，我嘲笑他读金庸小说走火入魔了。但是，我相信“胡文海”们是一定社会环境的产物。他们竭尽所能却未找到伸张正义的合法途径，“伤心”之下便“病狂”走了极端。

我在心底叹息他们生不逢时。

假如在数百年前，胡文海们是要被礼赞的草莽英雄。就像《水浒》中在张都监府滥杀了无辜还要在墙上留名的武松；就像《说唐》中的王世充，砍了仗势欺人的土豪恶霸水要的妻儿与家仆，还要豪气干云地题诗于壁。但那是野蛮的中世纪，复仇高于一切，人命贱如草。

假如在数十年前，胡文海们就像张学良的老爹张作霖，杀了仇人可以去投军，可以去落草（唐德刚著张学良“口述实录”《张学良世纪传奇》中，张学良称其父不是为匪，而是干“保险”的，即“坐地分赃”收保护费），一旦功成名就无人问其出身。但那是乱世，强者为王，根本无法治可言。

假如胡文海们生活在若干年之后，中国已走上了依法治国的轨道，“执政为民”变成了不折不扣的现实，朗朗乾坤绝不容欺良压善之辈恣意妄为，胡文海们也不致有冤无处伸。

可是,胡文海们偏偏生活在当下这个社会“转型期”,他们该怎么办呢?至少,应当像河南省焦作市的女工、曾任数届全国人大代表的姚秀荣所说,“给(负屈衔冤的)老百姓一个哭的地方”吧?这样,才有真正的社会“稳定”,才有社会的发展。指望滥用权势“压倒一切”(包括遭遇不公对待者的怨愤与反抗),则随时可能出现胡文海式同归于尽的反弹,没有谁是赢家。可惜那些恃力者游釜巢幕而不知改弦易辙。

从“公检法”到“法检公”

2003年9月29日，东京地方法院审判长片山良广在法庭上郑重宣布：日本政府对待日本军队当年遗弃在中国的化学武器问题态度怠慢，日本国要向中国的13名原告做出总额约为1.9亿日元（约合170万美元）的赔偿。这一判决在中日两国舆论界引起了轰动。日本媒体指出，它具有划时代的意义。中国舆论反映，日本不乏坚持正义之士，令人感到欣慰。（据《国际先驱导报》2003年10月10–16日）。

“日本的坚持正义之士”，就此案而言，一是指代理这个案件的“中国人战争受害索赔要求”日本律师团。对这个律师团的成员，《南方周末》2003年10月9日以《日本律师追问日本良心》为题做了报道。二是指东京地方法院的法官。虽然日本政府表示不接受一审判决而要上诉，终审结果还没出来，但是从现有的审判过程，我们已可以得出两条结论：仇视所有的日本人（比如在饭馆挂“日本人莫入”的牌子之类）是没有道理的；“司法独立”在日本还真有那么回事。

我国的宪法上也有司法独立的原则。然而，毋庸讳言，那还是一个相当遥远的目标。别说法院要判中央政府败诉，涉及到“国家利益”与外交事务，就是要判地方政府的部门或国有企业败诉，也是阻力重重，会有维护形象、权威乃至“大局”之类冠冕堂皇的口实压到法官身上，直压到他们的脊梁骨打弯。

从我国朝野官民说得极顺溜，不假思索脱口而出的说法“公检法”，就可以看出法院（司法审判仲裁机关）在中国的地位，是叨陪末座的老幺！

“公检法”的说法由来已久。“文革”中造反有“砸烂公检法”的口号，可见“公检法”是文革前就有的习惯用语。

现在，从法理上看，公安局的地位是低于检察院与法院的。你看，每年从地方到中央开“人代会”，不都要听取“两院”（检察院与法院）的工作报告，并付诸人大代表表决吗？若两院中有一家的工作报告没通过，那是当地了不得的大新闻呐！而“公安”嘛，不过是政府的一个部门呀。

然而，实际情况远非如此。

中国什么机关都有行政级别。就行政级别而言，公、检、法三家是同级，比当地政府行政级别低半级，比当地政府部门高半级。以省为例，公、检、法的头就是副省级官阶。但在权势上，公安部门的头却是高于检察院与法院的。最明显的表现是，地方党委的政法委书记，通常是公安局（厅）长出身，或者兼着公安局（厅）长。你留心一些倒台贪官的职务与简历就可以得到印证。而政法委书记是“公、检、法”三家的总管。谁家的权势大，不必比人员、经费、势力范围，仅此一项，可窥端倪。

论理，司法独立，法院应处于相对超然的地位。在国家机关与平民百姓的争端中，对两个平等的诉讼主体要不偏不倚，法院地位不能不高。它除了受制于民意机关所确认的法律，不应受任何权力机关的羁绊。检察院是代表国家权力的，在诉讼中以公诉方出庭，与被告地位平等。检方又是国家权力的第二道防线，对公安机关提出的指控进行审查，有决定是否批捕犯罪嫌疑人的权力；也有监督公安机关的职责。所以，论社会地位排序，理应是法、检、公。

为何长期以来三家排序是“公检法”呢？道理很显然。1949年以后我们讲的是“无产阶级专政”，讲的“政权，就是镇压之权”。在这种专政思维中，律师职业长期不容存在，法官只是“人民审判员”，草拟与发布判刑布告而已。国家机器与“公检法”机关的基本职能，是管治人，而除了伟大领袖，任何人都可能是“三反”分子与专政对象，属于监管与防范目标；保护人权云云不过是资产阶级专政虚伪的遮羞布，妄图颠覆我们社会主义祖国的反革命旗帜。在这样的“斗争哲学”与“继续革命理论”支配下，公安的权势焉能不膨胀？

从“公检法”到“法检公”，三家地位与权力的调整，是中国走向司法独立与司法公正的必由之路。所不知者，这条路还有多长，还要走多久，如果按今年孙志刚事件以来的发展趋势预测，应该不会太长太久吧。

自评

应该说得简明一点，是“治民”还是“民治”？“治民”，首重的是维护社会秩序（哪个朝代哪个政府都要维持社会秩序，这是无疑的），不服就压服你，所以动辄把警察推上第一线，公安自然最重要。如果是“民治”，首重的是“民权”，社会秩序是动态平衡，首重的就是公平正义，司法公正最重要，法官的权威自然高于警察。

权钱结盟新阶段

官商勾结、权钱交易，这些年一直是社会大众关注的问题。一些人“空手套白狼”的暴发，一些官员栽进监牢，就是这种勾结和交易的结果。以往关于这方面的案件通常是个人行为，即私对私的黑幕交易。然而，从近期一些新闻报道，我们蓦然发现，在一些地方，官商结盟已经开始从个人行为演变成“政府行为”，并且赫赫奕奕在光天化日之下亮相。

最骇人听闻的，据央视《今日说法》披露，为及时救治病人设立的“120”急救中心，在贵州省安顺市，竟被卫生主管部门交给一家医疗条件较差的私人医院垄断经营，以致造成了 3 名危重病人在同一天死亡的悲剧。再富于想象的“反腐”题材作家与影视编剧，恐怕也虚构不出这类伤天害理的情节。

又如央视 2003 年 11 月 3 日《新闻调查》播出的“派出所坠楼事件”，那个莫名其妙在湖南省益阳市一派出所“跳楼”并被强制火化尸首的刘骏，是因为举报益鑫泰公司的厂长，而厂长报警“说刘骏在威胁他”而被抓起来的。记者发现这家派出所居然挂着益鑫泰公司保卫处的牌子，是由公司拨钱给公安局来发工资的。警察就是公司的保安、厂长的“家丁”！

再一个例子就是 2003 年 11 月 13 日《羊城晚报》揭露登载的，广东省高州市的刘老板为儿子举行超豪华婚礼，为此举办庆典晚会的是高州市精神文明建设委员会，承办者是中共高州市委宣传部、高州市文化局等部门和单位，还出动了 200 多名警察在现场守卫。这真是官商联盟的一场大戏，它的政治与文化意味太浓郁了！

这种官商结盟的公开化、“规模化”，与先进的政治文明理念完全是背道而驰的。用举世公认的政治观念来说，政府是公权的行使者，是代表和维护公共利益的，它应当超脱于各个利益集团和私家、人之上，保持不偏不倚的立场，必须时时警惕它沦为某些特殊个人与群体的工具。用有中国特色的政治术语表达，它应当“代表最大多数人的利益”。如果听任官商结盟，那么，中国就有可能陷入“坏的市场经济”即“权贵资本主义”的泥淖。吴敬琏等人已多次提醒我们，要对这种可能性保持高度警觉，以防中国的改革误入“拉美化”的歧途。现在看来，吴老之言并非杞人忧天。

一些地方出现的“官商结盟”，本身有一个演进的过程。比如：湖南益阳的那个例子,显然是由许多地方奉行的政府与公安局对某些企业搞挂牌“重点保护”发展而来的；广东高州的那个例子，显然是从社会舆论上支持和鼓励民营经济发展而演变来的。前者把违背司法公平的普遍性原则的权宜之计当成了天经地义；后者的“支持”与鼓励做过了头，多跨出了一步，跌入了荒谬的泥沼。

因此,我们奉劝那些掌握公权的人,学习一下关于公权（国家与行政、司法）的基本原理，莫干出“当惊世界殊”的丑事还恬然不知耻。

自评

新闻媒体应该是社会航船的了望哨，观察社会的新动向。本文试图这样做。如果现在再写，就可以举出房地产开发、环境污染方面的新例，这个问题愈来愈严重了。

评仇和升迁的所谓“突破意义”

江苏省宿迁市委书记仇和，于2003年1月20日在江苏省第十届人民代表大会第4次会议上当选为该省副省长。我曾谢绝媒体约稿,不想对此发表看法了。一些网站所贴《把仇和式的强人留给历史》,乃我两年前的旧文,是《博客中国》编辑把它翻出来“挂”出去的。

然而，节后上班读了《瞭望新闻周刊》2003年第5期上，记者包永辉、徐寿松的述评《仇和升迁的突破意义》,有种非说不可的冲动，写下了本文的标题。

首先，我得申明，我并不反对提拔仇和担任副省长。假如我是江苏省人大代表，也极可能投他一票。理由有二。

一是如果只能在既定的范围内选择，仇和很可能是若干候选者中的佼佼者。泛泛地就此展开论说，可能不公平地伤害其他候选者，这个判断姑且算是我的直觉吧。

二是干部职务的升降，首要的不是赏功罚过（罚过、问责是必要的；赏功则有多种方式，不一定要升职，民主选举中得人心的无功者当选是常事），而是扬长避短地优化人才配置，我们讲干部要“能上能下”就是这个意思。在我看来，仇和这个人的执政理念大成问题，不能“为政一方”，即不可做主帅，但肯干事、有办法，是个难得的将才（比如包、徐二位的文章中所提及的他的医改、教改思路和做法我就很欣赏，也很有成效），让他在省委、省政府领导下分管某一方面的工作，可谓得其所哉：既不可能独断专行出大偏差，又可以在职权范围内干出某些政绩。孙猴子戴上紧箍还是孙猴子，比老猪能干。

我不认同包、徐二人解读的仇和升迁的所谓“突破意义”，首先在于我不认同仇和在宿迁市所表现的执政理念。这些年执政党提出了一系列执政理念，诸如以人为本、依法治国、民主决策、和谐社会，以及五中全会提出的改革行政管理体制、建设以公共服务为主要职能的政府等等。这些执政理念是符合世界文明发展潮流的，体现了一种先进的政治文化，也是对症下药，矫治中国当下社会弊病的药方。这些执政理念的提出，对于有着几千年专制文化传统和仍未摆脱原有政治经济体制束缚的中国，是有“突破”意义的。

可是，我们看看仇和在宿迁的作为（仅以包、徐二人这篇正面肯定仇和的文章透露的信息来看），有多少是符合上述先进理念的？“他将宿迁看成一个大企业集团，从投入产出、投资回报、成本核算的角度来审视地区的发展，使成本最低化，产出、回报最大化。正是在这一思路的指引下，仇和开始了他……被一些人认为‘激进’的改革。”他还真把宿迁市这个“社会”当成一个企业集团，他是大老板了。所以，才有“仇和望一望，拆到南关荡”、“拆了你莫哭，不拆你莫笑，那是仇和没看到”的铁腕改造。这里有一丝“以人为本”、民主决策、依法治国的气息吗？简直是口含天宪的专制帝王嘛。“大跃进”时的“强迫命令”也不过如此吧？显然，仇和推行的不是市场主导的体制改革，而是坚持政府主导的旧有管治模式，这样秦始皇、彼得大帝式的执政理念和执政能力有什么“突破意义”？

我不认同包、徐二人解读的所谓“突破意义”，从大处讲，我认为包、徐二人恰恰没有“突破”传统的“青天”和“强人”思维定式。当今之世，“依靠自己”、敢想敢干的“强人”伙矣！他们都有一种“舍我其谁”、唯我独尊的气概，脑袋瓜子一拍“就这么定了”！事情干成了，自然是他“领导有方”的政绩；干砸了，他大不了拍屁股一走了之，将烂摊子留给当地老百姓。所以人们说“决策失误是最大的失误”。这样的教训还不够多吗？那么多长草的“开发区”，那么多投资以亿计的半拉子工程，就是这种强人在旧有领导决策体制下的“业绩”！这种强人都有豪赌一把的性格。因为赔的本不是他们的，所以他们比真正的赌徒还豪爽。这种拿XX赌“政绩”的敢想敢干“强人”有啥子稀罕？说难听一点，仇和不过是侥幸赌赢罢了。另外，可能与许多“边干边捞”、“假干真捞”的贪官不同，他是个清官。“强人+清官=青天”。中国的希望还能寄托在一两个“青天”身上吗？

包、徐的文章说，仇和喜欢读书，“《世界通史》看了3个版本”。那么，请他和他的拥趸们记住世界史上的那些大强人，凡是没有制度创新的，不论他在位时的功业有多么显赫，都是匆匆的历史过客。例如，亚历山大大帝“他没有创造传统——除了个人的传奇之外，什么也没有……他抢到并握在手里的这个世界帝国，就像一个孩子可能抢到和抓到一个贵重的瓶子一样，落到地上，摔成碎片了”（英人赫·乔·韦尔斯著《世界通史》）；而拿破仑虽然在滑铁卢惨败，但他主持制定的“《民法典》成了欧洲及世界各国民法的榜样”，他在法国推行的行政体制改革和“国家统一监督下的教育制度”至今仍泽惠法国人（德人曼弗雷德·马伊著《世界历史》）。

至于包、徐二人在文章后面总结的仇和升迁的四点“标本意义”，我就懒得一一驳斥了，只说第一点：“——某种程度上突破了‘阴暗面的放大效应’。”

包、徐说：“社会学上有一个原理叫‘阴暗面的放大效应’，指一项决策的评价哪怕是99%的人赞成，其声音总是沉默的；而1%否定，不断发出各种声音，形成的印象就是百分之百，阴暗面的效应被放大了。所幸，阴暗面的放大效应没有在仇和晋升副省长中起决定性作用，它折射出我国干部评价体系的日益成熟。”这个解说大谬不然。

众所周知，欧美国家民众将政府权力视作不得不容忍的“恶”，对公权的掌握者百倍警惕，所以媒体和舆论多是“坏消息”和质疑的“负面”言论。而我们的媒体一直是坚持“正面宣传为主”的，何时出现过对决策的评价，99%的赞成者沉默，反倒让1%的反对者主导了舆论？包、徐二人的说法未免有颠倒黑白之嫌。

难道仇和的提拔是对“群众公认”这一条用人原则的“突破”吗？如果是这样，那算什么“突破”？这些年我们看到不少“王坏种”（王怀忠）这样的贪官污吏，就是罔顾民意“带病提拔”的。至于那么多买官卖官的，何尝顾忌舆论，管群众赞成不赞成？“群众公认”的选人原则不是应该“突破”，而是要从文件变成现实，才能防治吏治腐败。

事实上，仇和当选副省长得票率颇高，所谓“阴暗面效应”，完全是记者故作高深搬来的新名词。此说是对“群众公认”这条用人原则的否定，也是对仇和的贬低。

附记

包、徐二人2008年出了一本写仇和的书，叫《政道：仇和十年》吧，据说在昆明很畅销。我只认民主是正道。

媒体为何厚爱毛东东

2003年底，毛泽东的曾孙、毛新宇之子毛东东一降生就成了新闻人物。那时的“新闻眼”是，他出世这天恰逢12月26日，是毛泽东的110周年诞辰。

当时，我腹诽道，公安局给我的身份证上写的生日也是12月26日，在没有剖腹产的年代可能比小东东更“契合”天意呢，咋没有谁理会？藏传佛教有“转世灵童”，《金瓶梅》那个男主人公转世做了自己的儿子，但对于不信宗教不信轮回的人们来说，小东东生日与他的曾祖父相同不过是巧合，并不值得大书特书。

还有，何以传媒这么瞩目毛新宇与毛东东，却未曾见如此关注毛泽东的女儿李敏、李讷的后代？如果根据男女平等的现代观念，像欧美国家一样排列血缘关系，李敏、李讷的后代与毛岸青的后代当属同一亲等。传媒如今的差别对待，不是公然在承袭并强化着中国父权社会里重男轻女的腐朽传统吗？

如今，小东东满周岁，这个小毛孩再次成为了一些传媒关注的热点人物。2005年1月初，长沙报纸报道他们一家回到韶山“省亲”，呀呀学语的小东东一进毛泽东故居的卧室就“爷爷爷爷”地叫起来……如此“解读”黄口稚儿呢喃不清的语言，想传达什么信息给人们呢？表明他是嫡派正宗的“龙种”？俗话说“儿子是自己的好”，毛新宇为小东东的聪明伶俐而自豪是人之常情。媒体这么宣扬就没什么意思了。君不闻“小时了了，大未必佳”的古训？著名词曲作家李宗盛20多岁时还被人当弱智看待呢，智力发育迟早也不能证明什么。

好了，小东东近日到了本埠，成了各家媒体记者追捧的新闻人物，“长枪短炮”纷纷为他的亮相造势。据报道，国家邮政局破例为“毛东东周岁纪念”发行了邮票 16 枚，使他成为“发行个性化邮票最小的人。”谓予不信，报上有票样图片为凭。

先说国家邮政部门。如果真是“破例”为他这么做，我看有滥用公权之嫌。但据了解，发行个性化邮票是市场化行为，只要符合规定，能通过审批（比如，总不能让陈希同、成克杰的家属为他们发行生日纪念之类邮票吧），就行。小东东的家长想这么做，邮政部门理当批准。

问题是媒体为什么要这么追捧小东东？我相信新闻同行的判断力：这新闻有卖点，即有不少人愿看，有市场。那就是“媚俗”吧？

且不论“媚俗”该不该，先问这“俗”是怎样生成的？古人讲“淳风化俗”；从前我们讲“移风易俗”；如今有关部门一再搞“舆论导向”。这种明显带着男权社会血统论倾向的低级趣味的思想意识，如今怎么就成了扪之无形、望之有“气”的风俗呢？

社会心理学家和哈维尔这样的思想家都认为，每个人的心底都有帝王意识，想支配别人，这是人的本能；问题在于人们怎样抑制“本我”，达成“超我”的平等和民主意识。

说浅近一点吧：我们是不是帝王剧看得太多，不是康熙、乾隆、雍正，就是秦皇、汉武、成吉思汗，在“喳”、“喏”声中沉浸得太久，见到一度叱咤风云、权倾天下的人物就心动目眩，时时想找到寄托崇拜情感的对象？

人们对领袖人物的后代的后代的后代的超常关注，是不是有点过分了，不合时代潮流？这里面有些什么深层原因？

一个月前，《南方人物周刊》主编徐列捎来讯息，说受鄢烈山之托，想请我为其新著写个序言。徐列并转来鄢烈山的信函。鄢烈山在信函中写道：我想，杨锦麟先生如果肯给我写的话，那是再好不过的。一来名人中杨先生是令我和我的潜在读者所尊敬的人，二来杨先生“读报”其实也是时事评点，他的心与内地民意相通，对言论环境甘苦也是亲历，三则他对我也有所了解，在香港与他有一面之缘，曾蒙他赐宴。烈山先生将我纳入所谓的“名人”，实在不敢当，其实也是徒有虚名而已。在电子媒体混饭吃的人，最应警惕的就是不可为虚名所累，但他对我的观察心得，我觉得是知音话语，能引起我的共鸣。和烈山先生确有数面之缘。印象最深的是在香港的邂逅，那天大家谈兴甚浓，遂相约到庄士敦道的一家专事杭州本帮菜酒家餐叙。席间，烈山先生话语不多，他更多时候是倾听，酒喝得不多，询问之下，才知道他并不善饮，也是这些年勤于笔耕，身体或有欠安，方有所节制，这一

第叁辑

常识与逻辑

张维迎“站”在哪里说话

有人欢呼，大陆的经济学家终于“站出来”，回应郎咸平“炮轰格林柯尔”的一系列关于国企改革的言论。网络上的我不知道，我看到的传统媒介上最先“站出来”的是经济学家张文魁，语见 2004 年 8 月 23 日出版的《21 世纪经济报道》，标题是《国企产权改革方向不容否定》，活像当年“两报一刊”社论的调调。也难怪，人家是国务院发展研究中心企业所副所长，是官员，“站”在维护政绩的立场讲话很合乎身份的，只是修辞上略欠“与时俱进”。

张维迎是北大的教授，中国著名的经济学家，他“站出来”，当然是秉持社会责任感，出于“学者的独立性”发言了。奇怪的是，他不是像郎咸平“站”在大学里演讲，而是“站”在“中国企业家论坛首届深圳高峰会”开幕式的主席台上演说。人民网 2004 年 8 月 28 日报道说，与会的是 40 多位活跃在当今经济舞台上的华人企业家代表。来宾里中国农业银行行长杨明生可算半个企业家，唯一的非企业家就是这位张大学者了。张教授的发言不负“中国企业家论坛”所望，号召我们“要善待对社会作贡献的企业家”。这虽然是一句废话（理应善待对社会作贡献的一切人，企业家、职员、农民、教师、清洁工等等，就是对囚犯也要善待不要虐待吧），但其基本倾向却是十分鲜明的，就是为“中国企业家”代言。

不论其演讲的内容如何，张先生发言首先就“站”错了地方，大大地有损张先生作为“学者的独立性”。你要回应郎咸平，就在你的光华学院多好，何必千里迢迢飞到深圳这么个会上呢？站在什么地方很重要吗？很重要！这就像打官司，判决是否符合实体正义是后话，第一位的是程序要合乎正义。你既然选择与企业家们“站”在一起，叫人怎能相信你发言的“独立性”呢？六七年前我到深圳参加一个企业主办的会议，邀请了国内一些大牌经济学家，他们的出场费是每人一万元。如今的行情呢？两个月前，一位经济学家亲口对我说，他的演讲出场费低于2万元免谈。不知张维迎先生莅临这样的“高峰”会议出场费是多少，会是义务劳动吗？我晓得，张教授要骂我“用妓女的心态看待所有的性关系”了，但你不“洁身自爱”，守在你的“学术深闺”里，跑到那种场合去回应郎咸平，还大讲什么“经济学家的社会责任”，这不是很滑稽很令人起疑吗？

最令人不解的是，张教授对大众舆论的深恶痛绝。他怒斥“舆论环境已经到了1992年以来最不好的时候。最近在社会上，舆论界兴起了一股妖魔化、丑化整个中国企业家队伍之风”。其实，“大众舆论”对“中国企业家队伍”绝没有他说得这么“情绪化”，将他们统统“妖魔化”；其实这也很好理解，皆因贫富两极分化日趋严重，而社会上出的贪官一串串（比如一批交通厅长“前腐后继”地落马），再弱智的人也会推断，有不少工程承包商、房地产开发商，通过权钱交易“吃”进不义之财的大头而暴发了。

尤其奇妙的是，张维迎教导人们：“你们应该知道，在这个网络时代，学者能独立于大众舆论才是最不容易的事。对一个真正的学者来讲，最难做到的不是你骂政府、骂企业家，而是你敢不敢站在大众舆论的对立面，坚持自己的观点。”也就是说，他对自己敢于“站”在“大众舆论的对立面”是颇为自豪的。在中国，学者反对大众舆论真的比“骂政府、骂企业家”还需要勇气吗？至少，我是不敢承担“骂政府”的恶名的。众所周知，中国的大众传媒，家家都标榜自己是“主流”，像张先生一样拒斥“情绪化”的恶名，而标榜“理性”、“建设性”。

这个张维迎，这么鄙视大众传媒，却一回京就接受《经济观察报》与《证券市场周刊》的联合采访，而且滔滔不绝，光“学者需要独立于大众的情绪”这个小题目就讲了一大篇，码起来有两千多字。张受访时说别人有“妓女心态”，我看他倒有“嫖客心态”：虽鄙视大众传媒却忍不住要跟大众传媒来往。张维迎轻蔑“大众舆论”的一番话，叫人想起“无顾天下之议”的商鞅与鼓动“反潮流”树“白卷英雄”的江青。《商君书·更法篇》说：“民不可与虑始，而可与乐成。”这个专制变法的英雄，为对付老百姓创造了保甲连坐法；这个精神在秦统一后发展到，为管制大众舆论而实行老百姓“偶语弃市”（两个人在一起议论国事就杀头）的苛法。张维迎继承了这种反民主的思维，却偏要说“邓小平的许多改革措施一开始许多人都不理解，这正是他的伟大之处”。这如果不是对邓小平的污蔑，就纯粹是信口开河。恰恰相反，“文革”后邓小平复出，不论是具体的行政措施如恢复高考、平反冤假错案，还是涉及国家大政方针的，如彻底否认“文革”、在农村推行包产到户责任制、解散人民公社制度……都是顺应民意的。甚至他的复出，也可以追溯到“四五”天安门运动“大众舆论”的支持。我相信，邓小平提出让“一部分人先富起来”，同时强调社会主义的本质和根本原则是“共同富裕”，也是大众舆论所支持的。“大众舆论”反对的只是以权谋私、权钱交易、吞噬国家财富的特权利益阶层。

我想忠告张教授：一个著名的学者，若不避嫌“站”在某一个阶层之中，若太自负，以“站”在“大众舆论”对立面自雄，他标榜“独立性”是没人相信的，他对社会发言的每句话都可疑——哪怕他有时不乏真知灼见。

自赞

本文的写作冲动显然来自对张维迎反感媒体批评的反感。以他为代表的一批知识精英，与官商合谋“改制”，不仅排斥利益攸关的工人参与，也烦媒体的批评监督。这些标榜独立的所谓经济学家和学者，与某些戴三个表的政治精英一样，自负傲慢，自欺欺人，以为天下人都是傻瓜！

也是经济学家的张曙光先生一语破的：21 世纪，不是观念之争，是利益之争。

两种傲慢都要不得

香港社会学教授丁学良先生“国内真正意义上的经济学家不超过五个”的言论，一石激起千层浪，据说引发了网民新一轮“对所谓经济学家的批评和漫骂”。站出来回应的，与经济学家搭界的人，我看到的有4位：一位是经济学教授李剑阁，但他的主要职务是国务院体改办（发展研究中心）副主任，是官员，本人不敢褒贬；一位是哈佛大学经济学博士、世界银行研究部研究员、武大和北大等大学的博导邹恒甫，《南方人物周刊》发表的对此公的访谈，可以说是对丁学良观点的论证和补充；另两位是经济学界的“票友”，《经济学消息报》的总编高小勇和《中国改革》杂志的主编新望，与我一样本职是传媒人。高小勇为“中国最好的经济学家”们受到的恶评鸣不平，不仅把他们个个夸得比琼花还美，有“捍卫科学和理性”的大智大勇，而且断言“其实，贫富差距拉大是市场化改革的必然结果”；新望也为中国的主流经济学家说话，正面评价他们，但他的评价与中国改革、发展的实践进程相联系，在肯定中国经济学家“独有的幸运”和三大贡献，为他们“洗冤”的同时，也承认中国当下存在形成一个“坏的市场经济”框架的危险，呼吁矫正偏差，实行“民主的改革，公平的改革，大众参与的改革”。（参见《财经时报》）

本文不拟从我的视角详细评点上述四人的观点，限于篇幅只想谈一点比较鲜明的感受，即我从字里行间强烈地感觉到，某些经济学家以及高小勇这样的“票友”，观点不同甚至对立，言谈中都流露出不加掩饰的傲慢与偏见，虽然他们的倨傲与轻蔑的对象不同。

一种是学院派的傲慢与偏见。它指向直接参与中国改革开放社会实践的知识分子，特别是经常在传媒上就重大政策、决策向公众发表意见的人；邹恒甫讥之为“新闻媒体经济学家”。我们应当承认,致力于学术研究,争取多出学术成果,是所有学者、教授安身立命的根本,他们应当像邹恒甫所说的那样“耐得住寂寞”；邹先生说“书生自有嶙峋骨”，他最厌憎“权钱交合”，这是非常难得的；至于邹先生抨击“国内现在出名的经济学家，都是学者型官僚和官僚型学者”，这个全称判断是否允当可以讨论，其反对“官、商、学通吃”的初衷也不乏针对性；而他致力于引进国际上先进的经济学教材，在数理金融、数理经济方面开国内之先河更是功不可没。但是，他不该用在国际一流学术刊物上发表了多少论文做唯一的尺度,来评价中国的经济学家。邹恒甫在上海财大演讲时说:“他们著名，著名在哪里呢？都发过些什么文章呢？都摆出来看看嘛！”国内发的,中文写的,当然都是不算数的。他瞧得起张五常，因为他在美国有些论文；他比较瞧得起林毅夫，因为“林毅夫有两篇有价值的文章”(指解释大跃进时期中国如何饿死人、家庭承包制如何改进农村劳动生产力，皆是历史研究而非当下问题，当然是发在海外)；他敢于睥睨中国经济学界，也是“知道我在国外还有点文章”，“所以，我说我和林毅夫是三五流，张维迎是九流，大多数人都不入流”。

我觉得这不是狂不狂的问题，只要真是了不起，不仅是中国不可多得的而且是中国不可或缺的才智之士，态度狂傲一点，我们就该“笑纳”。然而，在海外发表几篇英文论文就真的那么了不起吗？中国当下最需要的是学术象牙塔的顶尖人物，还是脚踏实地，能推动中国转型，加速市场经济体制建设的人物？我认为后者更重要，或者说需要更多的后者。我们出一两个经济学大师为中国争光、为学术锦上添花那当然是求之不得的好事。但中国是发展中国家，中国面临的大量的经济学问题，都是人家探讨过的；中国面对的有“特色”的由计划经济向市场经济转型的问题，未必是国际经济学界所关心的、至少不是“前沿”的问题。中国当下最需要的是向官员与民众普及经济学常识(所谓“更新观念”),“经世致用”同时也是中国知识分子宝贵的文化传统。因此，参与中国当前的改革开放实践，对公共政策发表意见，不论是以公民的身份还是专家的身份，都是值得尊敬的。对于中国经济学家对推动中国经济体制改革与经济发展的贡献，新望先生已有令人信服的论述，本文不必重复。请想想，中国的经济学家当初要从马克思的《资本论》里寻找论据，证明雇佣 8 人以下叫做请帮手，“不算剥削”，这在外国学者眼中，在今天的人们眼中，确实很滑稽，可是在那时是很严肃的，争取个体私营企业的合法生存权远比100篇高深的论文贡献更大呢！

这里，不仅涉及到如何历史地、现实地评价一个学者的学术成就，而且关涉到中国需要什么样的经济学家，或者说，经济学家在中国的发展进步中如何定位的大问题。我的结论是，经济学家群体可以有不同偏好，甘坐冷板凳的与积极参与社会实践的应当互相包容、互相尊重，不要文人相轻、唯我独尊。

另一种傲慢与偏见，我不知如何贴切命名。说某些经济学家是“知识精英”型的傲慢与偏见吧，但在邹恒甫、丁学良们看来，他们都是末流或不入流的学界混混，沽名钓誉的角色，根本算不上“精英”。说他们是师爷型、幕僚型的傲慢吧，他们尚未取得做“班底”参与预谋策划的资格，而且连冯谖那样的优秀门客的资格与品格也不具备（我们知道，冯谖敢于代孟尝君深谋远虑，笼络民心而销毁债券）；他们也就能够像科举时代的举子一样做一点“策论”，是否切中肯綮真正有益于治国安邦难说得很，只能凑合“行卷”（发表论文）在圈内圈外混个脸熟罢了。

在我看来，一些经济学家之所以不大像经济学家，主要是没有“明晰”自己的身份：一、你可以像余秋雨那样认为自己“为企业利益代言”（或为别的特殊群体、集团）代言很正常，但应明示是企业的形象大使、公关代理而不能以经济学家的身份发表貌似公允的言论来混淆视听，公与私、显与隐两种身份不能模糊。二、你是学者，就应当坚持真理多讲理想的模式，为社会树立一个正义的值得不懈追求的目标；你不是幕僚，不能只为“主公”思谋当前的对策，不能将“最优选择”视为虚幻而抽象肯定具体否定之，将所谓“次优选择”合理化为实际上的“最优选择”，并使之合法化、定型化。有位经济学博士说，“深受现代经济学理念熏陶的当代经济学界，对任何没有现实可行性的政策主张都缺乏兴趣”，我怎么听都觉得不像学者而像“上书”干谒者讲的话。三、你的术业有专攻，经济学领域的事你也不可能一通百通，不能包打天下越界发表“专家”意见；如果越界就要像我一样，只是以一个普通公民和读书人的身份讲话。

然而，某些“主流经济学家”以及他们的“票友”，之所以惹我和众多网民反感乃至愤慨的，还不是以上三点，而是他们对普罗大众的傲慢和鄙视。我深信，大多数网民像我一样，是支持市场化改革取向的，乐见民营经济大发展增加就业机会，也不反对让一部分人靠诚实的经营先富起来，在这些问题上与张维迎等主流经济学家并无根本分歧。但是国企改革中由于缺乏职工参与、舆论监督而搞暗箱操作，造成了大量的国有资产流失，这是不争的事实，仅新华社已有的报道就让人触目惊心。一些人靠权钱交易，通过工程承包、“转制”收购和房地产“开发”，极不公正地获致暴富，是瞎子都能感觉得到的社会现实（不然就不会有那么多交通厅长东窗事发，不会有顾雏军、杨斌、周正毅们“显山露水”，不会有房地产业今天仍高出各行业平均水平5倍之多的暴利）。正是正视这些社会弊病，政府近年才特别提出要更加注重社会公平，遏制贫富差距的扩大，建设和谐社会。可是，在高小勇眼中，“绝大部分高收入者还是因为自己拥有企业家劳动这种资源而成为富有者的”；“国企改革的收益远远大于成本”。而在高小勇赞为“中国直觉最好的经济学家”张维迎看来，揭露权钱勾结鲸吞国有资产、非法暴富这样的问题不是小题大做，就是别有用心，是郎咸平这样的学者要哗众取宠，或年轻的编辑记者不知轻重在“挑拨社会不满情绪”。他们对大众的蔑视不单表现在主张国企转制只须政府官员、企业家、经济学家三方敲定“改革方案”而不须职工代表侧身其间，更表现在视广大公民为愚民、群氓，要将他们排除在一切改革大政方针的制定之外，标榜自己敢于“站在大众舆论的对立面”，甚至不惜歪曲事实，说什么“邓小平的许多改革措施一开始许多人都不理解，这正是他的伟大之处”。高小勇对张维迎这种“勇气”和“理性”特别欣赏，所以他反问人们“张维迎错在哪里”。这些所谓“知识精英”的狂妄，不客气地说，根本不下于中外历史上的那些专制君主——“开明”不“开明”只有天知道！

现在有学者在呼吁反对“民粹主义”，我也认为应当警惕“民粹主义”；但同时要警惕将民粹主义与民主主义混为一谈，假借反“民粹”之名而反对“四大民主”（即中共十六大讲的“民主选举、民主决策、民主管理、民主监督”）。

本文讲的反对两种傲慢与偏见，不仅是针对经济学界的，法学、社会学、政治学等各学科都一样。

自赞

本人看不惯那些所谓经济学家对大众、对舆论的傲慢，本文也批评了学院型、研究型学者对关心实务和社会问题的知识分子的傲慢。据说，邹恒甫先生不以为忤。文末提出警惕民粹主义，更要反对假借反对民粹主义而反民主主义，这应该算是点睛之笔。

没有职工参与的“改制”难称合法

国资委和财政部2005年4月14日正式公布的《企业国有产权向管理层转让暂行规定》，显然是总结此前国企改制实践的经验教训，对原有MBO政策法规有针对性作出的补充和细化。其中，“五种情况禁行”、改制“须过‘五道关’”、“禁止信托委托等受让方式”，每一条都像一大包填漏洞塞管涌的沙袋，意在防止国有资产流失。请注意了，《暂行规定》禁止大型国企MBO，同时说的是允许“探索”中小国企向管理层转让国有产权。换言之，有关部门对中小国企的产权转让尚无一定之规，也未作统一部署，只有一些基本的指导性意见。因此，“各路诸侯”（中小国企一般是“地方国有企业”，从前叫“地方国营”，所有权分别属于省、市、县三级）可以大胆试验，我等平民百姓也可以各抒己见。

《南方都市报》2005年4月15日的社论毫不含糊地断言“所有者缺位不解决，国企MBO注定行不通”。是的，“如果像现在这样所有者不到位，无人与受让方谈判，那么产权改革怎么可能有效进行”？执笔者提出解决“所有者缺位”的对策是，让人大以监督产权交易活动和从财政角度审议政府提交的国企改革总体规划这两种方式介入。这种思路是依据宪法对人大的“定义”和赋权，在法理上当然是站得住脚的。

不过，在我看来，即使地方人大介入了当地的中小国企产权转让，现行的乃至依照新公布的《暂行规定》实施的产权转让，也难称合法，更谈不上实行了“三公（公开、公正、公平）”。

从法理上讲，一个国家的法律是一个完整的有机联系的体系。《宪法》固然确立了地方人大是地方最高的国家权力机关，政府提交的国企产权改制方案经人大审议因而具有了某种合法性；然而，同时，《宪法》（2004年3月14日第十届全国人民代表大会第二次会议通过的经过修正的“新宪法”）第十六条载明：“国有企业依照法律规定，通过职工代表大会和其他形式，实行民主管理。”怎么样落实宪法这一条规定，十六届三中全会通过的《中共中央关于完善社会主义市场经济体制若干问题的决定》指出：“要全心全意依靠职工群众，探索现代企业制度下的职工民主管理的有效途径，维护职工合法权益。”与这种精神与原则相一致，《全民所有制工业企业法》、《公司法》对于国企职工参与企业管理早有明确的规定，其中有职工代表大会制度、职工董事等内容。如果我们的国企改制，竟把国企职工视如无物．“忽略”他们参与的民主权利，怎能说合宪合法？在去年的国企改革大讨论中备受公众质疑的那些经济学家，就是因为他们并不讳言他们所主张的国企改制方案是由政府官员、专家学者与企业家联手制定的，而把改制中的当事人——工人群众当成了可任意处置的物品。

从改制实践的教训看，之所以主张人大介入，是因为国有资产管理机构虽然是经授权的国资产权法定代表人，但它们的执行者“也是人”，而且是“官人”（政府官员）。为数不少的案例表明，这些机构的官员与别的政府机关工作人员，与国企管理层，可能为了某种目的串通起来操纵改制。国企产权改革、设立国资委都是为了解决“所有者缺位”（或叫“所有权虚置”）的弊病。事实上，国企官员也好，政府与国资委官员也好，权力机关人大常委会的官员与人大代表也好，都是有任期的，即作为个体他们都是临时的公共权力受托人和公共利益的代理人，都有可能追求个人利益的最大化而牺牲公共利益（以权谋私）。也就是说他们都是需要受公众监督的。

对于“全民”来讲，“所有权”是“虚置”，但对于被改制的国企来讲，改制与其员工的利益是切身相关的。关系到企业存亡兴衰的发展道路的选择，难道还不是须经职代会讨论的重大决策，而对他们无关痛痒吗？他们有权知晓方案产生与执行的全过程。国资委官员的调查、人大的官员与代表的视察，再深入也比不了他们与企业管理层日日的近距离接触。管理层吃里扒外、低估贱买、偷梁换柱等花样可以瞒得过“上边”的官员，却难瞒“身边”的员工。即使某个国企全员购股，全员“内部人”控制也极可能发生“分赃不均”导致暗箱操作曝光。反之，抛撇职工参与的改制，不仅不合法、不合理，而且后患无穷。

这些年，不规范“改制”造成国资流失、工人工资拖欠、社保无着落、失业等问题以及由此引发的危及社会安定的案例还少吗?

想在国企改制中大捞一把的“掌勺者”不谈也罢。我看，有些官员虽无谋私之心，但在国企改制上思维短路。他们总认为以行政权威强力推进改制，“快刀斩乱麻”，才能出改革速度，而让职工行使民主权利，则必会使改革效率低下。其实不然：首先，“让”职工参与国家、社会和本企业的民主管理，不是手段问题，而是职工依法享有乃至天赋的权利；其次，以“三公”为前提的“效率”才是可靠的效率，所谓“不怕慢只怕站”也，而不公正导致民心不顺、社会不稳，一旦“推倒”重来，“效率”云乎哉!

自评

今年吉林通钢事件发生后，当地国资委发言人称，建龙集团入主通钢在程序上是合法的。本文并非针对今年发生的这番表态而写，但道理仍然适用。

关于国企改制的文章，我等书生空议论的文章连篇累牍。本人写过批驳张维迎等经济学家排斥工人参与的系列文章，也写过如何达成改革共识的长文和演讲稿。新华社更发过不少反对官商学精英联手瓜分国企的时评和通讯。看来，都不如工人们逼急了啸聚维权有效果。还要唱《团结就是力量》并非吉兆。

“理性”岂能排斥“直觉”

本文不是探讨玄妙的哲学或心理学问题，而是从常识出发来评说眼前的人和事。

“理性”，在中国当下是个褒义词。因此，一些媒体竞相以“理性”自我标榜；一些人贬责论敌时常常痛斥对方“非理性”、“情绪化”。“理性”，一般来说是好的；尤其当它针砭的是偏激、狂热、蛮不讲理、“不过脑子”等对象时。但是，“理性”并不是至上的，并不是压倒一切的。

从文化常识上讲，“理性”的极致是“科学”，但“科学”一旦变成了“科学主义”，完全排斥“非科学”的宗教信仰等的社会价值，那就是褊狭有害的。

从哲学史常识讲，从19世纪后半期以来，将“理性”奉为至尊宝的“理性主义”已受到学术界的广泛质疑。法国哲学家亨利·柏格森（1859–1941）倡导的生命哲学就是对现代科学主义和理性主义文化思潮的反驳。他贬低理性，认为只有通过直觉才能体验和把握到生命唯一真实的本体性的存在。柏格森的生命哲学又可以叫“直觉主义”。他的学说对现当代科学、哲学、文学、艺术等都有深刻的影响。瑞典学院评价他“穿过理性主义的华盖，开辟了一条通路”，对人类思想解放具有重大贡献，将1927年的诺贝尔文学奖授予了他。此外，20世纪80年代在中国炙手可热的弗洛依德，大讲人的潜意识和原欲，那也是关于“非理性”的学说。

久蓄于胸，而今才动手写这篇短文，是因为昨天读到一篇题为《理性思考中国改革》的文章，终于忍不住了。

该文作者是一位著名经济学家。我赞成他的这个说法：“对一个民族来说，大众情绪是一种血性，有它的价值，但仅有情绪是不够的，我们必须学会理性地思考问题。”理性地思考当然好，但是若以理性思考来排斥大众的直觉判断，乃至试图以此限制公众的发言权则是不可接受的。

作者认为理性思考包含四个方面的内容。对于他所说的“换位思考”、“可行性”、“向前看”这三方面本文不予置评，单说其中一点。他认为：“理性思考要求我们在评价一种变革和政策的优劣时，必须讲事实，摆道理，实证数据和逻辑分析相结合，而不能以感觉代替事实，用直觉判断代替逻辑推理。”显然，他是轻视直觉判断的。

然而，事实是，普通人的直觉判断有可能比专家学者的实证数据和逻辑推理更接近于真相。比如，那些“论证”医改是成功的、教改是成功的、中国的贫富差别并不大的管理部门新闻发言人和学者，可以搬出一大堆数据，讲得振振有辞，其可靠性终究不如老百姓来自生活的感受和直觉。最典型的例子，莫如何祚庥院士证明我国矿难多发的原因主要不是由于权钱勾结（或曰“官煤勾结”）的腐败充当了“保护伞”。他搬用他的专业知识，测算出两个数据，“每百万小时劳动时间的死亡人数”，美国是 0.188 人，中国是 0.266 人，他由此得出的逻辑分析结论是：“中国的每一位煤矿矿工，在井下作业过程中，所遭遇的风险概率其实仅和美国人差不多，亦即比美国多 41%！”并进一步推论，抨击矿业中腐败现象的人“实质上是攻击”现政权。（参见何的网文《揭露伪新闻（九）》）请问：这样的“数据”与逻辑分析，与国家安监总局、湖南娄底市等部门和地方领导人以及广大民众对矿难原因的“直觉”，哪一个更符合事实？如果何院士的结论成立，中央和地方政府今年大可不必继续大抓官员从煤矿撤股和煤矿安全督察了。

小到一件具体的案例，大到治国安邦的决策，理性和直觉都不可偏废。不讲实行陪审制度的司法实践了，单说世界上那么多国家的领导人的决策。比如美国总统，他在作出一项重大决策之前，要求有关专家顾问拿出数据，作出模型，进行逻辑分析研究，但最终拍板，靠的还是他的直觉，因为他不可能对工业、农业、金融、航天、战争诸方面都有超过专家的专业能力。

以这位经济学家的本行来讲，所谓“看不见的手”，一方面是承认“经济人”有谋求自身利益最大化的“理性”；另一方面则是对普通人凭本能和直觉逐利的高度信任，对所谓经济的"自发性"和社会的"自组织"能力的高度认同。"人民公社制度"为什么解体？农民不懂产权理论，不知"科斯定理"，可是他们凭本能和直觉知道，产权明晰的"自留地"和承包田，产量一定高过"一大二公"的集体所有制。在工业领域，不要说中国的所谓"计划经济"只是长官拍脑袋定指标的"命令型经济"，就是达到前苏联那样高水平的"理性"，计划数据严谨、逻辑严密，那也搞不过更看重经济个体凭"直觉"决策的市场经济。

我不想指责那些动辄强调"实证数据"和"逻辑推理"的专家学者意在坚持知识精英垄断话语权；宁肯认为是他们的傲慢和自大使然。此外，我发现在当下中国有一个怪现象，即理工出身的人瞧不起搞文科的，认为后者不懂逻辑拿不出数据，只会空对空；而文科出身的也瞧不起理工出身的，说他们是"机器人"，缺少"人文关怀"。同在文科，搞社会科学的与搞纯人文或艺术的，又互相轻视。比如，搞哲学的颇瞧不起搞文学的。这种种傲慢与偏见，几乎不加掩饰地表露在各方的文字中。这是题外话，点到为止。

向阿卡耶夫致敬

我本来已决定尽量少写乃至不写国际题材的评论，因为我强烈地意识到自己没有“资格”议论国际大事。虽然依照宪法我享有言论自由，享有评议天下大事的权利，哪怕胡说八道也是我的权利，但有没有相应的评论“资格”是另一回事。好比说，我享有选择职业的权利，但我的学识使我不能取得当律师或建筑师的“资格”。

议论国际大事的“资格”，最重要的一条是，占有（可以而且动手采集了）基本的相关资讯。而这一条，我就很难做到。如果光看国内中文的大众传媒，你根本不可能得到正反两面的信息，绝大多数是编辑加工过的带倾向性的。比如，我始终未想明白，为何对车臣武装抗俄人员，我们的传媒称为“车臣非法武装”，而对伊拉克非法武装分子（因为中国在伊拉克驻有大使馆，即承认伊拉克现政权为合法政府，那么反政府的当然是非法武装分子了）却讳言“非法”二字，要么叫“伊拉克反美武装”，要么就叫“伊拉克武装分子”。

又如，伊拉克大选时，我们前一天从央视看到的是投票点冷冷清清，甚至空无一人，连警察也不肯去维持秩序。结果，第二天才知投票的选民比例相当高。还如，我偶然从 2005 年 3 月 19 日的《新华每日电讯》上看到一则新华社记者的图片报道，“中国驻伊拉克大使馆再遭炮轰”，又是所谓“反美武装”干的，大使馆所在饭店楼房和一辆轿车被击中，所幸没有人员伤亡。我问一些朋友其中包括国际新闻的编辑，知否中国驻伊使馆被“武装分子”一轰再轰？结果，没有人知道。像我这样不能从网上直接读懂外文的中国人，要想了解国际新闻的全面信息，比盲人摸象离全貌更远。可惜，我又没有历史学家高华写《红太阳是怎样升起的》那种从官方文本的蛛丝马迹中探寻真相的功底，所以本着“不知为不知”的圣训，我决定对国际新闻少说为佳。

然而，读了2005年4月9日《新华每日电讯》“世界报道”上关于吉尔吉斯斯坦流亡总统阿卡耶夫在吉尔吉斯斯坦议会上的辞职讲话，我实在克制不住写作的冲动，忍了10多天，终于决定要将自己的感触说出来。

关于吉尔吉斯斯坦“颜色革命”的局势，我一直关注着，收集了国内的一些相关信息，主要的计有——

2005年4月3日《人民日报》述评：《美国传媒助推“颜色革命”》；2005年第4期《看世界》月刊：《和平夺权：从“街头政治”开始》；2005年4月4日中新社报道：《敛数亿家财超国家预算？》；2005年4月6日《南方人物周刊》：《美国策反吉尔吉斯？》；2005年3月26日《参考消息》：《吉尔吉斯坦政权为何一夜崩溃？》。这些报道和观点互相对立。有俄杜马议员说“幕后总策划在美国”，吉前外长认为“腐败、贫困摧垮政权”；有法新社记者评价阿卡耶夫是“中亚最开明的领导人”，哈萨克总统称“当局软弱助长暴力”……

我无力也不必理出个头绪，仅仅是阿卡耶夫下面的话就让我感动。以下是《新华每日电讯》的原文：

“阿卡耶夫说，他没有下令警察向示威者开枪，这是他总统生涯中最重要的决定，也是‘我生命中最艰难的时刻所作出的唯一正确抉择’。

“‘我没有让我的双手浸满鲜血，我没有允许国家出现分裂’，阿卡耶夫说，‘我留给你们一个清白的心和灵魂，不值得为权力流血，哪怕是一滴。’”

报道说，“听着阿卡耶夫的讲话，整个会场鸦雀无声。议员们既没有鼓掌，也没有做出任何其他反应”。

设身处地为议员们想一想，他们还真不知怎么反应才好。为阿卡耶夫喝采吗？他“本来”就不应该滥用国家机器不惜一切代价捍卫自己和家族的权力；他本来就是被逼下台，为他欢呼岂不是说他不必下台？对阿卡耶夫喝倒采吗？他说的是事实。如果他不像哈萨克斯坦总统所批评的那样“软弱”，不“使暴动者能够为所欲为”，而像白俄罗斯总统卢卡申科那样施以铁腕，下令警察以武力驱散反对派，并将部分反对派领导人拘留，甚至为了卫冕，不怕引发内战，血染首都比什凯克，那么，所谓“颜色革命”至少不会这么容易。

据《财经时报》报道，莫斯科国际关系研究所教授米格拉尼扬认为，“在前苏联这些新独立国家中，政治矛盾的解决其实在很大程度上取决于是否敢于使用武力。因为执政者们尽管打着民主的旗号，但他们根本不懂得也不会运用民主政治（对话、谈判、妥协）的工具，在面对反对派时，要么使用武力镇压，要么交出政权，只会这两种极端的选择。”显然，阿卡耶夫选择了后者，放弃了前者，也就是主动放弃了强势地位，最终放弃了权力。难道他不懂“有权的幸福，无权的痛苦”？当然懂，太懂了。但他经过艰难抉择，选择了放弃权力，救赎良心。这种选择难道不需要大智大勇吗？

在一些中国人心中阿卡耶夫不仅是“软弱”，简直是愚蠢：历史是由胜利者编写的，时间自会将血腥冲淡，只要大权在握，什么清议什么良心都一钱不值！

林放曾是我敬佩的杂文家。他在《大公报》做记者（本名赵超构）写《延安一月》时是何等清醒敏锐；“文革”后主持《新民晚报》笔政，在《未晚谈》上发表了不少好杂文。其《江东子弟今犹在》提醒人们谨防“文革”卷土重来，传诵一时。但在东欧剧变后，他却冒出了一篇题为《哀王孙》的杂文，讥讽民主德国的领导人搞改革是自掘坟墓以致丢了权位一如破落贵族。按照林放先生的逻辑，国家与民族的前途和利益并不重要，只有牢牢掌握手中的权力，才是最重要最高明的。林放先生尚且持如是权力观，国人中抱着“成则为王败则寇”信念的人恐怕不在少数。

你看，林放这样未曾手握生杀予夺大权的书生、政治大局的旁观者，尚且如此看重权位，阿卡耶夫这样贵为总统，君临一国十五载的强人，能在以铁血手段巩固宝座和忍受屈辱弃权出走之间选择后者，他“临难不苟免”清醒的良知还不值得我们向他致敬吗？

“不值得为权力流血，哪怕是一滴。”——就凭这句震烁古今的话，说到做到了，他就可以名垂青史！不论他以前的政绩如何，我以为。

我们现在怎样做冤民

唐代诗人白居易在后期得志优游卒岁之前，写过大量讽世忧时的“新乐府”，其中有首《秦吉了》，以鸟拟人，“哀冤民也”。我有时疑心，白居易是以“能言鸟”秦吉了在讽刺喜好舞文弄墨却于事无补的如我之辈。

诗云：“鸢捎乳燕一窠覆，乌啄母鸡双眼枯。鸡号堕地燕惊去，然后拾卵攫其雏。（鸢、乌显然是土豪劣绅、贪官污吏等恶人的代名词）岂无雕与鹗，嗉中肉饱不肯搏。（雕、鹗是有能力制裁鸢乌却被喂饱了的身居高位者）亦有鸾鹤群，闲立高扬如不闻。（鸾、鹤是德高望重的清流名士）秦吉了，人云尔是能言鸟，岂不见鸡燕之冤苦？吾闻凤凰百鸟主，尔竟不为凤凰之前致一言，安用噪噪闻言语。”

白居易生活在“一日不可无君”的帝制时代，不能责备君主昏昧，只能怨怪谏臣未能尽言责，使小民冤苦上达“天听”。我们现在依法应当享有言论自由、出版自由和舆论监督的权利，按理可以选择向上进言或诉诸新闻传媒的渠道，表达“鸡燕之冤苦”，乃至径自选择向法院提起诉讼的方式，维护自己的合法权益。

然而，现实却并不这么简单明了，简捷痛快。如果司法救济的途径是畅通的，那么，本文就是庸人自扰，没话找话说。但是，只要不自欺欺人，便要承认如今“司法腐败”、“打不起官司”的现象相当普遍，确有“我们现在怎样做冤民”的问题。

倘若不幸做了“冤民”，第一个选择是“忍”，打落牙和血吞。不要以为祖先比我们蠢，或者是天生的奴才！世代相传的民谚“屈死不告状”，无非千千万万先人用血泪凝成的生活经验，告诫后人不要与官斗，与强者斗；斗不赢，得不偿失，不如“忍得一时之忿，免得百世之忧”。

忍不下去，不甘于饮泣吞声，还心存一线希望，那便寄希望于青天大老爷，寻求司法之外的解决途径。虽然心底明白小官是大官选拔的，小官是向大官负责的，但是相信人和人总不会一模一样，或许苍天有眼，自己能碰上一个讲良心的老爷呢？于是，冤民倾向于选择上访。从前兴拦轿喊冤、击鼓鸣冤。如今，拦轿车违反交通管制法规，且有被撞死的危险，“拦”不成了。“登闻鼓”变成了报纸、电视等传媒；但从前的鼓槌是搁在衙门前，由自己取下就可以敲；如今的传媒不是你想“登”就可以“登”的，即使是“登”网络，也要经“网管”把关才能传播出去。

在2005年第8期的《南方人物周刊》上读到陈丹青教授答记者的一段话，我想了好久，心中仍是一片迷惘。

人物周刊：那您是否就这些问题，给教育部门写过信？

陈丹青：没有。我不愿意。写信上访是对行政权力的确认，而不是对问题的确认。

陈丹青答得斩钉截铁，一针见血，达到了哲理的高度。当然，这个观点并不新鲜。不少人主张撤销信访机构，将它们纳入人大系统或法院系统，其理由与陈丹青差不多。甚至有人透辟地指出：不找法院去上访，无非希望上级批示，取得“尚方宝剑”，以大官压小官，不是“青天”意识是什么？对呀，上访不是“青天”意识作祟是什么？

这让我想起“文革”时期的批海瑞、批“清官”。至今，我也不认为批得一点道理也没有：寄希望于“清官”，也就是确认这个体制还是有希望的、还是有可能辨黑白良莠的；这样，“清官”客观上可不是起到了粉饰现实、麻痹人民革命斗志的作用？那么，与“清官”相对立的“贪官”呢，反而是我们应当欢迎的？贪官横征暴敛，激得天怒人怨，将老百姓逼得没有活路，不得不揭竿而起，反而成了推动革命的功臣？可这种“深刻”，违背常情常理，怎么着也不像是人话呀。

如果不忍不上访，那么，冤民的第三种选择便是“拼了”、“个体复仇”，拼它个鱼死网破。这种选择在古代经典中叫“与汝偕亡”，在民间叫“打死一个够本，打死一双有赚”。

《凤凰周刊》2005年第10期的封面专题文章是“湖南永兴法院爆炸案”。讲的是永兴县法院执行局副局长曹华在担任鲤鱼潭镇法庭庭长期间，主持审理童工黄虎伤残案，知情者说“看卷都能感到判决明显不公，曹遭到黄家人的激烈指责”，黄虎父母四处上访，“一年多的努力归零”，并受到羞辱。黄虎之父黄运财精心设计制作了触碰式的礼品盒，在法院家属楼将曹华当场炸死，另有院长李开清等受伤。如果这种作案嫌疑被司法部门最终确认，等待黄运财的命运可想而知，黄虎与他的母亲今后的日子也会更艰难。这种同归于尽的伸冤玉石俱焚，对谁有好处呢？也许能震慑一两个胆小的法官，今后不要欺人太甚，但对改变司法制度增强社会对“法治”的崇信并无半点裨益。

快意恩仇之快只存于金庸式的武侠小说之中，只能是一种幻觉中的心理补偿。

冤民的第四种选择是联合起来寻求正义。古老的中国冤民联合，是瓦岗寨与梁山泊式的啸聚，是陈胜、吴广、李自成式的“农民起义”。对此，人们已有共识，即这种没有先进理论指导的“革命”，不过是以暴易暴，为一家一姓改朝换代而已。血沃中原滋肥的只是劲草。参与者类乎以生命在赌博，战死便输光赔尽，打下了江山便出将入相封妻荫子，等于中了六合彩。伸冤不伸冤已不重要；治乱相循，于社会不过是冤冤相报。

还有一种联合抗争，就是圣雄甘地和曼德拉式的非暴力不合作，组织和平的请愿、抵制与谈判。但不要忘了那是在标榜民主、自由的英国殖民地。如果是在萨达姆铁腕统治下的伊拉克，谁敢大声说不？

左思右想，我想不出我现在怎样当冤民，假如冤案不幸落在我头上。也许只能尽人事，听天命，盼望出现奇迹。佘祥林“杀妻案”的沉冤得以昭雪似乎提供的就是这样的范例。如果不尽“人事”，没有佘母不屈不挠地寻找出走的媳妇，没有天门县村民仗义提供的证词，佘祥林早已魂归离恨天。如果不出现奇迹，冥冥中有声音指示出走山东已10多年的佘妻张在玉回到京山探视女儿，佘祥林将要永远背着杀妻的黑锅。

然而，从佘祥林案引起的强烈反响，看人们对司法不公的制度漏洞的穷究不舍，我们分明可以感到中国走向法治的巨大可能性。在2005年第14期的《三联生活周刊》上我读到记者对现场的描述。张在玉愤怒地对钟祥县公安局政治处的来人说：你有什么权力闯进我的家里盘问我的客人？你有什么权力干涉记者采访？你知道公安局应该干什么？……不要以为我还是10年前的张在玉！从这名村妇义正辞严的话语中，我们难道不能看到司法正义降临的曙光吗？

“寄希望于……人民”曾经是一句官话、套话，但我们不寄望于民众的权利意识和法治意识的觉醒，又能寄希望于什么呢？

站在全民族立场讲述中国抗战

本埠正在播放根据同名小说改编的电视连续剧《苦菜花》。小时候读小说不觉得有什么问题，现在看来它带有“文革”前夕那一套“阶级分析”理论的明显印记：地主家庭出身的知识分子王柬芝，“人道主义”不过是他披的“羊皮”，原形毕露就是汉奸、特务！记得我看的第一部长篇抗战小说《战斗的青春》中，那个剥削阶级家庭出身的知识分子干部胡文玉，也终于经不起残酷斗争的考验当了爱情与祖国的双重叛徒。

其实，今天想起来，那个时代的文艺作品不带意识形态偏见才怪呢。关于抗战题材的作品，《烈火金刚》、《敌后武工队》、《野火春风斗古城》、《迎春花》以及《地道战》、《小兵张嘎》，等等，全是反映我党领导的敌后抗日游击战的。国民党蒋介石政府及其军队在干什么？躲在“峨嵋山”上等着摘桃子呗！

只是到了十一届三中全会之后，遵循解放思想和实事求是的方针，容许全面深入研究中国的抗战史，并在文艺宣传方面突破了某些意识形态禁区，才出现了《血战台儿庄》、《浴血丛林——中国远征军首战缅甸》等几部表现中国抗日战争正面战场的电影与报告文学作品；借助陈香梅的政治触媒作用，才使今人知晓了美国志愿援华抗战的“飞虎队”及可歌可泣的“驼峰航线”……

人们对中国抗日正面战场的了解，迄今仍是一鳞半爪。正面战场的22次大会战，也就略知“台儿庄大战”；知道“狼牙山五壮士”的人，肯定比知道张自忠（以第33集团军总司令身份战死沙场，是二战中同盟国所有牺牲军人里军衔最高的）将军的人多，尽管北京、武汉等地一直有以他命名的马路，重庆有他的纪念馆。此外，北京还有两条马路分别以佟麟阁、赵登禹命名，但有几人说得清他们是何代何人？

这一切，在从前是顺理成章的。甭说别有用心搞什么“去中国化”的台湾当局了，国民党掌权时台湾官方的抗战史著作，如《第二次中日战争史》，对共产党领导的敌后抗战，除了否定就是批判，甚至将国民党中坚持抗战的李宗仁、冯玉祥写成“反叛将军”、“阴谋活动家”。何应钦更在《为邦百年集》里将中共说成“我们中国的内奸叛徒”,诬蔑中共“一直和日本军阀内外勾结,互相利用”。（参见萧克、李德生将军题词，江苏人民出版社2002年版的《中国抗日战争正面战场作战记》绪论）

这种“各执一辞”的叙述，如果不是互相抵销，至少是盲人摸象，共同达成了一个令亲者痛仇者快的“目标”：贬低了中华民族在二战中为全人类的反法西斯斗争所做的巨大贡献。

连西方的有识之士也看到了这一点。日前，英国《卫报》曾载文说，1945年以后的冷战使人们难以将苏联的贡献融入西方对战争的集体记忆，同时，它也使苏联得以将其盟国的贡献一笔抹杀。文章说，在西方对二战胜利过程的描述中，苏联不是唯一一个被排除在外的国家。中国也有大约2000万人由于日本入侵而丧生。正如苏联武装部队拖住了德军一样，效率不高但人员众多的中国武装部队也使日军在亚洲无法脱身。这是一段几乎不为西方所知的历史。然而，如果日本得以在中国速战速决，那它将腾出大量人力物力去攻打苏联后方或大幅增加在太平洋的驻军。如果没有亚洲盟国的坚决抵抗，西方盟国蒙受的伤亡会大得多。

即令“冷战”真的结束了，意识形态的偏见消弭了，如果我们中国人自己讲述的抗战史，都不能全面地真实地记载中国的抗战史料，那么，怎能指望世人正确地如实地评价中华民族反法西斯的功勋和贡献。

因此,我赞同《中国抗日战争正面战场作战记》一书作者的呼吁：我们应当“站在中华民族和中国人民的立场上”，实事求是地对待历史，以便拿出一部对得起先人、经得起历史检验的《中国抗日战争史》。

该书的作者说，中国的正面战场与敌后战场是统一战略下互相配合的关系，二者牵制的敌军兵力是大体相当的；如果少了任何一个战场，日军都可以把多一倍的兵力投向另一个战场，造成严重的后果。而中国的抗日战争是世界反法西斯战争的重要组成部分,是打败日本法西斯的决定性因素。历史专家的这个结论，要化为全民族的共识，并取信于世界诸国，还有待我们的文艺工作者、宣传工作者和各界人士做许多工作。

刀匪都市化的“三理”

“刀匪”是一个仿“刀客”的新词。“刀客”类似于“响马”、“胡子”，字面上比较委婉中性，不像“绿林好汉”那样语带褒奖，也不像“强盗”、“土匪”那样不掩憎恶。读传记可知“西安事变”的主角之一杨虎城将军就是“刀客”出身，料想他也干过打家劫舍的营生，却有劫富济贫的侠义。

自古以来的“刀客”都是纵横在穷乡僻壤、深山老林、荒原大漠之中，传奇于戏剧、小说与故事里，寄托着人们对世事的不平或对“体制外”抗争的同情，当代武侠小说更将这类人理想化得炫人眼目。然而，如今的“刀客”却现身于通邑大都，全是一帮嗜血的强盗、残忍的恶贼，只能名之曰“刀匪”。

古时的“刀客”占地为王，只要你肯“留下买路财”就会让你“从此山过”；如今的刀匪，动辄砍手砍头，抢钱又夺命。古时的“刀客”劫的是达官贵人的“生辰纲”、巨商豪贾的车队马队；如今的刀匪，多挑落单的弱女子、步行的底层人实施抢劫。古时的刀客，有所为有所不为；如今的刀匪，有奶便是娘，给钱就拔刀。广州警方正在开展“剑兰”行动，打击“两抢”的“飞车党”、“砍手党”；那些抢夺、抢劫的刀匪，无异于出没水泥森林中的恶魔。河北定州电厂征地血案中，见村民就砍的刀匪，就是肇事方从北京雇来的一伙没人性的冷血动物。

刀匪缘何“都市化”了呢？这个问题非常复杂，不是一篇短文能说清楚的。笔者想到的大致有三点。

一、从地理上讲，“江湖”、“绿林”里已无刀匪啸聚的地盘，也无他们打劫的财源。达官贵人、豪商大贾坐了飞机、专列或包厢，有钱人进了城市，匪徒们占山占水驰骋乡野又有什么用？“阿星”身边那些找工无着又不甘心回乡受穷铤而走险做“砍手党”的人，他们一心想混在都市，但他们的技能与地位，决定了他们只能伺机打劫普通市民谋财。

二、从心理上讲，当下的社会弥漫着一股浓重的暴戾之气。1996 年我曾在 4 月 19 日的《南方周末》上发表过一篇题为《反暴戾》的文章。那时候还只是一种隐忧，而今刺鼻的是一股血腥味。从市井到校园，从民间到官场，每天都可以读到听到几起拔刀相向的社会新闻。比如 2005 年 8 月 4 日，各报说，“超级女声”大赛评委柯以敏，鉴于另一评委黑楠遭枪袭，出于人身安全考虑，宣布退出此项活动；《新华每日电讯》头版报道《一华侨说怀着“恐惧”心情离开北海》;《南方都市报》报道《七岁女童目睹刀匪砸店砍父》;《新民周刊》报道，武汉市有“东方神手”美誉的“泥人李”四弟兄，被无证强拆民房者召来的一伙杀手在闹市区香港路砍伤……带血的新闻看多了，你会忍不住问：难道中国人要疯了吗？

三、从社会治理来看，一些政治精英的黑道化是刀匪横行的重要原因。我们应当承认，所谓新“三大差别（城乡、贫富、地区）”造成了一些“绝望”人群，酿就了一些人的反社会心理，需要标本兼治，尽管这丝毫不意味着对任何刀匪的法外放纵。但是，更严重的是有些有权有势的政治精英特别是掌握着司法权的官员，他们本身黑白不分，更使我们的都市变成了横暴逞强的“丛林”。据新华社消息，河南郾师市政法委副书记张庆华日前已被停职接受调查，据称是其要求安排“小姐”被拒，叫来十几名男子打砸娱乐城，见人就砍，见物就砸。有网友在网站输入“政法委书记犯罪包庇”搜索，四分之二内容是政法委书记讲话，四分之一是各地政法委书记涉黑犯罪坐牢的报道。在李长河、周其东、曾新民、刘克明、于丁等腐败的政法委书记当道期间，在他们的地盘上，人们还能指望法律主持公道、伸张正义吗？没有正义、公道，恃强凌弱、拔刀相向就是再正常不过的现象了。

没有公共秩序就不成其为一个社会。历史学者吴思在《血酬定律》一书中论证说，土匪头子在他的辖区也是要讲规则（“法纪”）的，这是他考量统治的成本收益后的必然选择。毫无疑问，我们不能容忍刀匪在我们的生活中横行无忌。如何消灭刀匪及他们孳生的土壤，其实没有什么深奥的道理可讲，只是一个实践的问题。

向何祚庥请教两个逻辑问题

78 岁的中科院院士何祚庥不甘颐养天年，不顾年迈体衰，这些年为扫荡他眼中的“伪科学”奔波大江南北，令人不能不敬佩。

然而，敬佩归敬佩，我遇到的疑惑并不能因敬佩而烟消云散。比如，读 2005 年第 40 期《南方人物周刊》上刊载的访谈实录《对话何祚庥》，看到他发表的那些高见就不免心里犯嘀咕。

何先生说：“我现在做的事情，从某些方面来讲的确是不可替代的，因为既懂马克思主义又懂当代科学的人实在不多。后辈中有一位……方舟子！”对此，我自知没有能力提出异议。虽然这个世界上不管少了谁，别人的日子都会过下去且会越来越好，但人没有这种自信，活着还有什么劲呢？我感同身受地理解所有人的自信或者自负。

何先生说：“我做物理研究，高度关注物理和马克思主义相结合。”“……晚年，何祚庥又高度注意把物理学理念用到马克思哲学上”。他是否由此发展了马克思主义或者物理学理论，只有像他这样两项都精通的人才才能评价，我辈连嫉妒的资格也没有。

那么，现在我可以请教何先生的是两个低层次的常识性的逻辑问题。这两个问题都产生于下面这段对话。

摄影师：中国煤矿每天死多少人您知道吗？

何祚庥：报纸上说 100 多人……没法避免！中国煤矿死人也没法避免！因为中国的老百姓太穷了。

摄影师：您认为是穷而不是腐败吗？

何祚庥：主要是穷，而不是腐败。为什么工人能接受较低的工资、较危险的条件？老百姓不是傻子，他们不是不知道啊。那为什么还接受？因为不接受活不下去。

摄影师：那他们就该接受这样的命运吗？

何祚庥：（怨就怨）谁叫你不幸生在中国了？

摄影师：但不应该死无辜者，有些是可以避免的……

何祚庥：谁是无辜的？谁是可以避免的？它有一个概率分布。何祚庥也不希望死人，但有时候发展过程中的牺牲是不可免的。你希望没一点牺牲，是很不切实际的想法。

摄影师：那您的意思就是煤矿工人应该死了？

何祚庥：煤矿工人应该是做了贡献的。他们的贡献我们应该正确评价。

摄影师：他们做了什么贡献？提高了 GDP？

何祚庥：一点不错。解决了中国的能源短缺问题。

我不想与何院士讨论什么叫“以人为本”，我也不想讨论我们该不该做中国人，我只想问：

一、那些矿工因为“太穷”，不得不冒着生命危险下井干活，“因为不接受就活不下去”，即“太穷”是“卖命”的必要条件；然而“卖命”的人，又只能“接受较低的工资，较危险的条件”，也就是说“卖命”的只能受穷，走不出“太穷”的宿命结果。且不论这一切果真是否因为他们不幸生在中国而与腐败无关，“太穷”与“卖命”这种因果链就像万有引力是不能打破的铁律吗？何先生对于“太穷”与“卖命”、“卖命”与“太穷”的论证，在逻辑上算不算“循环论证”？《中国改革报》2005 年 11 月 28 日披露，据保守统计，我国公车目前已达 350 万辆，公车年开支达 3000 亿元，远远超过我国的年军费开支，超过年度教育经费和医疗经费的总和，且公车单车运输成本竟接近出租车的 8 倍。煤矿的安全投入要多一点，给煤矿工人的工资高一些，真的是没钱做不到的事吗？

二、希望死的人少一点，避免发生一起又一起的重大矿工伤亡事故，与“希望没有一点牺牲”、完全避免死人是一回事吗？混淆二者，把相对说成绝对，把对方的观点极端化再斥其荒谬，在逻辑上叫不叫偷换概念，转移命题？这种反驳的手法我们早已司空见惯。比如：你要求某一项合法权利，他就用不容置疑地口吻断然拒绝道："世界上没有绝对自由！"你痛恨某地某行业贪官污吏"前腐后继"，他掷给你一句绝对真理："古今中外哪个国家没有发生腐败？"何院士是科学家，难道连这类拙劣的诡辩法都不能识破，而会受传染，采用同样的"逻辑"论证手段吗？

我相信何院士不属于那些"不幸生在中国的"中国人，而他是不是"最讲人文主义"的马克思主义科学家，我也懒得去证实或证伪，请他先回答我这两个低级问题。

再与何祚庥先生谈几点基本常识

何祚庥院士接受《南方人物周刊》采访的对话发表后，我写了《向何祚庥请教两个逻辑问题》一文刊载在《南方都市报》上。文章只谈了何先生谈话中的两点逻辑“硬伤”：一是以“太穷”来证明只能“卖命”的合理性,又以只能“卖命”来证明“太穷”的合理性,这就是无效的“循环论证”；二是将别人的观点绝对化、极端化（“希望没有一点牺牲”），然后对虚构的论敌加以批驳，此即“偷换命题”的诡辩。

自以为文章写得很节制很礼貌，孰料同事小刘批评我说：“人家78岁了，说什么您都不必较真嘛，胜之不武，胜之不武！”我当然不同意他的这种“尊老”，因为他的话里暗含着对年过古稀者的轻视。我说，你看人家格林斯潘那么大年纪当美联储多大的家！你看人家以色列的沙龙77岁了，大步流星比你步履还矫健，立在世界的风口浪尖呢。你不要把何先生当作一个“老糊涂”，他讲的是真心话，是不少人想说而未说出口的话。他不是以一个普通老人的身份而是作为一个“既懂马克思主义又懂当代科学”的院士、社会活动家经常亮相的，话语权和影响力比你我大千百倍!

不过，我还是受了小刘的影响，打消了继续与何先生“商榷”的念头，在随后的半个月里不看关于何祚庥访谈的任何文章。

朋友曾告诉我,支持何院士的不止一个方舟子和一两家媒体；何院士已在《人民网》等处发了3封公开信,《中国经济网》对他的“独家专访”还“断定”你参与了一报一刊诬陷他的“合谋”呢。于是，我出于好奇搜索出这篇专访拜读。“合谋”不“合谋”的我懒得去辩白，只想说：出于对何祚庥先生的尊重，我忍不住写下了这篇短文；如有用语欠敬，那也不是缘于“说大人则藐之”的话语姿态，而是基于不得不然的实话实说。

何先生在访谈中一再说别人的基础知识太差、素质太差。我现在来对何先生讲几点基本常识。

其一是说话的基本常识。首要的是尊重事实。这也是做人的基本常识，与一个人的文化程度、社会地位无关；否则就是“睁眼说瞎话”，不值得理会。重大、特大矿难频发，新华社、中新社及各路媒体都有专题报道，国家安监总局局长李毅中总结矿难背后有五大安全问题，一是“抗拒执法，非法生产”，二是“超能力、超强度、超定员组织生产”……五是“事故背后的腐败充当了保护伞”。国务院新闻办 2005 年 12 月 23 日召开新闻发布会，宣布清理“官煤勾结”，从 2005 年 10 月底至新闻发布日，全国有 4878 名干部已从煤矿撤资 5.6249 亿元。面对众多血泪斑斑的如山铁证，一口咬定说什么矿难不断，是因为采矿本身“属于高风险行业”，是由于“发展过程中的某些牺牲是不可避免的”，实在过于自大轻狂，也是对广大民众和李毅中等拒采“带血的煤”的政府官员的情感与智力的双重轻侮。

其二是论辩的基本常识。俗话叫“摆事实，讲道理”。看《中国经济网》的这篇独家专访关于矿难的部分，可以证明《南方人物周刊》的报道一点也没有歪曲何的意思。他仍然坚持他的那些观点，甚至坚持他的那些偷换命题的表述。他虚构了一个有些人“追求绝对的零灾难”的事实和观点，然后加以批驳。何先生自称精通马克思主义、难道不知道列宁早就揭穿了这类诡辩术——把一个显然荒谬愚蠢的论点强加给对方，然后煞有介事地反驳？

何院士是一个科学家，在接受《南方人物周刊》访谈时谈到伤亡事故的“概率公布”，在这篇访谈中又以缉私、消防等警察和影视的武打演员来类比矿工，说采矿本身就是高风险的行业。乍听似有道理，可是科学家是最讲量化的。死亡率为 0.001%、1%、90%，都是“概率分布”，都是“高风险”，故意不辨“概率”的大小高低，回避“高风险”到底有多高，能说明什么问题？能证明我国当下这么高的矿难概率、矿工死亡率是合理的、可以接受的吗？采矿业难免发生矿难、难免死人，能合乎逻辑地推导出一年发生这么多特大矿难、死伤这么多矿工的必然性吗？何先生的逻辑链条明显断裂，他振振有辞的推断就显得可悲又可笑。

其三是思维的基本常识。有一条就是考察任何一个具体的社会问题，都是放在特定的历史条件即一定的时空境域之内。何院士居然拿抗日战争来比方今日中国的经济建设，以证明牺牲个人生命的必要和必然。我相信他这样类比不是出于冷血，也不是为全国近期被关闭的4000多个煤矿的矿主喊冤，而是出于思维方式的谬误。即便是战争年代，“死人的事是经常发生的”，指挥官也应尽可能将己方的伤亡降到最小吧。

何祚庥说：“如果中国照搬发达国家的模式，在煤炭行业采用高投入的办法确保职工的安全，那么就会带来一系列其他问题，比如国家会出现煤炭供应不足，会错过发展的时机……”且不谈当前我国的采矿业安全投入在许多地方根本不是高不高而是有没有达到最起码标准的问题，只问我们为什么不能像发达国家那样用较高的投入来确保职工的安全？虽然何祚庥否认自己奉行“早期资本主义的法则”，但他反复强调个人为了国家的发展应当不惜牺牲，这种思维方式不过是把私有制下的资本主义替换成了国家资本主义，奉行的依然是那种与“以人为本”理念格格不入的每个毛孔都带着血腥的原始资本主义原则。人类社会早就变换了时空，“发达国家”尚不发达时那一套罔顾劳动者死活的法则在当今世界是绝不应“照搬”的，即使我们的社会生产力发展水平只相当于发达国家的100年之前。60多年来，文明世界的主流价值观已发生了极其深刻的变化。比如，二战时，战争双方都对敌方的大都市狂轰滥炸，完全不管平民的伤亡，如今谁再这样做就犯了“反人类罪”，为国际舆论所不容。时至今日，何祚庥院士还在竭力鼓吹为“实现工业化的梦想”而不惜牺牲一部分国民生命的高论，他的思维未免太欠与时俱进了。

其四是历史文化的基本常识。在《南方人物周刊》的那篇访谈中，何院士有一段关于“人本主义”的妙论。他说：“我何祚庥高讲人文主义，高讲以人为本，反对以大自然为本。他们（指那些环保主义者——作者注）是什么？他们是狗文工作者、鸡文工作者、牛文工作者……”读来叫人捧腹，但不是因为这些话幽默，而是因为这些话无知。原来何先生理解的人文主义（人本主义）是相对于“以大自然为本”，是“以人类为本”，是人类中心主义。其实，有点世界史常识的人都知道，人文主义、人本主义并不是针对佛教、道教或“极端环保主义”的众生平等、万物齐一，而是在反抗中世纪的神权、王权中产生的，起源于“文艺复兴”。相对于神权，人们把目光放在今生今世，“人被推向科学与艺术关注的中心”；相对于王权，“从古希腊思想出发，人不再是一个整体的一部分，而是有着自己目的的生灵”；由于“人”被置于中心地位，所以称之为“人文主义”（或者叫人本主义）。至于个人与阶级与国家是什么关系，马克思主义的观点在《共产党宣言》里有明确的表述，不用我在这里抄了。何先生是上世纪20年代出生的，他理应明白，我们在表述集体主义、爱国主义这些观点时，一定要与法西斯主义划清界限。法西斯主义肇始于上世纪20年代的意大利，墨索里尼赋予它的内容是：反对马克思主义、反对共产主义、反对民主、反对多元化、反对议会、反对资本主义；全体意大利人民应该放弃私利，作为整体的一部分而共同生活。因此，法西斯的竞选口号是“信任、服从、斗争！”（参见海南出版社2004年版《世界历史》简明读本，德国人曼弗雷德·马伊著）轻言公民个人应当为“整体利益”而牺牲，仿佛只要他老人家一祭起“以中华民族的整体利益为本”的大旗就可以不择手段不惜代价地调兵遣将，这是什么主义不好下断语，但肯定不是人本主义，不是马克思主义，不是社会主义。

其五是政治基本常识。政治基本常识包括两个方面，其一是理论上的马克思主义的基本常识。马克思主义是为工人阶级和被压迫人民求解放的学说，是在批判资本主义中发展起来的。它认为阶级斗争是推动历史前进的动力，它是工人运动的旗帜。早期资本主义野蛮地压榨工人的剩余劳动，资产阶级的政府无情镇压工人的反抗，就像19世纪法国作家左拉在他反映煤矿工人生活与斗争的小说《萌芽》中所描绘的那样。然而，正是工人运动的抗争，正是像左拉这样有良知的知识分子对现实的批判，才有了资本家的让步，才有了工人劳动条件的改善和社会福利的增进。尽管我们今天的国家制度与左拉所描写的那种时代性质不同，但对于为了追求暴利而不顾工人死活的黑心矿主，对于官煤勾结放弃监管职责的腐败官员，我们每个有幸不必下井谋生但良知未泯的中国人，是应当对矿工持同情心，谴责草菅人命的黑心矿主和贪官污吏，还是应当用似是而非的“理论”为后者的倒行逆施进行合理化辩护？这应该是不言而喻的呀。

政治基本常识的第二个方面是对现实的政治伦理、政策、法规的体认。何祚庥在回答“您怎样看待这些矿难”时说：“……我高度拥护邓小平的名言‘发展才是硬道理’。在这个指导思想下面看问题，发展过程中的某些牺牲是不可避免的。”他似乎完全不理解或不理会新一届中央领导集体为什么要提出“科学发展观”、“以人为本”的施政方针和建设和谐社会的政治目标。难道它们的提出不是有的放矢，不正是由于有些人片面追求经济发展，将GDP数目字增长置于“人”的悲欢安危之上，甚至不惜牺牲弱势群体的基本生存条件，因而积累了种种社会不稳定因素，乃至激化了许多社会矛盾吗？它们的提出不正是为了更有利于中国的长治久安和可持续发展吗？何祚庥先生声称“在自己的岗位上参与政治”，他怎么会对这些当下最基本的政治常识都毫无知觉呢？

以上所言“卑之无甚高论”，写字时一点辩论的快感都没有。可是，不说还真如鲠在喉。什么时候我们才能再也不要讨论这样一些最基本的常识？

重温林登·约翰逊伟大社会的梦想

近两年美国第36任总统林登·约翰逊提出的建设“伟大社会”的施政纲领，被若干学者一再提起。2005年出版的《一口气读完美国史》，全书辟了一章专讲“伟大社会”，其分量相当于整个“罗斯福时代”；去年，薛涌在纪念经济学家加尔布雷斯逝世的文章中，特别提到加尔布雷斯为约翰逊起草了“伟大社会”的讲稿；高世楫2006年最后一天在《21世纪经济报道》发表的一篇总结中国改革开放历程的文章，干脆就叫《“伟大的社会”：一条路线的坚持》。

这个历史概念的被“发现”和关注，自然是因为它与当下中国的“和谐社会”建设有某种相似，才惹人联想和共鸣；正如温家宝总理近日所言，我们“要大胆吸收和借鉴人类社会创造的一切文明成果，吸收和借鉴当今世界一切反映现代社会化生产规律的先进经营方式、管理方法”。但是，中国美国互不相同，不能生硬类比，“影射史学”已被人们唾弃，“对号入座”更是荒唐，笔者觉得还是有必要声明在先。

关于“伟大社会”构想，约翰逊说，那将是一个“不仅为人类肉体和商业的需要服务，而且能够满足人们对美的追求和对社会群体生活的渴望的人类福地”。这样讲比较虚，用他的另一段演讲辞来表述更平实可感：“我无意去做一个兴建帝国、追求荣耀和扩大版图的总统。我愿意做这样的总统：教育孩子，扶贫救弱，保护每一个公民在所有选举中的选举权。”所谓“伟大社会”的建设，核心内容是保障民权，向贫困宣战。作为行政纲领，它实际上是继承了富兰克林·罗斯福总统自20世纪30年代以来推行的“新政”和“公平施政”的精魂。

美国总统肯尼迪“深信美国社会中的不平等现象是威胁美国生活方式的祸

根，因此，他试图带领包括穷人和有色种族在内的美国人民向‘新边疆’前进”。但是，1963 年 11 月 22 日，肯尼迪遭暗杀，约翰逊以副总统继任，随后在大选中获胜。约翰逊不仅“萧规曹随”，继续推进肯尼迪政府自由主义的社会改革政策，而且利用国民对肯尼迪英年早逝的痛惜之情，促成国会迅速通过了涉及减税、教育、医疗、环保、住房等民生领域的数十个法案。

非常有意味的是，医疗补贴法案之战，是约翰逊与美国医师协会之间，一次引人注目的交锋。1945 年杜鲁门总统亲自出席国会联席会议，要求制定一项全面的医疗保险计划，却被美医协狠狠地打败了。这次为对付约翰逊，美医协雇用了 23 名专职在国会游说的人员，不惜资费。杜鲁门则以亲自打电话和邀请到白宫做客的方式回击。软硬兼施，历经 204 天战斗，这个法案在杜鲁门的家乡签署，使一直对此事耿耿于怀的 81 岁的前总统大感欣慰。

从以上所述已可以看出脉络，大萧条期间上台的富兰克林·罗斯福总统，为消除资本主义经济危机、缓和社会矛盾而启动的“公平施政”国策及相关立法，在很大程度上奠定了美国社会的发展方向，大体为继任的各届美国政府所遵循。规范市场竞争、保护消费者权益、增进公民福利，保持了社会的相对稳定，推动了美国的持续进步。1944 年，罗斯福提出每一个美国公民除了宪法规定的政治权利，还应当享有包括就业权、合理报酬和收益权、公平竞争权、健康医疗权、社会保障权和受教育权等一系列社会经济权利；相关立法被美国宪法学者称为“第二次权利法案”。联合国人权委员会 1954 年将草案提交联大审议，1966 年修改完毕并通过，1976 年生效的《经济、社会及文化权利国际公约》，吸收并扩展了前述美国保障公民经济和社会权利的内容。1997 年我国政府签署了该公约，即表明我们亦将努力践行之。

约翰逊的“伟大社会”建设，最富独创性、特别值得一提的，是 1964 年制定的《经济机会法》。依据此法成立了被约翰逊称为“向贫困宣战的全国司令部”的“经济机会局”。虽然在州县政界阻力不小，虽然探索难免出现混乱和失误，但是这项帮助失学者、失业者和穷人的计划还是搞得有声有色，促进就业，大量减少了贫困人口。而大幅增加联邦政府对公立和教区学校拨款的法案，则被约翰逊叫做“我所签署的最重要的法案”。关于教育的两个立法，帮助贫困生和残疾学童完成学业，改善了穷人与黑人的教育状况，提高了他们的社会地位，也提高了美国的人力资源总水平。

假如他一直致力于“伟大社会”的建设，林登·约翰逊本来有机会做一位名垂青史的“伟大”总统。然而，这个来自得州的“戴牛仔帽的马基雅维里”，却有始无终，日甚一日地放弃了他有丰富经验而得心应手的国内事业，将主要心力用于打越南战争，弄得天怒人怨。1968 年 3 月他黯然宣布退出总统竞选。

当然，对陷入越战，美国全社会都要反省。其中有一条是，战后的军界当权者施加压力，鼓吹干涉主义尤为卖力，他们多像麦克阿瑟一样确信用军事手段可以解决政治问题，他们热衷于威胁恫吓，以便攫取更多的军费和武器。这与今日美国军界对伊拉克战场的态度有何异同，就非我所知了。

“钉子房”与钓鱼岛之比较

对于出产在重庆的那个“史上最牛的钉子户”事件，我起初并不怎么关心。因为我有那么多奥斯卡获奖影碟都没有精力看，哪有时间看热闹？原以为人们只是在“坐山观虎斗”。瞧那题目，潜台词一眼见底：虽然“钉子户”这个叫法明显是站在拆迁方立场的贬称，但所指约定俗成倒也不代表言者真的站在哪一边；不说这“钉子户”最狂也不说他最硬，却称他“最牛”，分明是认定他也有权势支撑、不过是“狗咬狗”，等着看也有权势背景的开发商如何与之恶斗罢了。

看了2007年3月20日女房主吴苹对中国网大喊“我比窦娥冤”的报道，我开始关注这个案例。太不公平了！“如果就地安置，要倒赔开发商200多万（元）”，如果我是房主，任他是谁把“中国经济学的良心”吴敬琏委员请来给我讲道理，也是说服不了我的。为什么不可以原地还我同样大面积的住房和门面房，是你要我拆，还诬我漫天要价？太不公正了！法院的听证怎么能大摇大摆走过场，根据事前打印好的“裁定”直接下限期拆除的“通知”，连对裁定上诉的机会也要剥夺？

读吴苹的访谈，我为她担忧了。拆迁方要是“下黑手”怎么办？电影《三峡好人》里有个场景是，一无业青年知恩图报地问男主角，大家一起去某地强拆民房，一天可赚50元呀！这绝对不是向壁虚构，许多大城市的强拆都有临时雇打手的，只要不闹出人命，啥事也没有，打手最多关几天，管吃管住不干活，等于国家干部带薪休假，美差呀。

原来，男房主杨武武艺高超，是首届渝州武术散打搏击赛冠军。一般的保安不敢近身，打手也要掂量一下是否值得为雇主卖命。

杨武大概仗着一身武艺才敢这么“牛”的吧？这就太天真了，武艺再高，也对付不了警察的橡皮子弹和麻醉枪，假如法院要强拆的话。当年美国总统要强制执行反种族隔离法案，连军队都用上了。有底气的强制执行是不怕谁强横的，武术何足惧？

他的妻子吴苹所恃是法律，质问如果有法不依，“还要《物权法》干什么呢？”问得有理。各地记者蜂拥而至，等在那栋楼附近，看“故事”如何演进，或者不一定有类似想法，但肯定知道是在见证一段中国法治史上的故事，无论结果是哪一方获胜，就像辛普森杀妻案一样怎么着也是著名案例。

杨武并不是一介武夫。瞧，他把国旗插上了“钉子房”！他要以尊国体奉国法的名义来捍卫自己的公民权利。他这样做是“真人秀”吗？

我看着挺悲壮的，不假思索就联想到把五星红旗插上钓鱼岛的中国同胞。从形式上看，孤岛般的房子，势单力薄，凶险莫测，很相像；可是，正义性呢？保钓英雄捍卫的是国家领域的主权，杨武夫妇捍卫的却是个人权利，二者能够相提并论吗？

思忖再三，我认定可以相提并论。二者的勇气不相上下，而正义性也不见得相差多少。

国家主权是对领域的所有权和处置权；房主的物权是对个人生活空间的所有权和处置权。虽然后者的土地所有权本属国家，但有房产契约租赁了一定时期的权益，好比我住旅馆出了一天的房费，在这 24 小时里这房间就由我支配，谁要我挪位得与我商量。

国家的主权是为了什么？用古话讲就是“保境安民”，个人的权利没有保障，“国家主权”就是虚置，变得空洞无意义。

国家或范围小一点的共同体的公共利益，与特定的某个人、家庭或小集体的利益自然会有冲突。倘若真正为了维护公共利益，绝大多数中国人都会通情达理地出让乃至牺牲个人利益，包括送子参军上前线、被征用个人财产用于应对紧急状态，自然政府也应依法给予适当补偿。城市征地拆迁，有了新的市容，特别是有了公众活动的广场或改善城市生态的绿地，大家也拥护政府。

但是，如今谁还想要人们在“国家利益”或“公共利益”的口号面前望风披靡，那就太不识时务了！

从世界范围讲，现在不是正在纪念美国发动伊拉克战争四周年吗？麦卡锡再世也不敢指控反战的美国人不爱国了，因为经过了朝鲜战争、越南战争，人们早已知道挥舞“国家利益”大旗的不一定是爱国者，政客、军火商、好战将领可能别有所图。

中国人对于打着“国家利益”、“公共利益”旗帜谋一己一伙人私利的事，也见得多了，谁还信服拉大旗作虎皮那一套？

从一定的意义上讲，依法维护个人的权利，就是维护社会的法治秩序，就是维护国家的权益。护法与保钓恰是同样的正义之举。

至少，杨武夫妇从程序上维护法律赋予的谈判协商权和司法救济权是正当的吧？

为烧狗者一辩

我们知道，律师在法庭上的辩护有两种：一种是为代理人做“无罪辩护”，根本不承认被告有罪；另一种是做“有罪辩护”，即承认被告有罪，但提请法官量刑时注意什么什么，酌情从轻发落。

还有，我们知道，律师的辩护当然是在合法的法庭上；对于私设的公堂，辩护就无从谈起。在文明社会，私设公堂之罪大过被绑架来受审者的“罪错”，即便后者真的有罪过；就像欠债人无论何因欠债没还，绑架人质讨债就是不可饶恕的刑事犯罪。

本人在这里要为烧狗者做的是“有错辩护”，在“道德法庭”上；同时，对那些对烧狗者近于动私刑的抗议者表示更强烈的谴责！

据《现代快报》报道，南京某小区有一条常住的母流浪狗，“见着生人就叫，也不管黑夜白天”。部分住户对狗吠不满，日前采取了用汽油把狗烧死的激烈手段，其间浑身冒火的母狗叼出了一只小狗，另一只小狗被烧死。事件经当地媒体和网络曝光，引发许多人特别是众网民的愤怒。有人在网上公开了烧狗者的家庭地址、联系电话，对“凶手”进行谩骂威胁，甚至在其楼道墙上喷涂“死”等威胁字眼，乃至去烧狗者工作单位对其围追堵截，联名写信给南京市长要求施压烧狗者工作单位开除烧狗者。

有论者谴责烧狗者说，“只是因为它们的叫声惊扰了一些人的好梦……”说得好轻飘！人和人是不同的。有的人春雷都打不醒，什么环境都可以睡得像死狗一样熟；有的人听到犬吠就不能成眠。我相信那个老者感受到的痛苦。她说，自己 75 岁，这狗不管黑夜白天地叫，“很长时间了，我现在安眠药的剂量提高了一倍也不能睡安稳”。这种失眠的痛苦几乎令人发疯。我家住在东兴南路边，每天清晨被肆无忌惮狂按的汽车喇叭声吵醒，头疼欲裂，打电话投诉无人管，找城管员回答是那时他们不上班；我要是有孙悟空的本领，把那些旁若无人的车当金龟子踏扁的心都有。

别说是流浪狗，就是有牌照的家养狗，如果夜夜狂吠而主人拒不采取措施，拒不送走，也该把它人道毁灭。因为它和它的主人违反了关于城市噪声管理的法律和养犬的管理规定，严重侵犯了左邻右舍的休息权。公民的休息权是受宪法保护的基本人权。

烧狗者不能容忍流浪狗的存在是完全合情合理合法的。他们错在不应该用这么残忍的方式对付狗。他们应该依法要小区物业管理公司处理这窝狗；或者直接打 110 要求警察和城管来处理。如果自己动手处理，将野狗撵走就够了。他们没有义务收养它们。

我不明白，那些三 K 党一样用死亡威胁烧狗者的人，那些围追堵截烧狗者的人，那些给政府联名上书要求开除烧狗者工作的人，有什么道德优越感可言！你们怎么不去问罪物业公司听任野狗狂吠扰人？为什么不去问责政府有关管理部门对噪声污染不闻不问？你们关心狗权超过人权，你们欺软怕硬，打太平拳，算什么道德英雄！

报道说：烧狗者“之前也和业主们商量过，有些人不同意把狗请走，说这狗在这里有看家的作用，还可以给一些乐善好施的人表现善心的机会。实在说不通，最后差点打起来”。你看，那些不同意驱狗的人多么自私、多么虚伪！

有论者总结教训说，这表明中国人缺乏自治协商的传统。否。这事根本就不是自治协商的题目，根本不应该“以‘少数服从多数’的民主投票决定狗的去留和安置”。事关基本人权不容商量、不用民主投票。这与哪怕多数人同意用私刑暴打小偷，那也是不能容忍的犯罪，是同样道理。

人不应该虐杀动物，即便是我们必须食用的动物，也要尽量减少动物临终的痛苦。这也是保护人类同情心的需要。至于人权与狗权的关系，万物包括人与动物能不能真的平等，说来话长，本文就此打住。

附记

事关人权与狗权的争论很热闹，不会有一致的结论。本文发表后，不少网民估计只看了标题就开骂了。随后齐鲁电视台就这个话题做了一期《开讲》的节目。即时投票显示，支持我方嘉宾观点的观众还是略占多数。我想，这是因为电视观众与网民年龄分布不一样。“网络民意”并不等于“民意”。

“城管”为什么招人恨

“武汉将派专职警察进驻城管防止暴力抗法”，这条新闻在网上出现后，我没有关注新闻本身，感觉这是“顺理成章”迟早会有的事。你看首都北京，刚判了崔英杰刺死城管人员案，近日又出现了七旬老教授因出头劝阻城管打小贩而遭到围殴的丑闻。哪里的“城管”与被“管”者的矛盾不激烈?

我想看的是网民们怎么看待这件事。到我写这篇短文时，新浪网的跟帖评论有 999 条，绝大多数都是批评城管和武汉市这条措施的。其中“置顶”的帖子据称是出于一名警察之手，他的质疑颇为专业，也算得上公允。

他说，我是一名警察，我驻（城市管理）执法局工作 3 年了，我能理解群众的疾苦，我也能理解执法局同志们的艰辛。那些收入微薄的老百姓摆个摊风里来雨里去，确实不容易，每次我跟着执法局去行动，看着那些人哀求城管执法队员，心里的确不是滋味……但是看看每天其他群众打来的电话投诉记录，再看看被弄得臭不可闻、脏兮兮的马路，我心里也很矛盾。——我对此深有同感。说中国人的素质差，最有力的证据就是不讲公共卫生，据说脏乱是发达国家“唐人街”的标志。没有城管，任流动摊贩我行我素，城市拥挤和肮脏到什么地步，只消到城乡结合部看看那里满地随风起舞的垃圾和横流的污水就知道了。但保持市容清洁是环卫局而不是城管的主要职责，后者的职责是制止占道经营。

这个警察说，众所周知，现在执法难不单单是城管执法难，别的部门也难，暴力抗法的事件也不单单出现在城管执法部门，税务、工商质检、安监等部门执法都有阻力，即使公安部门自己也……他说的似乎有理，但没有注意到与以上正规的国家行政执法机构不同，“城管”其实是地方政府设立的杂牌军，“执法”

的底气不硬，缺少有法律依据的强制手段，所以，才需要借助警察的权力支持。

他又说，城管也解决不了广大低收入人群的吃饭问题，那还需要我们的政府在完善社会保障机制方面多多下功夫，提高就业率，改善人民生活，让底层的群众也能享受到改革发展的成果；若以暴治暴，即使下一步派驻武警、解放军进驻城管执法局，也不起什么作用。这个话说得很中肯，与“网易”上一个网友的留言不谋而合。后者说：“治标不治本，只能激化矛盾。怎么不想想他们为什么抗法。”可是，治本非一日之功，没有五十年到一百年，数亿“农民”不太可能实现充分就业转变成市民；即便近一二十年中国的全民社会保障体系建立起来了，也是低水平，还会有人去做流动摊贩。因此，政府既要着眼于长远制定“治本”的相关政策，也要有好的“治标”对策，化解眼前的社会矛盾。

这就说到“城管”为什么招人恨了。

“城管”招人恨的直接原因，是他们执法太粗暴。掀挑子、砸摊子、抢货物还算温和的，最激起民愤的是以强凌弱打人，其次是没收人家的三轮车之类的重要谋生工具。这种野蛮执法的现状是可以改变的。“得饶人时且饶人”，是中国人化解冲突的传统智慧；文明执法是现代政府管理的基本要求。这就必须抛弃原有的以恶制恶的“思路”，坚决不用“烂仔”当城管人员。

“城管”招人恨的根本原因是，他们做的两件事与被管者的利益尖锐冲突。多年来，城管的职责主要是两条，一是制止占道经营，二是武汉市这次借用警力要做的事：“拆（除）违（章建筑）”。前者堵了进城农民工或下岗工人的一条简易的谋生之路，后者更是要拆某些人的“窝”。对于流动摊贩的管理其实不算太难，只要放弃“无摊城市”这种冷酷的虚荣心，除了主干道和少数重要场所，在搞好管理的同时对他们多点包容就可以了。

而“拆违”则要具体分析。20多年前的“违章建筑”，多是城市居民因住房拥挤而在房前屋后延伸“乱搭乱盖”的棚子。这种现象随着居民住房条件的普遍改善已很少了。而市民“乱盖”的小商铺和官员利用权势在原城郊地段“乱盖”的别墅，这些违章违法的建筑，理应依法拆除。必要的时候就应该用强制手段。最难下手对付的是进城农民工“乱搭乱盖”的建筑物。这些建筑物原在城乡结合部，在垃圾堆边，可是随着城市的扩展，它们在市区了，在亮丽的高楼大厦间了，特别刺眼。

我们得解决一个观念问题，中国能不能像容忍小摊贩一样，容忍“贫民窟”？发达国家的一些城市也仍然有贫民窟，它们是社会流动的合理产物，以其低房租为贫困人群提供了社会迁徙的条件。广州现在有100多个“城中村”，单从消防车进不去这一条就可以说都是“违章建筑”，应该铲平。但是，正是这些贫民窟的特低房租为新来闯广州的“捞仔”们提供了落脚之地。现在，广州市政府拟逐步改造这些“城中村”，但愿改造之后新来的找工者还能租得起。

如果不能容忍贫民窟“损害城市形象”，政府能否建一批廉租房，以“迎接”新来者？

只有统筹考虑上述种种因素，以建设人性化的有包容度的城市自我定位，才会有城管不令人憎恨的人性化执法。

向受暴雨重创的济南人民道歉

我的道歉是真心的，拿这种事来炒作自己是令人厌憎的。

虽然天灾人祸在我们的国度一直以来都是炒作的好题材，已经形成了“领导爱民，亲临现场慰问；制度优越，政府拨款救济；一方有难，四面八方支援；抗灾抢险，英雄模范辈出”的经典模式，这种模式已像操办白喜事的传统民俗一样成为了国人习见的新传统。

我要道歉，当然没有资格像山西省省长于幼军向黑砖窑受害人道歉那样代表一级政府。我要道歉，也不是因为自己是专家或承包商，参与了济南市排水系统的设计、论证和施工。

事情是这样的。2007 年 7 月，齐鲁电视台《开讲》节目组的编导小李在 MSN 上对我说，18 日济南遭受了一场大暴雨，情景好吓人，并且给我发来了水淹济南大街的照片（我可以确信这不是举报她散播谣言，不至于导致她被拘留吧？）。我心想，北方的小姑娘少见多怪，一场暴雨有什么值得大惊小怪的？我心底顿时涌起年轻时乡村生活的甜蜜回忆，便回答说：下大雨挺好玩的。我是在湖区长大的，见惯了年年发大水。她却回复道：哦？我们这边雨水少，我没见过这种阵势。

这些天我才知道，7 月 18 日济南的特大暴雨，既不是苏东坡所谓的“喜雨”，不是杜甫所谓“稚子无忧走风雨”中的小雨，也不是我的家乡江汉平原湖区曾经年年照例会有的洪汛，更不是广州街头年年夏天免不了的导致短期积水没胫的台风雨，而是突如其来夺命毁家的一场大灾祸。据官方报道，截止到 20 日上报的统计数据，这次雨灾济南市已有 34 人死亡、6 人失踪、171 人受伤。

这些日子，我天天在电视机前关心着韩国人质在阿富汗的安危，在心里谴责塔利班的暴虐，为善良的韩国义工们祈祷幸运，却无法关心雨中失踪的6名济南同胞（我也不知道他们的名字）的下落，无法从电视里看到伤亡人员及其家属的现况。我只有向济南人民道歉，为我以旁观者身份怀着过年一般的心情谈论暴雨，诚恳地向小李致歉！

我写此文时想过：有人会说，你站出来向济南人民道歉是别有用心，无非含沙射影攻击济南市当局或更高级别的官员没有站出来向济南人民道歉！如果有人一定要这么说，我也没办法。我认为逼官员道歉，就像有人逼余秋雨忏悔一样没有意义。若非发自内心，官员的道歉极可能流于没心没肺的政治秀。事实是，我并不知道济南的党政负责人为雨灾向济南人民道歉了没有，也不知道济南有无官员（比如分管城建或防灾减灾的副市长、局长）为此引咎辞职。尽管如今资讯很发达，发生这种事往往会有消息传到外地，但毕竟暴雨成灾的地方不止一个济南。还有重庆等地。这种事也不像山西黑砖窑事件在海内外惹起的“民愤”极大，必须要让世人尽知有长官站出来给“说法”了。

对于济南雨灾这类事，首先，由谁出面道歉或让谁辞职就是一笔糊涂账。路人皆知，我们的党政要员都是调来调去的。山西黑砖窑、黑煤窑不是于幼军当省长后这几年才出现的，事发时洪洞县的公安局长据说到任才4个月，他们在某种程度上是替罪羊。济南暴雨成灾，现任官员对导致死伤惨重的灾害预警、救助和危房改造等方面或许有不可推卸的责任，但追根溯源责任在于城建排水系统的“总设计师”，当年城建规划的构思者和拍板者可能已退休或高升，不是无官可辞，就是牵一发而动全身。

其次，有人道歉或被问责辞职，对平息众人的怨忿或许有一时的效用，对官员们的反思和采取补救措施或许不无小补，但对于从根本上改变现状、阻断恶性循环、防止灾难重演，却未必有什么实际作用。

有人拿德国人在青岛设计的租界排水系统相比，说人家的工程技术人员有远见、职业道德高尚。中外其实没有可比性。人家的工程技术人员不仅有专业精神，也有话语权。我们讲政治，是长官说了算，考虑问题（钱优先用在哪方面）的角度是不一样的。恰好2007年春夏之交我到过济南和重庆，都是10多年后重游，也不禁为两地城市面貌的巨大变化而惊喜；尤其是重庆市，据说下辖县区尚有22个戴着“贫困”帽子，却不料市区建得比广州还现代还漂亮。重庆朋友自豪地说，若以20层计，上海是中国高楼最多的；若以25层计，重庆的高楼大厦是中国第一！瞧，不仅官员要通过看得见的城建景观显示政绩和形象，赢得民心（政治学者叫“合法性”），我等百姓不也要通过这种更重外表的城建来建立国家认同和地方自信吗？龙应台女士说从城市排水系统优劣就可以判断城市属于发达国家还是发展中国家，此言不虚。可是，我们也注意到，衣服穿得最整齐的是跑街的穷推销员，他们需要装门面；真正有钱的人倒穿起了休闲服！

这是从官员和国民的心态来分析城建华而不实的深层原因。就政治生态而言，有官员辞职（而且是真辞真免，不是安抚舆论的演戏）又怎么样呢？接任的官员就一定比下台的好吗？人家的官职不是你给的，凭什么要对你负责？在一定范围内调选，选来选去就是那些人，既给组织添麻烦，实际效果也不如让有负疚感或失误教训的官员将功补过。虽说中国人才多得是，尤其不缺想当官的，但把现任的官员全换掉也不是好办法，对此美国总统布什推翻萨达姆政权后对旧军政人员的政策就有深刻的教训。一般来说，大多数人包括官员可以为恶，也可以为善，关键是要有一个只准他们行善，防止他们乱拍板为非的制度环境。怎样迫使市政官员对当地百姓负责，真心为地方造福，比让若干官员辞职更重要。

如果有人将我上面的话看作意在为济南府的官员开脱责任，那是误解；看作我为当地官员对受害市民的冷漠而辩护，那是弱智。

对于34个不幸的遇难者（加上6名“失踪”者，就是40人），有网民提议在济南建碑纪念，我估计这不现实，当地说了算的人可能不愿意人们总记住这次灾难。联想到美国人为33名校园枪击案的亡灵燃烛祷告、韩国人正在为陷身阿富汗当人质的同胞秉烛祈祷，我想，济南现在也许满城都有为那40个遇难者哀悼和祈祷的白烛、红烛吧？若有这种事，只能解读为人间真情的流露，另作解读那可能是别有心疾。

我在广州不能为济南雨灾的遇难者燃一枝白烛，邻居虽不会以为我在借此抗议谁，但会以为我过错了“中元节”，我这代人也不习惯这种表达感情的方式。此文也可算作我给他们献祭的一瓣心香。

值得敬重的印度人

提起“8 · 15”，我们想到的总是标志抗日战争胜利的纪念日（日本广播天皇的“终战诏书”，宣布无条件向盟国投降），关注的是东邻日本的政要会不会去靖国神社“拜鬼”，很少人知道这一天是西邻印度的独立日（国庆节），1947年的8月15日印度人摆脱了英国的殖民统治。

说到对印度的印象，国人一般想到的是他们比我们更贫穷更落后。你看央视国际新闻，关于印度的新闻最大宗的就是车祸与骚乱了。你看那火车上扒的人，车厢外与车顶上说是玩杂耍的却有那么多个！对印度表示轻蔑和不屑，最强烈的是我们的文化名人余秋雨的《千禧日记》。在余先生看来，印度的赤贫、混乱、肮脏令人一刻也无法忍受。参观印度教徒们视为重大仪式的“恒河晨浴”时，余先生恨不得插翅飞逃。在这种丑陋恶心的地方居然来了一个中国女子，“我们心中都在呼喊：回去吧，这哪里是你来的地方！”（1999年12月21日）余秋雨以“那些也以文明相称的老邻居们”为参照系，胸中翻腾起强烈的民族自豪感，并教导我们，中国才是“世界上特别有秩序和韧性的一种文明”。

这些年，我们多了一些对印度的了解。一是印度也有了核武器，还要造航母（所以，我们更有理由和能力造航母了）；二是印度人不仅输出薄饼和咖喱，还有IT技术及其外包服务也比较发达。至于印度人的政治文明和精神文明，似乎没有什么值得我们关注。要不然，就是让它充当反面典型，以它有大量的贫民窟来证明民主法治不利于城市的现代化改造与建设。

在2007年8月14日的《新华每日电讯》“新闻观察”版，读到一篇专稿，令我不禁对印度人刮目相看。记者黄恒的专稿题为《印度人票选本国“最大荣誉”：民主压倒 IT》。报道说：在印度独立 60 周年这一重要纪念日到来之前，印度 NDTV 电视台于全国展开一项大规模民意调查，以确认印度人心中最崇拜的偶像是谁、最重要的历史事件是什么以及在海外什么是印度的代名词等。这家电视台 12 日公布了投票结果，它从一个侧面反映了印度人如何看待自己的国家。

据悉，这个调查并非“主题先行”的舆论导向，而是很认真的民调。NDTV 电视台特别组成了一个 7 人裁判团，监督民调结果的准确性和公正性，裁判团主席是印度前总统阿卜杜勒·卡拉姆。在我看来，调查结果不仅反映了“印度人如何看印度”的自我认知，更反映了印度人主流的“世界观”和价值观。

大家最愿意回答的是“印度最大政治污点”。这个民族不讳疾忌医，而是直面现实，勇于反省。调查结果显示，印度人眼中“最大政治污点”是 1984 年英迪拉·甘地遇刺身亡后全国各地发生的反锡克教骚乱。宗教宽容对于印度这个有多种宗教信徒的国家的安定和发展，确实有头等重要的意义。视不宽容为最大政治污点的印度人，今后的选择可想而知。

选择圣雄甘地为印度最伟大偶像的占投票者总人数的 52%；其次为 1979 年诺贝尔和平奖获得者特里莎修女，占 17%；已故工业大亨杰汉吉尔·拉坦吉·达达波伊·塔塔名列第三。“很显然，从街头百姓到软件精英，如今一个人牢牢占据着印度人的心灵和思想，那就是圣雄甘地。”

圣雄甘地的非暴力思想于 21 世纪已成为深入印度人心的理念。这一条与上一条重宽容应该是相通的吧。

“印度最大的荣耀”是什么呢？44% 的投票者选择了民主，17% 的人选择了世俗主义传统，超过了印度的信息技术（IT）产业，名列第 4 的是印度空军。我不明白，印度人心中的“世俗主义传统”何所指：不是指他们坚持穿纱丽之类的本民族服装吧。我一直以为最重今生今世、见寺观就烧香求福的中国人才有世俗主义的传统。我也不知道印度空军有什么了不起。而 39% 的印度人认为 IT“是使印度发生最大改变的事物，其得票率超过了经济自由化、核武器和手机”，尽管如此，他们不以 IT 业的先进为印度最大的荣耀，却选择了“民主”作为最大的自豪。那就是说，在这些人里民主已经内化为一种最高的价值观，比 IT 技术更不可缺少。为什么是这样呢？最简单的解释应该是：民主能给人以尊严感，使人觉得在过一种值得过的日子吧？这种价值观与“不自由，毋宁死”是等值的吗？是他们当年为独立建国而奋斗的精神动力吗？

“哪一种东西在印度之外最能代表这个国家”呢？他们给出的答案，名列首位的是“头脑”，51% 的受调查者选择了这个词，排名第二的是瑜珈，第三是宝莱坞，第四则是咖喱。“头脑”这个词比较空泛，如果说 IT 技术先进是印度人有“头脑”的证明，说服力也不强。但他们那么重视“民主”，将它视为最大的荣耀，似可作为有“头脑”的证明：只知道追求温饱和物质享受的民族，用爱因斯坦的话来说，所持的不就是“猪猡的理想（脑子）”吗？

一个月前，《南方人物周刊》主编徐列捎来讯息，说受鄢烈山之托，想请我为其新著写个序言。徐列并转来鄢烈山的信函。鄢烈山在信函中写道：我想，杨锦麟先生如果肯给我写的话，那是再好不过的。一来名人中杨先生是令我和我的潜在读者所尊敬的人，二来杨先生“读报”其实也是时事评点，他的心与内地民意相通，对言论环境甘苦也是亲历，三则他对我也有所了解，在香港与他有一面之缘，曾蒙他赐宴。烈山先生将我纳入所谓的“名人”，实在不敢当，其实也是徒有虚名而已。在电子媒体混饭吃的人，最应警惕的就是不可为虚名所累，但他对我的观察心得，我觉得是知音话语，能引起我的共鸣。和烈山先生确有数面之缘。印象最深的是在香港的邂逅，那天大家谈兴甚浓，遂相约到庄士敦道的一家专事杭州本帮菜酒家餐叙。席间，烈山先生话语不多，他更多时候是倾听，酒喝得不多，询问之下，才知道他并不善饮，也是这些年竭于笔耕，身体或有欠安，方有所节制，这一

第肆辑

道德与制度

许三多是我们的白日梦

一些媒体在评2007年年度人物时，电视剧《士兵突击》的主人公、虚构人物许三多居然名列前茅。春节期间央视一套也播出了这个连续剧。我关心的是，《士兵突击》何以得到官民一致认可，许三多有什么了不起而在这个据称“共识破裂”的社会得到上下一致的赞美？以正面形象、积极向上的精神表现当代军人群体，符合主旋律，得到央视认同是自然的；而许三多这个人物这么受大众追捧，理据何在？

2008年2月14日出版的《南方周末》，评《士兵突击》为最佳年度电视。终审专家评委之一尹鸿写的评奖理由，题为《〈士兵突击〉：中国人的“阿甘正传”》。我近日突击看了这部剧集，感觉这个类比很有道理，但远不够准确丰富。《阿甘正传》的励志性很单纯，一个先天不足的“笨人”，锲而不舍，终获成功。许三多有阿甘类似的成长经历，但他的“成功”寄寓了更多的社会期待。可以说，《士兵突击》或许三多，是我们这个社会的“白日梦”。

“白日梦”在这里没有贬义。电影一向被称为“造梦工厂”，影视等文艺作品就是为满足人们的精神文化需求而生产的。伪造华南虎照片是对大众的欺骗，不能容忍；年画华南虎却是艺术作品，可以满足人们选择性的审美需要，与“公冶长，公冶长，南山有个虎拖羊”无关。

同样是表现军旅生活的电视剧，《士兵突击》比以战争年代为人物背景的《亮剑》更有当下性；士兵许三多的命运和传奇性经历，比《DA师》师长“王志文”的成长史，更贴近老百姓的生活经验。这使人们更容易入戏入梦。

若要用一句话来表达对《士兵突击》的观感，我会套改一句语录来形容：“世界上怕就怕认真二字，许三多就最讲认真。”什么叫“认真”？第一是当真，第二是较真。当下这个社会，最稀罕的就是“认真”二字。言行相悖，名实相反，主客易位，所谓“潜规则”就是比明规则显规则即党纪国法道德口号更有力更有效的“规则”。谁要把报纸上台面上讲的话当真，甚至谁要轻信亲朋好友的话，谁就有可能被当作傻子、呆子。这种什么都不能当真、更不能较真的社会现实，恐怖到了所谓“杀熟”，到了不但需要母亲而且需要警察来提醒你不要理睬陌生人的程度。而许三多却是一个什么都当真都较真的人，实心眼、死心眼，以致他的同村同学、伙伴、战友、精明人成才对他常常直呼“呆子”；以致最同情他、爱护他、器重他的班长史今，在临别前也忍不住拿他的认真开了一个玩笑，命令背对自己的许三多立正，自己却走了，让他傻站了好久。

“认真”的第一个好处是诚信。诚信一是要相信别人的话并照着去做。他相信生活要有意义，在驻训场默默修路而感动了别人并提升了自己；他身体力行钢七连的信条“不放弃、不抛弃”，艰苦训练成了尖子兵，选拔竞争中不丢下战友……这在当下太难了，因为可以不假思索信任的人和言不多，猜疑成风。虽然许三多的成长，与他遇到了招兵人即班长史今、702团王团长、特种兵中队长袁朗等理解和赏识他的领导者有很大的关系，但我相信这不是不可能的，不是粉饰现实。这个世界上本来就是好人多，只是被扭曲了，人们不再互相信任。诚信另一条是信守承诺。可以说没有班长史今，就没有许三多的成长。而史今的行为动机最重要的一条就是,兑现招兵时“把许三多带成一个堂堂正正的兵”的诺言。史今是用心讲这句话的，他真的努力去做了。

“认真”的第二个好处是处世简单。电视剧的最后一集有许三多与袁朗围绕成才的去留而起兴的关于简单与复杂的谈论。许三多这个头脑简单的人对自省改过的成才不持成见，终于说服了袁朗不再次撵走成才。我们多么希望这个世界的人际关系变得简单明朗，像许三多那样一切照条规和道德律令办，该怎么做就怎么做，不用花费那么多心思谋取自己的利益，不用时刻对人保持戒心。“简单”，就是性格纯朴，就是心地轻松，是值得人过的生活。一些到过欧美发达国家的人，最赞赏的就是人家没有那么多防人之心，没有那么复杂的揣摩迎奉。

与认真、诚信、简单有关，许三多没有那么多心眼，许三多执著，因此他也是最重情义的。《士兵突击》之所以取得成功，与它的“煽情”也有很大的关系。

电视剧一开始就渲染了史今的同情心。没有同样出身于贫苦农家的史今将心比心的怜惜，许三多不可能有入伍的机会。许三多与红三连五班战友的离别、与钢七连战友的离别、与“伯乐”史今的离别，为打死了那个不想死的女毒贩而陷入精神危机，对不怎么样的父兄的关爱与依恋，还有与小时候一直欺负他的成才的关系，等等，都有很重的戏份，占了剧情一半左右的篇幅。正是这些情感表演，使这部“和尚”长剧富于人情味和吸引力。

当然，这部电视剧迎合（换“切合”就没有贬义了）人们精神需要的地方还有很多，比如“平常心”。这是光电硕士、少校吴哲的口头禅，许三多做得也很好。在看守被撤销编制的钢七连营房而重新投闲置散的半年里，他没有焦虑，照样一个人出操，这是中校袁朗挑选特种兵时很欣赏的心理素质。在这个大伙急于“成功”、人心浮躁的年头，保持“平常心”委实了不起。

总之，许三多的诸多品质是我们“虽不能至，心向往之”的，所以我们为他感动。文艺作品本来就是“苦闷的象征”，就具有“心理补偿”的功能。电视剧不可能回答怎样让我们都变成“许三多”，过上简单、纯朴的生活。就像《梁祝》的爱情故事使我们感动，却不可能教我们怎样获得婚姻自由。所以，“白日梦”醒了之后，我们擦干感动的泪水，还要进一步思索。

“民主”不是“集中”的参谋

这次“两会”恐怕是这么些年来开得最有生气的，不少政协委员和人民代表都很珍惜自己参政议政的“表达权”，抓住这难得的时机坦陈己见。

我很佩服政协委员孙萍，她毫不留情地当面“炮轰”教育部长周济说：“感谢您让我提出的‘京剧进校园’提案成为现实，不过样板戏这么多不是我的初衷……”周济解释在有关曲目推出前，已经邀请了有关专家进行论证。孙萍马上反驳：“我们这有这么多专家呢！政协的专家不是最顶级的专家了吗？梅葆玖不是专家？那谁才是专家？”她挺身而出质问部长大人，固然因为她是京剧艺术家，有底气，不靠当委员求闻达；更重要的是，教育部的实施方案悖离了她的初衷，搞得她“都成了众矢之的了”，所以“一定要站出来，把这个事给纠正过来”。可是她的“维权”很可能无效，“调整曲目的可能性很小，听说光盘都已经刻了一亿多张了”。木已成舟，人家现在多半不跟她算“政治账”，而要讲“建设节约型社会”了。

我最佩服即将卸任的审计长、政协委员李金华等人对国家发改委的尖锐质疑。李金华一针见血：“需要改革的就是它，它去牵头搞机构改革，这个怎么可能呢？”政协委员、全国工商联常委孙珩超说：“在发改委某个部门下面一个司下面的一个处的处长面前，全国各地跑项目的专家连一句话都不敢辩……一反驳项目就没有了。”好像是呼应这种说法，广东省代表团猛批中央的“政府利益部门化，部门利益审批化”，以致“批项目比登天还要难”。可是这些问题深思不得：它们不是早就有目共睹了吗？谁不知各地驻京办是为什么办、怎么办的？就像李金华同志的审计报告，年年审出一大堆问题，问题还是年年一大堆，今年的行政开支预算占财政收入的比例也没有降低。

“允许”代表和委员质疑、发牢骚、“放炮”，总比只准鼓掌、唱赞歌好，但这就是我们要的“民主”吗？

不错，这是我们能够“允许”（或者可以容忍）的民主！——不少大权在握或自以为大权在握的官员，就是这么认为的。他们不仅是这么想的，还是这么说的，而且也是这么做的。

国家文物局世界遗产委员会副组长、全国政协委员安家瑶，日前得知将由国家投资 300 亿元在山东济宁建设中华文化标志城后，组织了 108 位全国政协委员签名反对；济南市市长（他也是全国人大代表呀）张振川的回应是：“允许有争论，但是肯定要建。”你看，他说得多么斩钉截铁！他的话可不是你我一般的“一家之言”，是要拿真金白银兑现的。我们，包括代表、委员和专家们，能够“争论”一下，还是人家宽怀大度“允许”的结果；人家若不想要营造这“民主氛围”，我们岂非只有收声“坐享其成”的份？

张振川作为一个地级市市长敢对媒体（即全国人民）用这种专横的语气讲话，一是他习惯了这样的腔调；二是他自以为此项目有“挟天子以令诸侯”的批示；但第三，更可能是，他还认为我们的“民主集中制”就是这样的：“允许”你们议论、讨论、争论，这就是“民主”，然后由“我”来“集中”来拍板。持这种“民主”观和“民主集中制”认识的人，把“民主”只当作参谋、幕宾、门客、清客，自己才是掌握实权说了算的“长”——俗话说“参谋不带长，放屁都不响”。

这样理解“民主集中制”的人，根本就没有建立起主权在民的宪政观念，思想行为根本就不符合“四大民主”（民主选举、民主决策、民主管理、民主监督）的时代要求。人民网强国论坛网友“小清河”针对张市长这个表态留言道：“只有上级提拔起来的官才有如此‘霸气’，民选的官没一个敢这样说话的。”本人不敢说张市长不是民选的官，但他肯定没有民主选举的官员应有的气质。

“民主”理应是“集中”的条件（从程序上讲，经过民主参与过程、民主方式的表决），也是“集中”的基础（从实体内容上讲，有服从民意和服务民众利益的合法性）。如果“民主”不对“决策”具有当家做主的作用，“民主”就不过是骗人的幌子和虚耗钱财、时间的闹剧。有些官员总是自负地认为他才是民众利益的代表者，只有（只要）一切交由他英明决策才有（就有）效率。他们实际上就是要以“集中”（集权专断）剥夺广大干部群众参政议政的民主权利。

所谓“铁腕”书记仇和就是这种专制的倡行者。2008 年 2 月 14 日，在昆明市经济社会发展软环境建设动员大会上，他说，要“倡导这样一种风气：先干不争论、先试不议论、先做不评论，允许在探索中有失误、不允许无所作为，在干中积累经验、在干中完善政策”。我不知道这与“文革”时林彪讲的对“四个伟大”的指示“理解的要执行，不理解的也要执行”有什么本质不同。据报道，仇和面对质疑曾经这样回答，“不用强制力量怎么行？中国要用 50 年的时间走完西方国家 300 年的路，那得怎么走？只能是压缩饼干式的发展。”这不就是搞“大跃进”时的说辞吗？他又说“为公才改革，为私谁改革”！这话更不可信，如今借改革发展之名大捞特捞的贪腐分子，落马的也不是一二十个了吧？——我也不是存心要与仇和书记过不去，一来他的观念作派很有代表性，二来听了昆明市市长张祖林讲仇书记给昆明带来了“高效”（唱的是反对民主决策的老调），有点烦。

民主还有一个功能，就是对“集中”（决策并执行）的效果进行实时监督（民主管理）和事后监督（考评、问责）。这样的民主是全员质量管理的质检员、安全员，也是评委、裁判员乃至陪审员。看到雪灾之后，没有一个部委和地方高官向民众道歉，却有国家气象局的高官在“两会”上那么高调地回应舆论的质疑，铁道部副部长毫无愧疚、恬不知耻地夸耀铁道部的表现甚至于可以打 90 分，不免令人气馁：如果“笑骂由汝，好官我自为之”，那么，孙萍、李金华们的表达再痛快，又有什么意思呢？如果对官员没有实际威慑力，不能驯服权力，“民主”就连“放屁都不响”的“参谋”也不如。因为有人格的参谋（古时叫谋臣策士）也讲“良禽择木而栖”，要主子尊重的。

相信选票的力量

2008年3月22日晚，我收到朋友的短信，说："今天，我们都是台湾人。"这诗歌一般的语言，是说我们与台湾大多数选民一样希望台海和平，希望两岸关系通过对话协商和平发展，表达了对台海地区局势至少近期内不会恶化到影响北京主办奥运会的欣喜。国务院台湾事务办公室发言人李维一当晚发表谈话表示，"台独"分裂势力搞"台独"是不得人心的，期盼为两岸关系和平发展共同努力。美国总统布什也称两岸和平化解歧见因此出现新的契机。可见，不论海内外，人同此心，大多数有正常心态的人希望台海局势不要被"台独"分裂势力导向战争。

我想说的是，要相信选票在现代政治中的力量，特别是在政府轮替中的作用。

民主作为一种普世价值，在中国至少有了90年的传播史。一直以来，我们纪念"五四"新文化运动，说它为中国共产党的诞生在全社会准备了思想文化条件，总是强调它的基本价值或者说旗帜是"民主"与"科学"。按照党史的标准说法，中国先是有孙中山领导的旧民主主义革命，后有中国共产党领导的新民主主义革命。总而言之，"民主"在我们的政治语汇中从来就是一个褒义词。可是，我们却很少强调民主与选票的联系，除了在陕甘宁边区。"文革"时的所谓"大民主"，与选票毫无关系，它不过是"群众运动"（实为奉旨造反的"运动群众"）的代名词。至于"民主柬埔寨"（红色高棉）的领袖波尔布特等人，实行残暴的社会改造政策，更没有民主与选票的影子，他们所谓的"民主"，就是在极强的精英意识支配下做人民的主（有末日审判权的神、上帝）。

总有人在贬低民主的价值时说，凭选票多少来决定领导人或公共政策，会导致多数人的暴政，或导致希特勒这样的骗子和恶魔上台。那么，我们可以回答说：第一，选票的少数服从多数并非民主的全部内容（"多数"有简单多数即过半数，与压倒性多数即 2/3 以上多数等分别；像美国这样的国家，对一些法案设有两院票决制，众议院的多数赞成案还要提交参议院表决，国会的法案有时要总统签字才能生效……）；民主与宪政、法治是一体多面共存亡的。换言之，宪政与法治对多数人的决定会有制衡的作用。民主国家会立法保障基本人权，多数人的决定如果违法，就像违法的合同一样是无效的。倘若某个社区或家族多数人同意用私刑处死某个人，这在前现代社会是可以的，在现代民主法治国家即便是全票通过也是要受惩治的犯罪行为。一些反对民主选举制度的人爱拿希特勒的上台说事，他们讳言希特勒的倒行逆施之所以能实行，是因为当时的德国还不是一个法治国家，没有法治来保障民主，他才能“无法无天”地行事。一个依靠秘密警察（盖世太保）统治国家的独裁者，他的作为，怎么能算到“民主”的账上？

第二，选票的力量在于它有纠错的功能。某个、某些政客可以蛊惑人心于一时，但当他们露出马脚时，会有人士团体站出来揭露，直到问责、提出罢免案、弹劾案。这些年台湾民众的反贪腐、“倒扁”，无疑对民进党的选情有很大的影响。当民众感到自己利益受到执政者的威胁时，他们会用选票更换领导者。当民众失去了用选票选择领导者的时候，民主其实已死亡。当然，在相对成熟、社会稳定的民主国家，选票更多的时候只是表达对社会政策的选择，有时要福利多一点，有时要自由多一点，让社会在动态的利益均衡中发展。这像掌握汽车方向盘一样，不是纠错，而是忽左忽右地调控。

有些人总是不相信选票的力量，而相当迷信所谓雄才大略的“铁腕”人物。我们不否认英雄人物的历史作用，因为历史进程有很多时候似乎取决于偶然与机运，但社会发展的基本走向是由大多数的选择决定的。沙俄的彼得大帝可以算得上开明专制的典范，他推动的改革开放对俄罗斯的发展功不可没，但是俄罗斯至今仍然未能成为一个成熟的民主法治国家———这几天又有两名新闻工作者死于暗杀。有人总爱说“铁腕”带来高效率，可是哪个“铁腕”统治者的“高效率”能比得上希特勒？他那么快就使德国走出“一战”失败的阴影成为睥睨一世的强国，可后来的结果呢？相信选票的力量，就是坚定对民主的信念。对此，我们还要不断地讲，直到我们像《国际歌》唱的那样，不相信什么救世主，也不指望神仙皇帝，要创造人类的幸福全靠我们自己。

坏的制度比坏的国王更坏

这个判断的出处且按下不表，显然它与不丹主动弃位、推行议会民主制的老国王辛格的那名句言“好的制度比好的国王更重要”是相关联的。

不丹老国王辛格正当威望如日中天之时，决定在不丹推行宪政。2002 年他提议修改宪法，在接受记者采访时说：“根据血统而不是能力选择一个国家的领导人是不明智的，不丹不能拥有一个与南亚区域合作联盟盛行体制不同的政治体制。”对于前一点他的一个大臣说得更明白：国王贤明固然是国民之幸，如果遇到一个坏国王呢？其实，君主世袭制也有它的历史合理性，是人类社会在没有民主选举制的条件下避免血腥的王位争夺战的选择。而今选举民主制的政权交接方式被证明更先进，以至成了世界潮流，辛格国王和继位的儿子凯撒尔识时务，为了国家和王室的长治久安，顺势而为，可谓有仁有智。

说“好的制度比好的国王更重要”，在当今世界上，虽然还没有成为普遍共识，还有国家理直气壮坚持世袭君主制，还有人一直崇信“铁腕人物”治国效率更高，但它毕竟已成了主流观念，本文不拟论证之。我们来看看“制度”与“国王”（掌权者）的关系。

制度与国王的组合无非四种。“好制度”与“好国王”，当然是最理想的。但是现代社会所谓的“好制度”必是立宪限制国王权力的制度，所谓“好国王”与专制制度下一言九鼎的国王的作用已不可同日而语，不过是国家的形象与威仪罢了。因此，“好制度”与“坏国王”的组合也没有什么大不了的，“就之而不畏”，无非让世人觉得这个国王“望之不似人君”，要求王室换马而已。

剩下的两种组合就是“坏制度”与“好国王”、“坏制度”与“坏国王”。现代人所谓的“坏制度”当然是专制制度，却不仅指奴隶主专制、君主专制，还有寡头专制、军阀专制、官僚专制（所谓“灭门知县”之类），等等。坏制度之下而有“好国王”，这就是五千年来中国老百姓梦想的仁君、明主，比如电视剧《雍正王朝》里那个为国为民操劳的好皇帝。中国历史是不是有这样的好皇帝，今天的中国需不需要编导们向我们推销的好皇帝，本文不想浪费篇幅说了。

这里只想讲最坏的一种组合即“坏制度”与“坏国王”，两坏之中谁更坏？

本文标题给出的这个判断，是法国学者孟德斯鸠男爵在《罗马盛衰原因论》一书讲的。这个启蒙思想大家在该书中有许多极精彩的论断。比如，他说“迦太基亡国的原因是：正是应该消除滥用职权的行为的时候，它竟不能容忍甚至是（他们伟大的统帅）汉尼拔这样做”；“在亚细亚的专制制度中，这就是说，在一切并非温和的政府的和谐，却总是有一种真正的纠纷。农民、士兵、商人、官吏、贵族等人所以结合到一起，不外是一些人压迫另一些人没有遇到另一些人的反抗罢了”；“贱民却不断地从激昂狂暴的一个极端（即暴民，作者注）走向软弱无能的另一个极端（即草民，作者注）”；还有关于自由，关于人民的名义，等等。

他写道：“对于国家来说，一个国王的暴政的害处比起不关心公共利益对一个共和国的害处还要小些。”施行暴政的国王当然是“坏国王”，而一个不关心公共利益的共和国，它所实行的制度当然是“坏制度”——不过，这里说的“制度”是广义的制度，显然并非专指君主专制，而包括共和国的权力组织制度和运作机制，举凡公权力不是执政为公，忽视了公共利益而为少数人所用，就是坏制度。他接着写道：“一个自由的国家的优点是它的收入分配得比较好，但如果分配得较差的时候，则自由的国家的优点是它根本没有宠臣；但是当事情不是如此，不是（只）使国王的朋友和双亲（即宠臣，作者注）发财，而是使参加政府的一切人的朋友和双亲发财的时候，那么一切便都垮台了。”说简明点，就是凡是享有公权力的人及其亲朋都发财的制度就是要垮台的坏制度。孟德斯鸠说“这样的违法乱纪比一个国王的违法乱纪要更加危险，因为作为一国公民之首的国王，他们照例是最关心守法这个事情的”。国王要人们守的法，自然是对王室有利的“王法”，而“王法”当然是要保障国王特权的。

孟德斯鸠这番话所依据的西方的经验事实我不清楚，但考诸中国的历史与现实，我们不能不承认他概括得有道理。明太祖是最要人守法的，反贪赃枉法严厉得很，他并不认为这与自己搞三宫六院以及将他的皇子皇孙分封到全国各地圈地为王有什么矛盾。如果只是朱元璋及其子孙食用民脂民膏，明朝肯定垮不了。问题是，那种国家政治制度必然导致“参加政府的一切人的朋友和双亲”都要借权发财，这样的违法乱纪终于导致大明的“国势如溃瓜，手一触即烂；民心如实炮，捻一点便燃”。不必讳言，我们当下的巨额公款消费（公车、公款招待、公费旅游）以及“特殊关系人”借权发财，规模之大是史无前例的，虽尚未导致政府垮台，民心已生大怨。这样的财政开支与财富分配制度，肯定比一个坏国王的挥金如土更可怕。温家宝同志在 2008 年“两会”期间，特别讲到要让人民的钱用在为人民谋福利上，当然不是无的放矢。

其实，关于制度更带有根本性、全局性、稳定性、长期性，邓小平已有论述，见《邓小平文选》第二卷第 333 页，不好做，但很方便记。

从代价论到尊重每个人的权利

回顾改革30年的历程，我以为，中国最大的进步在于，大多数人包括普通民众和学者、官员，在价值观上发生了一项巨大而深刻的变化，并正在达成共识，这就是：从以威严的“国家利益”、“集体利益”至上为基础的“牺牲论”、“代价论”，转变到承认并尊重每一个国民的权利，即从“以国为本”到“以人为本”。

2008年是改革开放30周年，也是“人民公社”建立50周年的纪念日。众所周知，中国的改革开放实践正是发轫于农村的家庭联产承包责任制，凤阳小岗村农民推倒多米诺骨牌，最终导致了人民公社制度的完全解体。“看一个人是否诚实”，只看他是否承认小岗农民是为了不挨饿而密谋。令人难以置信的是，如今还有不少“学者”在为人民公社制度唱赞歌。有位文学博士，在他的博客里用他2岁时的“记忆”证明1966年前后的城镇生活多么丰衣足食，这话的真假不值一哂。有位研究“三农”的教授在2008年《开放时代》杂志的第一期上说人民公社制度多么伟大，我感觉他是天方夜谭。我当过三年生产队记工员，知道他说的生产队的“工分制十分精巧”、可以调动农民的劳动积极性应该从反面理解。他又说，“人民公社为农民提供了生活和生产的意义系统”，而我知道不少“铁姑娘”在“学大寨”运动中选择了集体自杀。至于他说从那些年的国家统计年鉴上可以查到相应数据来证明人民公社制度的高效率，更不值一驳：那还不如干脆直接用当年的“两报一刊”证明“形势大好，不是小好”。

但是，不止一两个学者为人民公社制度辩护，而且据称他们有一套“学理”，其大前提是值得我们特别注意的，有相当大的迷惑性，是曾长期影响我们社会的主流价值观和政治逻辑。他们回避刘少奇指出的人民公社不过是中国农村的一场乌托邦实验，却说：人民公社这个制度安排，是国家为了解决与分散小农的交易难题，充当“中间人”，从农民有限剩余中提取资源来建设暂时不能反哺农业的现代工业化体系；人民公社的效率是低，但有合理性，因为它是国家工业化和现代化战略选择的必然结果。用一句经典的语录来表述，形象的说法是“满头乱发不好抓，编成辫子就好抓”，政治哲学的语言就是“要奋斗，就会有牺牲”，或者说这是“大仁政”与“小仁政”、“好行小惠，言不及社会主义”的关系。说白了，人民公社制度的“合理性”、“优越性”，就是要让广大农民为国家的现代化做出必要的牺牲。这种“牺牲论”的另一种表述又叫“代价论”。这也是鼎革伊始毛泽东与梁漱溟之争的底气和政治逻辑基础，前者认为他才是农民根本利益的真正代表。正是认同了这样的政治哲学和逻辑，那些“学者”不仅为牺牲农民自由与权益的人民公社制度以及与之相关的遗害至今的歧视农民的城乡二元体制辩护，而且将在反对农民的“自发势力”、“割资本主义尾巴”、强行推动“农业学大寨”中、在“七斗八斗”的历次政治运动中受到残酷迫害的人，轻描淡写地定性为不过是“受点委屈”，并教训这些人不应“因为自己受过委屈而满怀怨恨地看待历史”。

与上述为人民公社制度安排的“合理性”而辩护的逻辑同宗同源，作为那种以国家主义、整体主义压制民众个体权利的“牺牲论”、“大局论”的延伸，在新时期，则表现为“代价论”。这种“代价论”根本不在乎社会公平和正义。他们说为了将经济发展的“蛋糕”做大有必要牺牲一部分人的利益。有说应该牺牲农民工权益，以保持我国建立在廉价劳动力基础上的制造业“比较优势”的；有反对提高社会保障水平，批评所谓“未富先骄”的；有为了经济增长上项目，而不惜污染环境，牺牲当地居民健康的；有为城市建设“现代化”，低价强征土地、强拆民房的……最极端的“牺牲论”、“代价论”，当数H院士针对矿难频发而淡然处之发的高论：“谁叫你不幸生在中国？”

令人欣慰的是，这种政治哲学和行政逻辑，随着改革开放的推进，随着经济发展利益多元化格局的形成，各阶层的人们权利意识空前觉醒和高涨。到了新世纪，不论是谁还想拿国家利益的“大帽子”压人，要民众轻易放弃自己的合法权益而为不明不白的“全局”作牺牲，是很难行得通了。从实践的层面讲：就农民而言，以广东省太石村农民维权为例，自那以后，广东省推出了关于征地的三条硬杠杠，包括必须先签协议、按浮动标准的最高限补偿、补偿不到位不许动工；就工人而言，承认工会的主要职责是为职工维权，推广劳资协商；就市民而言，以重庆“最牛钉子户”为例，私人的物权得到公权的尊重。这都是些令人振奋的先例，可视为制度与文化达成重大转变的里程碑。

在理论上,我们现在讲“以人为本”,是不是对“以国为本”的反拨还不好断言,但可以肯定,与封建王朝的“以民为本”应是不同的。专制王朝的“民本”是“民”与“君”相对而言，并不对应每一个具体的臣民，所谓“民本”不过是把老百姓当供养统治者的本钱，提醒自己不为已甚逼民造反而把老本蚀掉了。今天我们讲的“以人为本”，按正宗的马克思主义，即每个人自由发展是一切人即全社会自由发展的前提。用 2007 年 3 月 16 日温家宝总理答记者问的话表述，即“就是要在平等、公正和自由的环境下，让每一个人都得到全面的发展”。正如一个服务员、公务员，“为人民服务”如果不尊重面对的每一个活生生的人，那就是虚的假的。

可喜的是这种观念的进步，甚至表现在主旋律的文艺作品如电影《集结号》之中。“要奋斗，就会有牺牲”，这话听起来不错，打仗打天下哪有不死人的?问题是怎样对待牺牲，是尽量减少伤亡，还是不惜“一将功成万骨枯”？从电影《集结号》所表现的那么多“无名烈士”的不公正遭遇来看，我们从前对被牺牲者并不是那么在意。其中也许没有“一将功成万骨枯”的冷漠，但肯定有“国家利益压倒一切”的理直气壮。

卫国和革命战争怎样处理和提倡“为国捐躯”的牺牲精神与珍惜人命的关系，姑且不论。在和平建设年代，动辄祭起“国家利益”的法宝，要某一社会阶层或某些人放弃或被迫放弃自己的正当利益，并不给予合理补偿，这种做法现在看来并无正当性。——这样一种认识的形成过程,可以说与改革开放的进程同步,尽管改革开放并未完工，这种观念转变也还有待最后完成。

从王石被迫“道歉”想起卢作孚自杀

我在《莫拿“社会责任”强制他人》一文说：慈善捐赠本来是一种道德自觉，“社会责任”之类高调只可责之于己，不可强求于人；并对王石要求他的万科员工在公司捐款不要超过10元表示赞赏，称之为“实事求是的态度”。对我这篇文章跟帖发表意见者很踊跃，不少人同意我的观点或表示有同感，也有人发帖说：“强烈鄙视你鄢烈山，拿了王石的好处出来替这帮为富不仁的富豪们说话!!!!!!!!”对于这样的网友我不生气，这就是他讲话的方式，也不好说他是“小人之心”。

我对中国人数庞大的网民队伍有一个粗略的判断，说话不着调的人大体有三种：一种是未成年或未完成社会化的网民，估计中学生、大一学生居多。他们天真单纯，相信老师在课堂上灌的那些大道理，对历年多有发生的贪官污吏侵吞救灾款、移民款的现实拒绝承认，又缺少现代公民意识教育，没学会也看不惯别人质疑权力和政府。另一种是别有用心的真小人，比如制作“铁公鸡”榜单的家伙，因为别人没有选择他们所经管的捐款渠道，就蓄意中伤，哪怕人家捐了上千万他们也认定别人“一毛不拔”。他们知道很多网民容易轻信、激动，先骂了再说，不妨利用一把。还有一种网民是好起哄的，只要热闹，表现自己的“正义感”而不在乎真相，对于误伤了抨击对象也不在乎；或自以为是的轻薄儿，与风车作战，还自以为很英雄。比如我在上篇文章中分明说的是“救灾首先是、主要是政府的责任”，他看都没有看清，就在那里正气凛然地批驳了：救灾不仅是政府的责任！这种水平你还能对他说什么，只有可怜他。

有人对我说，你替王石辩护，可是王石本人已“为捐款门道歉，追捐1亿元用于重建”，你怎解？

我说，我认同王石的道歉，因为王石是企业家是商人，要委屈求全，好比餐馆商店旅社的服务员，为了生意而对人陪笑脸，搞什么“顾客是上帝”、“顾客总是对的”，明明是对方无理取闹也要说对不起、请包涵。王石这样做很好理解。可我不是王石，我是言说者，只在乎是非，不在乎得罪谁！

请看王石的道歉：“我现在认为在当时这种情况下，我所说的那句话还是值得反思。这段时间，我也为我这句话感到相当不安！主要基于三方面原因：一是引起了全国网民的分心，伤害了网民的感情。二是造成了万科员工的心理压力。三是对万科的公司形象造成了一定的影响。在这里对广大网友表示歉意！”我不是万科的老板，不必为万科的利益考虑尽量减少不必要的麻烦，搞“和气生财”的公关；我也不怕“伤害”某些人的感情，我是帮他们分清是非，不要再干侵犯他人权利的恶事，帮他们从良积德。有些人一脑子糨糊，还自以为是圣人，不依不饶地谴责“万科追捐1亿用于灾后重建，是想拯救自己的信任危机”——动机还不纯，所以不可原谅，还要穷追猛打。

这就是一伙毫无公民权利和财产权观念的暴民（至少是语言暴力），他们根本不知何为人己、群己、公私边界。商务部部长陈德铭22日就所谓“铁公鸡”榜单表示：“如果大家对网上传的‘铁公鸡’的情况不够了解或者有误解，我想主要是我们商务部的工作没有做好，是我们对他们捐款的情况向社会宣传、报道得不够。”（这话说得多有风度，值得铁道部、教育部和军方发言人学习）又说：“我理解某些同志、朋友对这次大灾害的心情，他们希望更多的国际组织、内外资企业参与到捐赠活动中，提供更多的资金帮助灾区人民，我自己也是这么想的。但捐助是以自愿为前提的，我们必须尊重每一个自然人和法人的权利。”

请记住这句话：“捐助是以自愿为前提的，我们必须尊重每一个自然人和法人的权利。”这是一个正常社会的基础秩序，没有这个共识和秩序，何来宪政、法治和市场经济！这也是我们改革开放30年好不容易建立的“意识形态”，不然，外企不敢进来，国民也不敢致富。

对于部分民众号召抵制少捐的外企，陈德铭认为这是不理智的行为。岂止是不理智的行为，简直就是疯狂的自毁毁人的自杀袭击。对于王石等内企的逼捐，我不禁想起了上世纪50年代初的卢作孚之死。知道中国的船王、抗战初期宜昌入川大撤退的头号功臣、一度被毛泽东称为四个不能忘记的中国实业家之一的卢作孚吗？1950年卢作孚拒绝去台湾，毅然从香港返回内地。1952年2月8日，卢作孚却服药自杀。为什么？那个时候还没有开始“社会主义改造”，但政治气氛对资本家已相当紧张。相继而来的“镇压反革命”、“三反”、“五反”等运动，已普及全国基层包括民生公司，公司顺应大势开始“民主改革”进程，公司的部分董事、高中层管理人员受到冲击。1952年2月8日上午，民生公司召开“五反”动员大会，公股代表张祥麟在会上带头作检查，内容是与卢作孚一道赴北京出差时，曾和卢作孚一起去吃饭、洗澡、看戏等。张祥麟检查后，卢作孚信任的通讯员关怀跳上台去，揭发说张祥麟受了“糖衣炮弹”的袭击，受了“资本家”的拉拢腐蚀——表面上是揭发张祥麟，实际上矛头直指卢作孚……那种政治压力使卢作孚深感绝望，当晚服药弃世，在遗嘱中将他在民生公司的股票全部献给国家。（参见《南方周末》2005年4月21日卢国纶文《卢作孚之死》）此后数年，全国进行对农业、手工业和资本主义工商业的所谓三大“社会主义改造”，许多民营企业家为情势所迫，不得不把自己呕心沥血创办的企业“捐献”给国家！如果没有那场所谓“三大改造”，以城乡二元、土地集体所有制为中国特色的“三农”问题根本不存在，今日中国搞市场经济就不会这么难，国企垄断独大、民企发展艰难的局面至少不会这么严重。

如果我们不知尊重每一个自然人和法人的财产处置权利，中国重走极左回头路就非常容易，中国人就活该受穷。

自评

这是本人坚持独立思考的文章样本之一：既独立于官方，不做御用文人，也独立于所谓的民意、民间舆论，是我所是、非我所非。当然，不一定就对。

据2009年8月13日媒体报道，在中国扶贫基金会等单位发起的“社会组织5·12行动论坛”上，清华大学公共管理学院NGO研究所所长邓国胜，作了题为《救灾捐款管理机制分析》的主题报告。他说“全国760多亿元的抗震救灾捐赠款物，极可能有80%左右进入了政府财政专户”。财政支出与慈善捐赠本来是不应该混账的。

“普世价值”的朴素理解

朋友小聚，曾有位学长夸我文章写得好，我苦笑道：你上网看看，那么多人骂我，骂我们报纸，好凶的！不料他坦率地说：那有什么，你们“骂”了人家那么多年，有了网络，人家好不容易逮着机会发泄一下嘛；就算恶骂你是“汉奸”、“敌对势力”，那也只是表达他的极端不满，不会带来“文革”时揭发批判和“清污”时扣帽子的那种现实危害。细想他的话还真有道理，骂就骂吧，何妨一笑了之，也可让我们结结实实地明白这世界“人上一百，形形色色”，永不妄想“一统江湖”。

中国社会正处于现代化过程中即所谓转型期，人们的思想观念自然也有激烈碰撞和新旧转换。这两天曹林、童大焕等时评作者在讨论大灾当前评论应否做“反思”主题的写作伦理，这对于我们正确理解和运用言论自由权利是大有益处的。在我看来，“家丑不可外扬”式的中国传统思维和揭露前线军队虐囚的美式新闻自由，对于现阶段中国都是不合时宜的。

这里我想谈谈有些人对“普世价值”的误解。我觉得这是一个非常重要的问题，既涉及到巩固改革开放三十年来思想解放的成果，又关涉到以和平发展为目标的中国在国际上的形象，有必要在全社会达成基本共识。

什么叫“普世价值”？虽然国家领导人如温家宝总理在正面意义上用过这个词语，但我还没见过权威的定义；也许字面就很清楚，用不着谁来定义。2008年5月30日新华网有一篇《中国在抗震救灾中诠释普世价值》说：“对国民生命尊严和福祉的关怀，上升到中国历史从未有过的高度。生命至上，这是中国的态度，也是人类的共同价值观。”显然，这“人类的共同价值观”即“普世价值（观）”。

记得2008年4月11日某报发表过一篇点名批评的文章，在网上传播很广，其中有句是说某人“推销西式‘普世价值’”。“普世价值”竟然有“西式”、非西式之分，难道还有什么中式“普世价值”吗？这话听起来就那么别扭，至少词语搭配不合语法与逻辑。

中国加入世界贸易组织（WTO），在北京承办国际奥运会，担任联合国常任理事国，做一个负责任的大国，参加联合国维和行动，等等，这都是融入国际社会的政治、经济、军事等方面的行动。在价值观上，不谈已加入多个国际人权公约，且看由讳言人权和财产权到尊重和保障人权、公民的财产权在新世纪先后入宪，这也是公认的中国接受并践行“普世价值”的社会标志。

所谓“普世价值”本来就包括有我中华民族的贡献，本来就有我中华传统文化中至今有生命力的精华。2008年5月23日新华社记者在《汶川地震国际大救援：中国人民将永存心底的记忆》中写道：“还有网民留下了这样的肺腑之言：‘你们身体力行了一个普世价值——人溺，援之以手。’”请注意，这位网民留言所说的“普世价值”借用的是孟子的表述。中国传统文化中本来就有许多闪光的人道主义的思想，比如孔子的反对人殉（连用人俑殉葬也极表反感）、马厩失火先问人的安危，提倡“泛爱众”，等等，它们本来也是属于全人类的价值观。

当然，现代中国的许多思想观念不是古已有之的，其主体是打开国门后才与世界主流文明接轨的。比如，明末清初虽有黄宗羲斥“凡帝王皆贼也”，但他提不出“主权在民”的观点；旧有“公仆”一说，却是指一个家族共有的家奴。不必等到1948年的《世界人权公约》载明“人民的意志是政府权力的基础”，孙中山领导民主革命时就顺应世界潮流，确立了“民有、民治、民享”的政治理念。中华人民共和国的一切权力属于人民、干部是为人民服务的“公仆”，这样的观念就是最根本的普世价值观呀，它们与中国传统的“普天之下，莫非王土”的“家天下”、“打天下—坐天下”、“父母官”等观念，是多么不同！

请看我们的官方表述：“推进以市场化为目标的经济体制改革，同时发展民主政治为目标的政治体制改革”，“我们所要建设的社会主义和谐社会，应该是民主法治、公平正义、诚信友爱……”，“公平正义是社会主义国家制度的首要价值”，“公平正义就是要尊重每一个人，维护每一个人的合法权益，在自由平等的条件下，为每一个人创造全面发展的机会”……民主法治、公平正义、自由平等，等等，哪一个关键词不是全世界文明国家视之为旗帜的价值观？

因此，将“普世价值”视为西方的“玩意儿”，以人群、时代、文化背景的多样多元来嘲弄之鄙弃之，不是太偏执就是太轻狂了，很需要与时俱进。

少贴“反华”的标签为上

时下网络上时兴贴三种视作异类、当鸣鼓而攻之的标签：一曰“汉奸”，二曰“普世价值”，三曰“反华”。按照这些人比“四人帮”更严厉的划定“汉奸”的标准，当年八路军、新四军根本就不应挺进敌后去发展壮大，而应把国土沦陷后没有杀身成仁的数亿“软骨头”格杀勿论。而抨击“普世价值”的人，据称自己是拥护共产党领导的，这就奇怪了：如果根本否认有普世价值（即全人类共同追求的价值）存在，那将置信奉马克思主义、国际主义、以实现共产主义为最高目标的中国共产党于何地？本文着重讲第三种标签。

见到这么多的“反华”标签，恍若时光倒流。30年前，我们关起门来以“第三世界”领袖自居，一边欢呼“我们的朋友遍天下”，一边声讨“帝修反”搞“反华大合唱”。“骨头”似乎很硬，唐山大地震损失那么惨重也拒绝外国援助；“拳头”却是无力，印尼苏哈托政变后排华那么严重，束手无策，只能把逃命回国的众华侨安置在海南岛等地垦荒而已。改革开放后好长一段时间，“尊重和保障人权”的提法还是禁忌的时候，有些抵制舆论监督的官员的法宝，就是给批评报道扣上政治大帽子，即给“反华势力”提供攻击中国人权状况的炮弹。进入新世纪，随着中国全方位对外开放的进展，随着新闻舆论监督的力度不断加大，随着“人权”的入宪，“反华”的说法越来越少。2008年“反华”的说法猛然多起来，倒也不为无因“3·14”西藏事件后，海外媒体对中国不友好的声音分贝骤然增大，抵制奥运火炬的传递更是伤害了华人的感情。然而，无论如何，不管对外对内，我们还是少贴“反华”的标签为上。

首先搞清楚什么叫“反华”。如果这个“华”是指“中华民族”、“华人”，那么“反华”就是搞种族敌视、种族歧视，比如“黄祸论”等。当今之世，在国际社会，在任何文明国家，种族歧视都是违背“政治正确”的。人家心里要怎么想你没办法，人家不承认歧视华人，你总不能逼人家“反华”吧？如果发现有某个人或某个组织“反华”、辱华，你针对这个具体的人和事向国际社会讨公道就是了，不要愚蠢地慷慨派送“反华”的帽子。

如果“华”指的是“中华人民共和国”及其政府，则更不能滥贴“反华”标签。西方大国都与中国建立了邦交，承认“中华人民共和国”是包括台湾省在内的中国领土上唯一合法的政府，其中不少人特别反感的美国和日本，还先后与中国建立了“战略伙伴关系”。美中还实现了军队互访，这次汶川大地震中国甚至对美军运输机开放了领空；据 2008 年 6 月 6 日《参考消息》，美国政府已同意为北京奥运向中国军方和警方提供某些敏感的安保设备与专业技术；美国总统赞扬中国在地震灾难中的反应并称美对华抗震“很关心”、提供的援助是“前所未有”的。我们不能用我们的政治标准要求人家的政治运作，国家之间有利益冲突、政治分歧和经济摩擦是很正常的，即便是美韩这样的同盟关系，不也是经常有政府谈判和民间抗议吗？最近韩国就因美国牛肉进口问题而引起民众不满导致内阁集体辞职，美国人没有说这是韩国人“反美”。有什么事就说什么事，一单单解决争端。抗议也是一种表达情感态度的交流，但不要动辄扣“反 X”的帽子。把事情推向对峙的极端，无助于纠葛的解决，徒然互生厌恶。

即便那些没有与中华人民共和国建立邦交的国家，也不要给人家轻易派“反华”的帽子，以留下回旋的可能。比如，梵蒂冈城国（The Vatican City state），长期与台湾的“中华民国”有“邦交”，但早在 2001 年中国政府就表示，只要梵蒂冈承认两项原则（信守“一个中国”并与台湾断交、不以宗教干涉我国内政），就可以实现中梵关系正常化。中国前贤相信“冤家宜解不宜结”，中国共产党的三大法宝之一是‘统一战线’，就是敌人也要善于“分化瓦解”，而不要“四面出击”。这是政治智慧。“左倾妄动”只会误国。

那么国际上有无“反华媒体”呢？我不知道有无专靠“反华”吃饭的大众传媒，但我相信就是卡弗蒂这样的人，既不能代表 CNN 公司，也不是天天谈中国或华人话题。这次大地震得到中国政府批准到灾区采访的就有 CNN 的记者。《时代周刊》这次发表文章《中国原来是这样》，题目就颇有对误解中国而自我反省的味道。2008年6月7日《参考消息》转载美国《国际先驱论坛报》报道说，虽然“记者的工作是对所发生的事件采取挑剔的态度，但这一次的情况完全不同”，中国救灾的良好表现简直让美国人“生妒”。

为什么“痛骂与同情：圣火传递与四川地震体现外媒两重天”？（2008年6月9日中国网转李光耀文章，《福布斯》双周刊原题《中国的两种形象》，2008年6月11日《参考消息》转载时标题为《中国与西方冲突凸显价值差异》）总不可能说那些外媒的立场先是反华，忽然良心发现就不反华了吧？显然是看法包括价值观有不同。外媒有偏见是肯定的，我们也可能有偏见，任何人都可能有偏见，所以要多沟通多交流，增进了解和互信，这也是我们对外开放新闻管制的理由之一。人家不可能按我们喜欢的口径报道中国，既然有自信对外开放，就要有度量好话坏话都听着，不能像江青对安东尼奥尼一样，不高兴就给人家贴上“反华”的标签。

至于国内，“反华”一词从何说起？据云有为“反华”势力充当内奸，为之做代理人或与之遥相呼应的。或“猛料大起底”称，有报社的广告是“多国集团在华企业鼎力相助”，或称某些人可能“灵魂被人家收买了”，完成老美布置的任务，云云。真有这样的料应当尽公民义务向国家安全部门去举报，有一家查处一家，有一个查处一个。否则就是血口喷人搅浑水，太下作。

鲁迅先生说得好：“辱骂和恐吓决不是战斗。”国际上，人家对扣帽子不买账；国内，“阶级斗争一抓就灵”的时代不可能再回来，我们还是坚持或学着以理服人吧。

“做鬼也幸福”为何惹人反感

中国传统的儒文化是以“推己及人”为基本思维模式的，在政治上依次扩展为“修身齐家治国平天下”；在伦理上要求“己所不欲，勿施于人”和“老吾老以及人之老，幼吾幼以及人之幼”。民间把这种伦理化的处世准则，通常叫做“将心比心”。它有非常好的一面，要求每个人都要为他人着想，设身处地，换位思考，克制自己的私欲，不干损害他人的事；并且像对待自己的亲人一样对待天下人。但这种“推己及人”也有局限，它是以人性本善为基础的，制约不了杜牧《阿房宫赋》所说的那种毫不顾惜“千万人之心”的“独夫之心”，也会出现至今盛行的——以灌酒为标志——自认为是善意就强加于人的不尊重他人意愿的行为。然而，更重要的是，每个人都是独一无二的个体，人心与人心之间其实很难“推己及人”或“将心比心”。否则，你很难解释一个老年乞丐的艰难求生和大明星张国荣的自杀。

正是出于尊重个体差异、尊重每个人心灵感受的独特性这样的基本认识，汶川地震发生不久，心理专家就提醒人们在安慰遇难者亲属时，一定要讲究用辞，尽量避免事与愿违的心理伤害。比如说，你不可以对幸存者说“我知道你的感受”，因为“知道”、“理解”都是理性的，他亲身经历的惶恐和忧伤来自心底，甚至不可自制，岂是你这个非亲历者的了解能达到的？说这种不知深浅的话还不如陪伴他沉默。又如，更不要用“你能活下来总算是幸运的”这类话开导失去亲人者，因为他也许正为未能救护亲人而自责不已，恨不得同走黄泉路。刚读过一篇唐山“地震孤儿”的自述，虽然事隔多年，他对收养者及其亲友半是关心半是好奇地询问当年的细节，充满了怨忿。可见，受难者的心是多么敏感，真正爱惜他们的人不可不慎言。

文化学者余秋雨2008年5月5日写了篇《含泪劝告请愿灾民》发表在博客上。一些网民支持他，也有不少人反对他。支持他的人看到的是文章的主旨，赞成在堰塞湖的悬剑未除、卫生防疫问题急不可待、上上下下所有的力量还在气喘吁吁地忙于救灾的危急状态下，让大家先解决关系几十万、几百万活人的安全问题后，再来调查追究校舍倒塌的责任。批评他的人看到的是他的措辞欠妥。比如这句“你们所遭遇的丧子之痛，全国人民都感同身受”，就显得太轻飘。就好比你知道被车床削了手指一定是钻心地痛，但这种“知道”总不如你被菜刀削破一块皮来得彻骨。没有经历丧子之痛，怎可轻易地说“感同身受”？一般人都明白，不要说13亿哪怕全世界的人“在同一时间全部肃立，默哀三分钟”，也弥补不了失子家长的心理创伤，更不要说“往生者全都成了菩萨”这样的话会有多大的慰解效果了。余先生说“我想，你们的孩子如果九天有灵，也一定已经安宁”，这样的“将心比心”也太过自信了。

如果说余秋雨讲的是“识大体、明大理”的话，只是表达忽略了家长们独特的心理感受，他毕竟明白自己是以非受难者的身份“劝告”失子家长们。这正应了春秋时代吴国的贤人季札游历“中国”（实指中原）后的一句感叹：“明于理义而陋于知人心。”劝喻人而要有效不妨先学点心理辅导常识。而山东省作协副主席王兆山以震灾为题材的两首词在网上传开后，引来的几乎是一面倒的口诛笔伐。我看到网易网友的留言如此，人民网“强国论坛”的网友留言也是如此，山东省作协会员李钟琴甚至羞与王兆山为伍，声明此人不退出作协他就退出。王兆山的词为何那样惹人反感？《中国青年报》2008年6月17日评论“王兆山现象”说，对王兆山的谴责“无论是否应该牵扯到整个文学，这起事件都是一次严重的警示”。警示什么呢？

王兆山的词不是像余秋雨一样以第三人称“感同身受”地劝说，而是滥用诗词的“特权”代表遇难者表态，吟诵什么“……十三亿人共一哭，纵做鬼，也幸福。银鹰战车救雏犊，左军叔，右警姑，民族大爱，亲历死也足……”有网友称之为“鬼词”。岂止“鬼词”，又是“幸福”又是“死也足”，遇难仿佛成了“遇仙”！《中国青年报》的那篇评论说，王兆山词作“则由于失去了对亡者的基本哀矜和体恤，有违基本的文学底线，所以完全不能被接受”。而失去了对亡者的基本哀矜和体恤，不仅有违基本的文学底线，也有违人伦的基本底线。失去生命的哀伤，被作家拿来做了粉墨登场、戏填词牌的材料，笔调还那么轻快，其轻狂其虚妄真是令人吃惊。

抗震救灾中涌现出那么多可歌可泣的英雄事迹和感人故事，而以中国之大、人品之杂，文化界出现这样的表演者也不算太离奇吧？

自弹

这是一篇平庸之作，留作“反面教材”。在民众对王副主席的一片唾骂声中，要写出新意，我想应该选取剖析“王兆山现象”的角度：他是凭什么当上山东省作协副主席的，他是否认为做作协主席的就该写这种东西，他在迎合什么，他为何不以为耻，《齐鲁晚报》为何发这种东西也不以为耻，被全国人民同声痛斥之后山东省作协为何没有反应，而王副主席安之若素……但是想到追问这些发不出来，就写了现在这样的文章。

不能分析这种人何以会无耻至极，还不如也参与痛骂他一顿。

赞成提拔“警察妈妈”的理由

汶川大地震发生后，重灾区江油市的公安局女警察蒋晓娟将6个月大的孩子送到乡下交给父母照料，全身心投入救灾一线。看到不少婴儿因与母亲失散而嗷嗷待哺，她主动为来自北川、平武重灾区的9名婴儿喂奶。这一场景被报道后人们深受感动，称蒋晓娟为“警察妈妈”。江油市委组织部将提拔她为市公安局副政委的提议按任命程序公示后，引起了网友们的热烈讨论。不少人认为她虽然品德高尚，却不一定有领导才能；《别以过度拔高伤及“警察妈妈”》这样的评论，更是从爱护蒋晓娟本人的角度，表达了作者的担心。据报道，江油市有关部门注意到了这些争议，经慎重研究，已下达通知，正式任命蒋晓娟为江油市公安局副政委。对于这位“警察妈妈”的提拔，我表示衷心的支持。

我也曾把公安系统领导干部的才能看得特别重要。大概是1984年初吧，在武汉市青山区政府办公室工作时，市委组织部在全市搞处级干部推荐选拔，我自我表白说除了公安系统，到哪个部门任个处级都有信心。虽然我知道那时区公安分局的干警包括区政法委书记学历都没我高，最高的也就上过警校，但我相信搞公安一定要受相关专业技术训练。也许是从小看反特电影和小说，后来又看了些国外的侦探片和推理小说的缘故，公安人员在我心底总有几分神秘。不过现在我已不这样看待公安系统。

我国现在的公安系统确实庞大又强势，虽说“公安”只是“一府两院”里“(政)府”的分支机构，可是在政法系统里它却是老大，世称“公检法”，政法委书记多是由公安局长提拔或干脆是一身二任。这种局面随着我们的社会结构和政府职能的转型，不可能长期保持下去。我们正在推进由计划经济时代形成的行政管治（或管制）型社会向法治社会、公民社会转型。随着基层自治、社区自治的日益成熟，随着政府职能从统制型到服务型的转变，公安系统不会仍是那么庞大。事实上，除了刑警、特警、武警和国保、国安机构，社区民警（“片警”）、交警乃至消防警、出入境登记办证管理等许多警种，办的本来就是一般的社会服务业务。中国古代官府和发达国家警察的职能主要是破案、缉匪，保一方平安，我们在这方面迟早要转轨和接轨。

就算蒋晓娟上任后，分管的不是社会服务性质的部门和派出所之类机构，而是分管专业技术要求较高的部门，那也是可以胜任的。她的职务是“副政委”，这种职务从红军时代就有，从来就主要是管政治方向、做思想工作的。她若在公安工作中坚持“执政为民”、“以人为本”、“公平正义”这些政治原则和核心价值观，那就善莫大焉、功莫大焉；至少在她领导下，刑讯逼供制造处女“嫖娼”案、草菅人命致死孙志刚等恶性案件不会发生，警官给辽宁省西丰县委前书记张啥子做家丁进京铐记者、成都火车站前些年发生的警贼坐地分赃案这类丑闻也不会发生。在报道蒋晓娟任命通知的同一天，媒体报道沈阳市公安局原副局长张建明因涉嫌包庇、纵容黑社会性质组织罪和受贿罪，20日出庭受审。此人长期在区市两级公安局主抓刑侦工作,几年前在打掉“刘涌黑社会性质团伙”时，由于贡献突出立一等功。这个曾经的“打黑英雄”专业技术能力和领导才干不可谓不强，可是却堕落成这样。在掌权者面临的各种诱惑有增无减，而权力尚未得到有效制约的今天，我们不得不承认，德才兼备固然好，德才相较德更重要。而以蒋晓娟在救灾中表现的富于同情心和责任感，无疑是做政委的重要条件。至于提拔之后怎么防止她也可能的腐化，那是另一回事，不是不提拔的理由。

还有，有人担心这是“过度拔高”。其实，就任职来说，她“火线”破格提拔，越过“股级”升“科级”，算不上“坐直升飞机”。她本来就是该县的正式民警呀。这方面确实有历史教训。比如，“文革”中“毛主席的好工人”尉凤英一下子直升中共第九届中央委员，成为全国妇联负责人，“文革”结束转回沈阳新阳机械厂做工会主席。她是好人却不适合做那么大的官。但郝建秀同志却不同，虽然是青岛国棉六厂的工人、劳模“起家”，官至纺织工业部部长、中共中央书记处书记，但她的学历在不断提高，职务经过了层层历练，干得不比别人差。我们今天为什么不能给蒋晓娟这样的好人以郝建秀一般的培养机会呢？

灾后重建，看不见的维度更重要

回望“5·12”汶川大地震百日来的经历，每个心系灾区民众安危忧乐的人，都有一个共同的心愿，希望受灾同胞的生活能尽早恢复正常，希望他们能走出失去亲友的阴影，建设美好的明天；同时也希望世人从震灾中汲取经验教训，更有效地做好防震减灾工作，不让悲剧重演。

灾区正在进行恢复重建，好消息不断传来：如在省内外接受治疗的受伤灾民大多数已相继康复出院；安置灾民临时居住的活动板房已足敷用数，公助自建的居民楼已大批开工；四川全省极重灾区 254 个不通公路的乡镇“孤岛”，已抢通 251 个，占 98.8%；成都—宝兴—小金—理县—汶川，广元—金子山—青川—平武，以及其他 6 条灾区主要干线公路已抢通并处于保通状态，等等。

完全可以乐观地说，在看得见的物质重建方面，不论是区域性的居民住宅、城市基础设施、医院和学校等公共建筑，还是灾区大范围的道路、桥梁、供电、通讯等建设项目，都可以做到日新月异，不出三年以远胜震前的风貌呈现在世界面前。这里面至少有三大因素可以促成：一是灾区官民震不垮的重建生活的强烈愿望和艰苦奋斗；二是全国各省市乃至世界各友好国家的慷慨支援；三是现代科技所创造的强大的生产力。前两点不用说，后一点我深有感慨，从前造武汉长江大桥、南京长江大桥好像很了不起，现在在长江上造桥玩儿似的就来一座；从前我们修一座两层民居，从和泥做砖到抛砖上梯码墙得好多人累个半死，如今没见几个人干活，一座座几十层的大楼就矗立在眼前了，像变戏法似的。

灾后重建，更困难、更需要我们重视的，可能是看不见的维度：在物质、制度和心理三个层面，后二者即看不见的维度。

心理维度的重建需要最细致的功夫和最长久的工夫，它也是我们这个社会精神文明和道德文化建设的反映，非一日之功。

2008 年 8 月 17 日凤凰卫视播出在北京奥运会开幕式现身的抗震救灾小英雄林浩的专访。小林浩直言不讳地批评记者，“采访老问我一些很讨厌的问题。比如说那个地震中的，我救同学那些。”为什么讨厌，是不是回答太多遍了？“不是,（是）想我同学。”他是一个很懂事的孩子，知道社会关注灾区民众是好心也是好事，并不反感记者采访他这个灾区的“形象大使”，哪怕占用了自己的休息娱乐时间；但是许多记者并不懂事，老逼他回忆失去同学的那些锥心泣血的场景。他们没有顾及到受伤者的心理。可以说，所有在震灾中失去亲友，甚至只是目睹了那些瞬间发生的惨烈情景的人，都有一个心灵受伤需要抚慰的问题。我们一方面需要让他们知道，社会和世人是关心他们的，使他们没有被遗弃的感觉，以便重建生活的信心；另一方面也要用心避免触及他们心中的隐痛，让时间和新的生活来冲淡、化解它们。还有一点想来也很重要，这就是孔子最看重的弟子颜渊对师明志时所说的：“愿无伐（夸耀）善（举），无施（表白）（功）劳。”不能以施恩者的心态来对待受灾者，要他们念叨感恩。——心理重建其实有很多专业标准，要求的精细并不下于抗震房的设计与建筑。

制度重建方面也有很多的工作要做。如果仅仅是亡羊补牢，出现了什么问题解决什么问题，比如居民楼和学校在设计和建设过程之始就提高抗震标准，比如给地震、气象的监测和研究以及应急救援组织更多的人员、经费，等等，这是很不够的。经过了这样的大灾，交了这么昂贵的“学费”，我们必须做到举一反三，全面提高防灾减灾的能力和救灾赈灾的应变力。制度重建其实也有两个层面：一个是对现有制度的完善，补苴罅漏；另一个是制度的创新。在震灾袭来时，全社会表现出了前所未有的凝聚力，官民关系、人际关系都极力呈现了善良的一面。怎样把这种共患难时的大爱大善转化并夯实在日常生活中却非易事。从物资资源的分配、工程招标的公平竞争，到官民关系的改善，到民间慈善组织的建设、非营利组织的发展和参与社会管理，诸如此类涉及政府由经营型和管治型向公共服务型转轨、公民社会成长的问题，都有待新的制度来催生来规范。没有这样的社会发展眼光，我们的重建工作是不可能大获全胜的。

摆脱受害者心态

2008年，关于黑人地位有两大新闻。一是南非华人经过8年抗争，终于经南非法庭裁决，准许南非华人享受与黑人同等的优惠待遇。此前，华人经常因为被归为“白人”而得不到合同和升迁机会；而在种族隔离年代，他们是被归入“有色人种”的，并没有享受与白人同等的特权。这样的“胜诉”，可以增进20万南非华人的现实利益，当然是好事。

可是，听来总有点异样的感觉：难道这就是曼德拉当年不惧坐穿牢底想要的结果吗？黑人“翻身”了享受特权，白人受排斥，这是种族歧视还是保护“弱势群体”？这是补偿性的还是报复性的？是永久性的国策，还是暂时性的政策？我不知道。我只知道，西非有个利比里亚，是19世纪初在一些善良的白人支持下，由美国黑人移民后裔回来建立的自治特区，1847年7月宣告独立，成立共和国，当然完全由黑人主导。然而，由于没有建立良好的与“自由”（国名）匹配的制度，至今仍在内乱与贫困中挣扎，可见白人并非穷根。

另一条大新闻，是移民美国的黑人的第二代奥巴马战胜前“第一夫人”希拉里，当选民主党总统候选人。在黑人评论家维廉门看来，奥巴马的机会就在于他在竞选初期继承了金博士的一个重要理念，那就是黑人要放弃“受害者”的心态；而这正是他与后马丁·路德·金时代那些民权运动活动家本质的不同，那些民权活动家不愿意黑人走出受害者的心态，希望他们不断争取美国社会继续对黑人族裔给予优先的照顾。但是，黑人族裔要实现金博士的梦想，最重要的是要摆脱“受害者”心态，因为走不出“受害者”的心理阴影，就会永远把自己当弱者看待。

我觉得摆脱“受害者心态”这个观点非常重要。按照我们老祖宗的教导，“自胜者强”，“天命”永远只眷顾那些行动刚健的人，君子应当自强不息。孔夫子认为最高的德行是“不迁怒，不二过”，而“怨天尤人”总是一个贬义词，哪怕这个“天”给我们降了无妄之灾，这个“人”给我们带来了不虞之祸。因为我们需要的是寄希望于自己的“反求诸己”。尽管“祥林嫂”的苦难是真实的，也是“话说三遍无人听”；尽管“怨妇”的“幽怨”、“哀怨”是真切的，那也只是可怜而不是可敬。

2008 年 6 月 26 日《新快报》报道，国家副主席习近平结束日前在卡塔尔的访问时，对媒体表示，奥运的准备工作正按照计划顺利进行，对奥运前夕出现的一些噪音，我们抱持平常心。他表示：“说到喜欢不喜欢北京办奥运会，这个我们就管不了那么多。世界之大，什么人都有，本来这个世界就是很热闹。”我觉得这就是真正的大国风度，有自信；情绪容易被别人左右，过度敏感那是自卑的表现。习近平说：“中华民族的发展都是在困难中走过来的，不怨天也不尤人，关键是走好自己的路。”他这样说，就不仅仅适用于对待中国承办这届奥运会遭受的“噪音”了。

中国过去受帝国主义的侵略，“反帝反封”争取祖国的独立和人民的解放是主要任务，今天虽然还未竟全功，毕竟时移势易。中国是联合国安理会五大常任理事国之一，中国加入了诸多国际条约和组织，包括 WTO 和世界银行，因此，有必要走出“受害者”心态，努力朝更加自信的路上走。

事实上，人类文明一直在以加速度发展，别说百年前八国联军时代的“规则”了，就是 50 多年前第二次世界大战期间，互相轰炸敌方的首都与平民还很“正常”，然而放在今天，这就是“反人类”罪行了。

《共产党宣言》对资本主义解放生产力包括开辟世界市场（即今天所谓“全球化”），给予了极高的历史评价：“资产阶级，由于开拓了世界市场，使一切国家的生产和消费都成为世界性的了。使反动派大为惋惜的是，资产阶级挖掉了工业脚下的民族基础。……它的商品的低廉价格，是它用来摧毁一切万里长城、征服野蛮人最顽强的仇外心理的重炮。”

炮舰政策当然是马克思所反对的，但全球化却是马克思所讴歌的。正是有了全球化，中国制造才能走向全世界。在这个意义上，中华民族无疑是 15 世纪

"地理大发现"以来全球化的受益者——其实,全人类都将是受益者,这也是"世界大同"的理想目标。

因此,我们今天质疑全球化,要反对的是不公平的新殖民主义,我们要参与制定公正的规则,仅此而已。"和平发展"是我们今天的国策,为此,我们需要摆脱"受害者心态",以面向未来的姿态,在国际社会中自处、对话。当然,摆脱"受害者心态"并不是要忘记历史,而是要本着对历史高度负责的态度,从历史出发,从现实出发,以更广阔的胸怀与视野,参与到全球化的国际竞争之中。

“虎照门”的善后何以服众

所谓“虎照门”，即“华南虎照片”造假事件：2007年10月12日，陕西省林业厅召开新闻发布会，宣布“镇坪县发现野生华南虎”，并向拍“虎照”的村民周正龙颁发奖金2万元，林业厅官员关克将屏幕上的“虎照”翻拍下来，并传给好友，将照片发布到“野性中国”网站上，引发网民和社会对照片真实性的广泛质疑;2008年6月29日，陕西省政府召开新闻发布会宣布，“华南虎照片”是用老虎年画拍摄的假照，同时处分了省县乡公务员13人，随后周正龙也以涉嫌诈骗被刑拘。

这个“虎照门”，之所以成为一场历时近9个月的公共事件，可以说主要是因为新兴媒体网络的传播，到2008年6月29日这个事件在谷歌上可以搜索到486万个网页，在百度上可以搜索到658万个网页，有6.6万多篇新闻和评论。但它又绝不是众网民的狂欢，而是“链接”真实生活的舆论监督，有人说这是“公民们不依不饶监督政府的预演”。2008年6月30日，陕西省直机关罕见地召开处级以上干部的千人大会，针对这个事件进行反思和整风。陕西省常务副省长赵正永讲道：“这个假老虎事件，发生在陕西，危害在全国，不但损害了陕西的形象，政府甚至成了国人的笑料……”

当事一干官员被处分了，“周老虎”被抓起来了，可是，众网民和“打虎”的各路好汉们却不愿得胜收兵。据几家门户网站调查，近九成网友认为这事没完，人们不相信这是周正龙这个老猎人一个人的事件，为他叫屈的还有很多，如对他的刑拘没有遵守合法程序通知家属、有关方面拒绝让他接受记者采访，等等。曾起诉国家林业局要求公开虎照结果的法律学者郝劲松，对处理结果提出4点质疑，并表示自己不排除向公安部和最高检察院提出检举和控告。一是认为陕西省林业厅长张社年只受警告处分，明显太轻（有专家补充说，政府实行行政首长负责制，他即便没有法律责任和行政责任，也有政治道义责任，应该辞职以谢天下）；二是认为华南虎事件显然涉及官员滥用职权、玩忽职守，朱巨龙、孙承骞、王万云、关克都只受到行政处分，无法服众（最高检渎职侵权检察厅挂职副厅长、中国人民大学法学院证据学研究所所长何家弘则认为，这些官员肯定属于玩忽职守，但是否构成犯罪，那就看怎么解释“严重损害国家声誉，或者造成恶劣社会影响”这个定罪要件了，现在政府的公信力受到了破坏，算不算是给国家、社会公共利益造成严重的损害，是有争议的）；三是认为“这是团伙犯罪。周正龙连相机都玩不了，他能拍那么多照片吗？他能支撑9个月？”不能让周正龙一个人当替罪羊；四是认为造假者不光是要骗2万元奖金，还要诈骗1000万的国家自然保护区拨款。

怎样的善后处理才能叫众人心服口服？有学者呼吁公布调查的全部详情，事到如今也没有什么好保密的了。有人提出陕西省政府系统应该回避，陕西公安当然也在回避之列，而国家林业部门也在回避之列，那么，异地官方调查就那么可信吗？在现代条件下，地方官员交往既方便，又不是政治禁忌，这种事不可以“互相关照”吗？那么，第三方又是谁呢？有论者道，应该由陕西省人大机关出面主持调查处理，因为监督政府正是人大的职责。可是，又有论者就此事提出“权力主导下的反思不是真正的反思”，难道人大不也是权力机关吗？这也不行，那也不行，难道这事还要请联合国派调查团不成？

如果没有在全社会建立起基本的诚信机制，官民之间缺乏起码的信息公开和权力追问条件，那就无论怎么做都不可能叫人心服口服。猜疑是社会和谐的毒药，而不猜疑建立在对公正诉求的经验之上。因此，公平正义和奖惩分明的经验积累，对建立政府公信力和社会互信，真是太重要了！

老实说，对这个事件的处理结果，凭直觉，我最不服气的就是：身为陕西省林业厅副厅长的朱巨龙，在厅长外出学习期间主持厅里的工作，对违规召开新闻发布会、虎照未做科学鉴定和违规实施奖励问题负有重要领导责任，他受到的处分是“免职”；对此，他语调轻松地表示：“接下来还是要开心生活，开心享受。”（据2008年6月30日《华商报》）

好一个“开心享受”！是他豁达，视官帽如敝屣吗？绝对不是。无非，他觉得造假不是为自己个人骗钱而不丢人，丢了官帽但副厅长的一应待遇一件都不会少，何不乐得在家享清福！可是，镇坪县野生动物保护站站长李评，“源于心里的道德底线”，不愿说假话，是当地敢于公开质疑虎照的唯一官员，此前一直承受着不小的压力,被视为官场异类,奉命在家“养病”,真相大白之后却感到“压力依旧”。我们甚至没有在“反思”时听到表扬他，更没有重奖这个挽救了当地官员名誉的好干部。如果连这一条都不先做到，我们说前面那些关于制度呀机制呀的话有什么意义呢？

杨佳袭警案应异地公开审理

据报道，上海市检察院第二分院已于2008年7月17日对闸北袭警案被告人杨佳提起公诉，指控方认为杨佳故意杀人犯罪事实清楚，证据确实充分，应当以故意杀人罪追究其刑事责任。这当然还只是控方的观点，被控方、审判法官怎么看依然是悬念。事实上，此案如何审判已不是当事三方的事情，而是公共事件，关系到全社会对司法公正的评价。

我个人的看法是，如果有公信力的司法鉴定结论是杨佳没有精神疾病而有行为责任能力，即便他袭警的前因“情有可原”，他杀死这么多与他的遭遇毫无关系的警察，都是“罪无可赦”。但是，怎么审理此案却关系到司法程序是否值得信赖。

可是，现在此案如何审理已经被疑云笼罩。新华社电讯说，上海市律师协会2008年7月19日表示，闸北袭警案被告人杨佳已聘请上海名江律师事务所谢有明、谢晋两位律师担任法院审判阶段的辩护人。之前杨佳书面委托母亲为自己聘请律师，两位律师赴北京会见了杨佳母亲，杨佳见到母亲亲笔签署聘请两位律师的书面材料后即签名表示同意。然而，早有人撰文指出，上海律师谢有明是闸北区政府的法律顾问，与闸北警方属同一“老板”，其身份的独立公正性不能被公众信任。另据《京华时报》报道，杨母王静在案发当天被警方带走，家属就再也联系不上她；有消息说王静被带至上海“协助调查”，多名记者向上海警方核实，对方均保持沉默。在杨佳母亲行踪成谜的情境中，受杨佳父亲委托、从北京赶到上海的律师熊烈锁等二人前往看守所申请会见杨佳不果……有法学教师在2008年7月17日《新京报》撰文批评“杨佳律师悬疑不利于公正审判”。

但是，这样选定的律师只能增加更多悬疑。

也是 2008 年 7 月 17 日，《中国青年报》发表文章《损害公安机关形象算不算诽谤罪》，从法理专业角度质疑上海市检察院第二分院，对苏州男子郑啸寅虚构杨佳因被闸北公安分局民警打伤生殖器、丧失生育能力而报复袭警的网文，以其“利用互联网捏造事实，严重损害了执法民警的名誉和公安机关的形象，其行为已触犯刑法第 246 条，涉嫌诽谤罪”批准逮捕。我奇怪的是，假定郑某果然有罪，为什么不是由江苏警方和检方出击，而要有劳上海警方与检方越境捕人呢？维持社会秩序和公正，难道不也是江苏方面的责任吗？

值得重视的是，几乎所有关于杨佳案的报道，都说杨佳是个规则意识与法律意识很强的青年，连乱扔垃圾、抄近路的不良习惯都不能容忍。这样一个青年，在派出所接受讯问期间究竟发生了什么，令他产生讨不到“说法”宁可同归于尽的忿恨？众多记者在新闻发布会现场及事后要求查看杨佳接受讯问 5 个多小时的录像，均遭到拒绝。如果没有公开审理，单凭控方说他没有受到人身侵犯的一面之辞，岂能服众？

更不应忽视的是，作为在首都发行量最大的报纸《北京晚报》，已毫不含糊地就此案发表了两篇批评上海警方的评论。一篇是《群众利益无小事的反面例证》，在论及“一辆自行车引发的血案”的“经验教训”时说：我们有《国家赔偿法》，对因为政府机关工作不慎等原因受到伤害的公民，给予适当的补偿。但是，在执行赔偿中，个体公民往往处于弱势地位，而是由执法机关“一口价”，或索性拖延不办。遇到老实巴交的，也就忍气吞声了。这次，上海警方碰上“不放弃、不抛弃”的精神偏执型青年杨佳，这种多少有些缺陷的性格用在好的方面或许可能成为许三多，相反的话，就变成杨佳式的社会悲剧。用“许三多”来比拟杨佳，其中的惋惜之情是不言自明的。另一篇《上海袭警案：上海警方两次赴京调解未果的教训》指出，因为缺乏有关两次调解过程的相关详细经过报道，我们只能据事后案发的结果来判断，应当说，作为一个公民的杨佳，直到行凶报复杀人袭警之前，还是先“礼”后凶的，正常行使了一个公民所拥有的权利。问题是，从 2007 年 10 月 5 日遭查到 2008 年 7 月 1 日行凶，杨佳从一个守法公民到一个犯罪嫌疑人，这中间经过警方两次赴京调解，事情的结果为何丝毫没有向好的方面发展，“迫使”一个公民作出最坏的选择。

鉴于这样的舆情，杨佳袭警案就应该在上海、北京之外的第三地公开审理，而不管是否如报道所言杨佳之父已提出异地公开审理的要求。杨佳的变态折射了社会的变态，“从重从快”处死杨佳不仅不能“平民愤”，反而会“添民疑”，对上海警方和司法界造成第二次伤害。奥运会开幕在即，从快处死杨佳以振奋上海警方士气，只是个别人的天真之想，与法治时代“慎杀”原则和程序公正的要求相悖，蛮干而遭天下非议，效果就会适得其反。“华南虎照”事件的影响还未完全消散，关系司法机关的公信力不可不慎。

我看“毒奶粉事件”的根源和对策

就在残奥会即将闭幕的前一天，三鹿公司的有毒奶粉事件曝光，随后在几乎全部行销中国的奶制品名牌中都检出有批次含有可恶的三聚氰胺。国人痛心，世人震惊。用当代知名经济观察家吴晓波的话说：这场食品风暴扯下了“中国制造”的最后一块遮羞布，使我们无地自容于世界。有报道说，正处于大灾后穷厄中的“缅甸已经销毁了从中国进口的所有奶制品”！2008年9月22日《参考消息》转载香港媒体的评论说：今次事件令中国“千年道行一朝丧”，虚幻的中国软实力增强，掩饰不了更大的道德隐忧；挽信誉才是根本。

现在海内外人士从各种角度分析和检讨毒奶粉事件，思谋弃旧图新的对策。有的从道德层面，呼吁生产经营者要“讲良心”，掌权者要对人民负责，呼吁媒体工作者拒绝资本收买。有的从行政管理角度，批评政府部门的越位和缺位，即该管的没管而不该管的管得太多，“为老板服务”，为政绩服务，将经济发展指标置于人民生命安全之上。有的批评行政问责的乏力和敷衍，恰如给免职官员放长假，避过风头易地做官。有的从法律角度，要求对掺毒造假者严厉治罪、对失职渎职的官员追究刑责。有的从公民社会角度，批评一味呼吁“加强政府监管”的恶性循环，主张实现结社自由和行业自治。也有的从“国民性”角度，批评国人“家丑不可外扬”的陈旧观念以及网络“愤青”误国，错失了发达国家此前披露中国产品问题而带来的纠错机会。

有人说毒奶粉事件以及此前层出不穷的假烟、假酒、假鸡蛋、假药、毒大米，等等，暴露了我们社会的根本危机是道德彻底沦丧。那么，这道德又何以沦丧，何以挽回？再读《老三篇》，念“为人民服务”、“斗私批修”？靠于丹们讲《论语》、《庄子》，或者普及《太上感应篇》，让人们畏惧记录善恶的司命菩萨？

大多数中国人是现世主义者，教育、引导他们的唯有现实。问题的根源只能从现实的利害导向找，解决的对策只能从现实的惩恶扬善来找。中国社科院社会学所最近公布的《中国社会和谐稳定研究报告》调查数据显示：高达98%的人同意应该讲“信用”，而有69.8%的人认为“善良正直的人常常会吃亏”。前一个数据不奇怪，表明大家都有理性，知道人人讲信用，交易成本低，不必时时狐疑处处设防，活得就轻松；可是现实很无奈，你善良正直得到的回报往往是无情打压和内外交困，于是偷奸耍滑成风，乃至“厚黑学”成经典，伤天害理的事也成了寻常窍门。这也是勾兑三聚氰胺奶粉由无良始作俑者蔓延成全行业“潜规则”的根源所在。所有伤风败俗、伤天害理的“潜规则”，其流行无不是劣胜优汰的恶之花！

因此，对症下药其实有现成的验方。就其大端而言，于其始，开放言路，让公众依法享有充分的参与权、监督权和表达权，发现一例造假掺杂使坏的产品和企业，就让它暴露在阳光下，成为千夫所指，至少让它不能蒙骗下去。作为媒体工作者，我深信在媒体市场化因而同行竞争激烈的今天，任何个人、企业和地方政府都没有财力和精力收买、防堵全中国全世界的记者；作为互联网时代的人，这些年实践已充分证明，两亿网民的眼睛不仅可以全方位监督某个领域，而且专业精深的高人大有人在。事实上，在维护食品及其他产品安全方面，政府与公民本应站在同一立场，让企业和产品优胜劣汰，而毫无必要“管控和协调媒体”庇护任何一家不法企业、任何一匹害群之马——至少中央政府是这样。

于其终，司法公正是社会正义的最后一道防线。有外报说，假如毒奶粉事件发生在他们那里，那就是律师大显身手的机会，吸引他们为受害者代理诉讼向企业索取高额赔偿金。是的，只要真正落实司法独立的原则，并且“与国际接轨”对蓄意的人身伤害引进惩罚性赔偿办法，还有几家企业敢于铤而走险坑害消费者？司法公正不仅可以制裁无良企业，也可以制衡官员用好公权，因为公民还可以维权，起诉官员的行政不作为或乱作为。可惜，当下中国的公民维权太难，司法不公的案例俯拾即是。2008年9月11日陕西电视台报道，位于横山县慕中山村旁的非法煤矿越界开采掏空村庄，村民维权却遭判赔百万，法院成了“煤老板的法院”；2008年9月23日《中国青年报》报道，深圳律师为失地农民维权获刑……最可怕的是司法腐败，畏权媚钱，清浊不分，让“为善的受贫穷更命短，造恶的享富贵又寿延”。依法治国如果不能落到实处，以上全是废话。

暴戾之气何以弥漫

2008年发生在哈尔滨市的六警察打死体院毕业生林松岭的事件，在网上引起了热议。案发在公共场合且人数不少，主要过程又有录像记录为证，案情最终不难调查清楚。从已披露的信息看，双方都不是“好惹”的主儿。死者林松岭是否知道对方身份是警察，是否有恃无恐说过“你知不知道我舅舅是谁”并不重要，他拿水泥块将警察齐新的头部拍出血，导致斗殴激化，肯定是有过错的。然而无论如何，他不该死——正是他的死，使此案成为重案，六警察被刑拘。这六名警察颇为骄横，驾着无照车，车速那么快，人家（体院学生车亮）嘀咕了一声“这是咋开的车啊”，你说声“对不起”或者权当未听见不就结了？却要走过去拍他的肩膀，鄙薄地说“吓着咋地啦”！口角、斗殴也罢了，却要将逃跑的林松岭追打致死。这些最小28岁的警察，难道不懂警察使用武力的必要限度止于“制服”？据称这些警察还是“素质还不错”的，有几位是政工和法制干部，将送到北京的公安大学深造。由此可以理解，虽然政法系统多年前早已严禁刑讯逼供，可是刑讯逼供的恶性案件还在不断发生，如导致袭警者杨佳最初心理变态的在太原火车站被一群警察打落3颗门牙的旧恨何以埋下。

撇开这起案件当事双方特殊的身份（受过武力专业训练的警察与身强体壮的体院学生），放到更广泛的社会背景来看，这不过是当下大面积存在的社会暴戾症候群（综合征）的一个点状表现。信手拈两条新闻吧：在央视讲清史走红的74岁的阎崇年，在江苏无锡签名售书时，被一个认定他是“汉奸”的年轻人当众抡耳光。本市天河区暨南花园小区，丁丁妈妈带着4岁的儿子散步，三只没人牵的狗追赶吓哭的孩子，狗主人不理会，丁丁妈妈在离开之际怒骂“难道这些狗都没有人养吗？真是狗养狗”！结果她顿时被红衣年轻男狗主踢倒在绿化带，尿湿了一地，“经省人民医院医生诊断，丁丁妈妈胸口和大腿两处软组织受伤”。都是以强凌弱，前一例是虚拟世界网络上“黟矣”的愤青走到了现实生活中；后一例则在我们的生活中成为社会新闻版的日常佐料。

日常生活中的这种暴戾之气，像无所不在的大气污染和水源污染影响我们的生活质量，却更令人不安。暴戾之气，是人的“原罪”，在欧美发达国家也不可能消除殆尽。你看，美国的监狱人满为患，警察滥权打人也时有发生；法国的失业青年、德国光头党、英国足球流氓，闹起事来都够蝎虎的。但是，在日常生活中，人际关系是友善的，夜不闭户、礼让为先、乐于助人是寻常风俗。而这种生活氛围方面的差距，在我看来，是中国作为发展中国家与发达国家之间最需要缩小距离的一条。

不久前，新加坡资政李光耀发表文章，盛赞北京奥运会的成功举办；然后他恳切地说，这个成功向世界展示的是中国的潜力（实现的可能性）而不是已有的实力，集中国力建成一个现代化的新北京不难，而要让13亿、14亿乃至将达到15亿的中国人的平均收入提高到美国人均收入的一半，能在50年内做到，就是非常了不起的成绩了！（大意）他这里主要说的是国民人均收入的差距即所谓“物质文明”方面，意在提醒我们保持冷静和低调。其实，这种城乡发展差距在“新北京”也有明显的表现。你看地铁里大量的乘客，他们灰头土脸的神情和廉价服饰，一望而知是农民工及其家属，这使北京人流与在香港、新加坡、欧美城市看到的市井风景明显不同：发达地区和国家的人们绝大多数都容光焕发，看上去自信而安详。至于公共秩序（精神文明、政治文明）方面，与发达国家的差距，在北京这个中国的首善之都也一望而知。近日从幸福大街街口过广渠门大街，朋友说，你若照红绿灯信号走根本就不可能，得见机穿一半停下来再等机会。地铁里有电视在播广告，根本不可能像日本人、欧洲人在地铁里各自静静地看书报……

人口众多而设施拥挤一时改变不了，农民工现代化意识差不是他们的错，而像都市里汽车尾气一样为害甚烈的暴戾之气，却不能简单地归咎为贫穷。众所周知，印度与我们一样人满为患，交通比我们还挤，却没有那么普遍的暴戾之气（教派冲突时除外，管理混乱如多次发生严重踩踏事件另当别论）。也别拿宗教信仰说事，宗教信仰有讲博爱而平和的，也有极端的乃至嗜血的。也别拿什么“三统”（儒家古文化传统、五四新文化传统、革命文化传统）来故弄玄虚了，我看从当下找原因最直接最有解释力。

看到一则本地新闻说，4 名德国籍男子在广州分乘两辆的士，走在前面的两人拒付 1 元燃油附加费，被的哥拦下；随后，这 4 名男子围殴这名的哥，其暴行引起附近市民的愤怒，一度将他们围住要求道歉；警察赶到现场后，将 4 名外籍男子和的哥带到派出所调解，最终 4 人赔偿的哥 1000 元医疗费和修车费。估计这 4 名德国男子是来参加广交会的，不是一般混混。他们在德国想必也文质彬彬，可是到了中国却敢撒野——无非有优越感有特权意识，以为不打人白不打。他们没想到现在广州人不买这种账了，只好悔之晚矣，多付出 999 元。我断定他们下回不敢在广州撒野，知道了他们这段故事的老外都会提高觉悟。而那些路见不平一声吼的广州市民，我猜也是看人打发的。估计，若是 4 个警察打的哥，不排除他们会借机围攻警察以泄怨，但更可能漠然视之；若是一伙地痞打人，他们极可能视而不见，因为害怕报复。——这个故事告诉我们，不论是发达国家还是中国，人们对当下的得失（奖惩利害）计较才是最重要的行动指南。

说到当下暴戾的成因，我看主要是“天理王法”不彰，所谓“人善被人欺，马善被人骑”，以致“强者为王”，以致年轻爸爸妈妈多有教幼儿园的孩子出手打小朋友的。再就是官员的暴戾示范效应，小如官车以不守交通规则为荣，横行霸道乃至冲卡打人；大如官方强制拆迁时，既不先“强制”搬出被拆者的家产，不给被拆者准备一个临时的帐篷安顿老人病人，却理直气壮地命令警察和雇用者，上来就用机器推或铲民房，以致酿成血案……

且慢为“掷鞋”记者叫好

伊拉克记者扎伊迪，在记者招待会上突然站起身来，投掷皮鞋袭击讲台上的美国总统布什。这个突发新闻事件，这几天被我们的媒体炒得很热。报道本身的选择性很强，电视（包括我“翻”过的澳门的澳亚卫视）差不多只有扔鞋与躲鞋的镜头，报纸只有少数语焉不详地提到在场记者阻止他扔第二只鞋、众记者向布什表达歉意等。这且不说了，后续报道和评论的倾向非常明显，即为扎伊迪欢呼！

你看本埠的报纸：“扔鞋记者收获全球‘粉丝’无数”；“沙特商人开价 1000 万美元购鞋”；“网络游戏：‘布什之臭鞋子训练营’”；“伊拉克人街头声援”；“卡扎菲女儿颁发‘勇气勋章’”；“查韦斯赞记者勇敢”；等等。说的都是事实，是事实的一面，合自己味口的一面。可是，这些事实有什么新鲜的呢？要是全世界一致谴责扎伊迪，要是布什的“死对头”查韦斯不赞扬这个记者，那倒是怪事，是太阳从西边出来的新鲜事了。

且看台湾的阿扁被法官判决无保开释候审，民调显示过半数的人表示不理解、不赞成“放虎归山”。“立委”邱毅也反对开释阿扁，他到“监察院”去控告法官执法不公，出门时被阿扁的支持者围堵，有人冲上去一把扯下了他的假发，让他觉得像被当众扒光衣服一样受羞辱。难道我们也赏识这个扯发者，说“扯发”表明了支持阿扁是台湾的主流民意吗？——在一个多元的社会，舆论不一，是很正常的现象。

我们当然可以分析，离卸任只有 30 多天了，国内经济问题成堆，布什为何会兴冲冲地突访伊拉克，他要向世人表明什么；我们也可以分析记者扎伊迪飞鞋怒砸布什的心理基础是怎样的，他代表着一些什么样的人的情感态度；我们的论者也可以认为这是对布什说的“今天的巴格达远比开战前更自由、更安全”的绝妙讽刺……但是，我们不应该恣意渲染扎伊迪“掷鞋”行为的“正义性”，我觉得我们的媒体取这种立场很不妥，这种捧“掷鞋英雄”的态度也很肤浅很短视。

因为人的行为模式是可以潜移默化的。社会学家告诉我们，一个人小时候经常遭受暴力，虽然他当时厌恶暴力，但他长大后也极可能爱对别人包括其子女使用暴力。又如，一个女人做媳妇时憎恨婆婆的虐待，等她做了婆婆却如法炮制虐待她的媳妇。因此，少儿影视节目要限制暴力镜头，除了不让孩子受惊吓，也是怕他们学坏。如果我们今天只顾借题痛快地发泄对小布什或美国的不满，而“忘记”了扎伊迪这种暴力行为的不可取，把他打扮成“英雄”，我们的年轻人会不会学他的样，也用暴力来发泄不满呢？如果我们对单位的领导不满，在单位会议上不是发言表达抗议，而是拿起一本书或一只茶杯砸向他，可以吗？就算他真是个贪官或色狼，还是止于言语揭露、控告更好吧！

我们知道，中国的国情与美国是很不同的。记得十几年前，湖南青年喻东岳、鲁德成等三人跑到北京发泄自己的不满，他们用鸡蛋壳装了油漆投向天安门城楼上的毛主席画像，都被判了重刑。中国更不可能容忍有人用硬物袭击领导者本人及来访国宾。美国人可以把国旗缝在短裤头上表示爱国，也可以焚烧国旗表达抗议——说是言论自由。我们现在不可能认同这种“表达”，我们有《国旗法》禁止这种行为，所以，最近重庆有人弄污国旗、党旗、军旗已被逮捕。伊拉克虽然不同于萨达姆的威权时代，但也不可能像布什自我解嘲地说这是“自由社会的现象”，不介意扎伊迪的掷鞋行为。

总之，对于“鞋袭”事件，我们要保持理性，说话不能顾头不顾腚。对外，不能犯张忠召式的一厢情愿的错误；对内，不要赞赏已经够多的暴戾态度。再说，我们常谴责别人搞“双重标准”，我们自己也不要搞“双重标准”，那是人格分裂、国格分裂的表现。

范美忠的“三合一”角色

想不到关于原都江堰光亚学校教师范美忠临震先跑的争论，事过半载在新旧年交替之际又热闹得紧。这场大辩论正是我们这个社会在转型期思想激荡的一个表现，颇有标本意义。笔者不避固陋，给以扼要的“小结”，算是新年的试笔，祈愿我们的社会道德水平有符合人性的提升。

对于范美忠的评价，极端的观点可以仿“文革”武斗或“华南虎照”事件分为“打”和“挺”两派。“打（倒）派”在前以“郭跳跳”为代表,骂他是“畜牲”、“杂种”；这次他进京执教的事发后，发吼声终于吓怕了欲聘他的教育机构。“挺”派则以“个人权利”至上、“言论自由”等新观念为范美忠的临震先跑辩护，甚至给他戴上敢讲真话的“勇士”桂冠。当然，大多数论者没有这么极端，并不赞赏范老师只顾自己的先跑行为，但反对将他“钉死”在道德的耻辱柱上，主张他有谋职求生的权利。

我们讨论范美忠事件，立论的角度不可以离开他的社会角色。临震先跑时他有三重角色。无论何时他都是公民，依法享有宪法确认的所有权利，他应该有安全感，他应该免于饥寒，他有得到工作的权利，他也有言论自由。

彼时，他还有一个特定的角色，中学教师。他有职责和道德义务尽力保护他的未成年的学生们，如果他没有做到或做得不好，违背了社会和家长对师德的期待,他应该感到愧疚。如果他能为自己背离师德的言行道歉并表示改过从善，他还有做一个合格教师的机会（至于是否要经过教师资格考试，有关部门的选择性执罚是否有道理另当别论）；如果他拒不认错，还为自己能讲出“先跑有理”而自豪，那就不配为人师，可以去干别的事。拿陈独秀、胡适当北大教师时的不检点行为来证明道德与学问是两码事，是讲不通的，至少中学与大学的教育对象不同，前者一般未成年，道德观成型期应当避免受不良影响。

“5·12”地震至今，范美忠还有一个特殊的角色：灾民。这是许多人包括笔者，早先立论时没有特别在意的。这个角色至关重要，大地震这种特别经历对人心理状态的改变，我们一般难以体察，但那些经历过大灾大难的人可以告诉我们这种感受，我们可以从观察中得出判断，而这要我们对人有足够的善意以及对人性的弱点有真诚的自省。在大地震来临时，范美忠先跑乃是人求生的本能反应，就像得到海峡两岸中国人赞赏的电影《集结号》所刻画的那个一上战场就尿裤子的知识青年一样，他是身不由己——后者好在知耻而后勇，而范美忠灾后的大言不惭，我们可以理解为灾民的自我保护心理反应，应予体谅。

帮助我改变嘲笑范美忠（讥之为“范跑跑”）态度的，是光亚学校卿校长的答记者问。他使我意识到我没有资格傲视有死里逃生经历的人。促使我写这篇文章的直接心理动因，则来自 2008 年 12 月 28 日在成都大邑安仁镇建川博物馆聚群参观“汶川—震撼”展览馆的感受。这个灾后一个月就设立的新展馆，征集和收藏了许多震灾实物与抗灾英雄实迹，还有吴加芳背亡妻等凄美的爱情故事“信物”。出人意外的是，展馆也收藏了范美忠事件图物，包括范美忠的一副眼镜。樊建川先生指着一张 224 元的发票对我们说：范美忠其实是个本分的人，我让他另配一副眼镜，他老老实实只用了这么多钱。此前参观抗战系列的“抗（战）俘（虏）”馆，樊先生对我们说，这是最令他心碎的一个馆，每次看到从日本收购回来的战俘摄影册，我都会为这些不屈或屈辱的人流泪。这个出生于革命军人世家、在内蒙戈壁当兵时抡大锤上过《解放军报》的硬汉，指着一幅日本兵哄笑着围观一个中国战俘狼吞虎咽吃相的图片说，你们看图旁的日文说明，这个中国兵饿了 10 天，饿了 10 天是什么概念！——樊先生对人求生本能有深刻的体认。孔子和耶稣不正是这样教我们看待人性和人性弱点的吗？

范美忠有公民、灾民和教师三重角色，三合一，他归根结底是人，有人的本能、人性的弱点。难道我们对他不该有“物伤其类”的同情吗？我们岂能秉持道学家的态度“以理杀人”，以“追杀”范美忠这样表现了人性弱点的人来“显摆”自己的道德水准？

我写这篇文章的深层动因是有感于以众多年轻网民为代表的一些人，这些年来“道德主义”的高调唱得实在高得离谱。什么“铜须门”、“虐猫门”，等等，从网上闹到网下，仿佛中国已然满地“护法金刚”。更有乱扣“汉奸”帽子的，连在巴黎勇护奥运火炬的金晶姑娘，不赞成抵制家乐福也被他们骂成“汉奸”；按这些人的逻辑，李玉和、李铁梅等，在日寇入侵时，既没撤退也没自杀，在“铁蹄下苦挣扎”、“春雷爆发等待时机到”的人们，更是不可饶恕的“卖国贼”……我们若被这种新的“假道学”、“伪崇高”或“道德激进主义”所裹挟，就会做出反人性反人道的行为，这是我们在日后的道德建设和社会文化建设中应该高度警惕的。

附记

原发应该是在《新京报》，网上搜索却是《做人与处世》2009年第4期。这确是一篇关于“做人与处世”的文章。本文议论的是范美忠，反省的是自己对人不够宽恕，缺少体察之心。

关于范美忠事件我先后写了3篇文章，第一篇《“范跑跑”事件的要害是什么》，称呼就带贬义。2008年6月5日《南方周末》“评中评”版推荐后有律师指出，学校对未成年学生依法负有教育、管理、保护义务，但不具有“监护”的权力和责任。

关键在于革新社会管治观

中国社科院在2009年初发布的《中国法治发展报告》(法治蓝皮书),总结了2008年法治建设方面取得的进展,同时坦陈2008年发生的群体性事件规模之大、影响之广“前所未有”,“地方政府与民夺利被认为是罪魁祸首”,强调处理群体性事件“需要新思维”。这里说的“新思维”,主要指的是,不要用“一定存在‘少数别有用心的人’”这种“阶级斗争一抓就灵”时代的惯性思维,掩盖群体性事件涉及的利益冲突,不要动辄动用警力制服群众。而在我看来,不仅处理群体性事件,举凡社会治理的各个领域,包括政府管理、经济建设、公安司法,等等,都需要有新思维;简而言之,就是要革新我们的社会管治观,将公平正义置于治理和建设的效率之上。

这个观点并不新鲜,温家宝总理2008年就说过,“公平正义就是社会主义国家制度的首要价值”,“推动社会公平正义就是政府的良心”。但是,正如中国文化早就有了“人命关天”的说法,目前我们天天都在讲“以人为本”,可是酒后开车的“马路杀手”层出不穷,刑讯逼死人命的涉警案件屡禁不绝,真正要做到将公平正义放在政府工作和社会治理的首位谈何容易?

也不能指望用“还权于民”来克服所有的不公平不正义。我的直觉是,不仅一些主事的官员,不少国家机关公务员,而且包括很多民众,也并非总是认同公平正义乃社会治理的首要价值。前述蓝皮书列举了群体性事件的六大诱因,其中“地方政府与民夺利”、“普通民众经济利益和民主权利受到侵犯”、“个人无法找到协商机制和利益维护机制”这三条,责任只在官员吗?据我观察,以强行拆迁和征地来说,官员的好大喜功和“铁腕”施政,除非补偿低且不到位而野蛮强拆伤害到自家或至亲头上，大多数市民是表示认同的，他们很为自己的城市大变样、偌大广场和宽阔马路而感到骄傲。我在某地听说，有个村的农民因为补偿不合理拒绝某项工程开工，结果那个地区的人都怨恨那个村的人拖了本地区发展的后腿，鄙视和抵制那个村出来的人。又如，2009 年，某市主管让没有完成“招商引资”任务的民政局长、地方志办公室主任等数位官员离岗，这种行政“铁腕”居然得到了一些有影响力的媒体记者的喝彩。你看，真要落实温家宝总理定义的公平正义“就是要尊重每一个人，维护每一个人的合法权益”，在我们当下的社会环境中是多么地不容易！

再以近日引起热议的几起涉警命案为例。青年李荞明在云南晋宁县看守所被殴打致死，在追寻所谓“躲猫猫”事件真相中，揭露出有个叫李荣林的人 3 年前也死在该看守所。事实上不仅普通公民，就是一些原本有“身份”的人，如广西平乐县法官黎朝阳，还有警察、领导干部，一旦被“双规”或拘留，也一样可能被施虐。最高检副检察长孙谦就此撰文指出，将改革和完善看守所监督制度，这当然是对的；也许就该采用“国际惯例”让看守所改由司法行政机关而非公安侦查机关管辖。有意思的是，“孙谦批评了一些地方看守所对检察监督不重视、不支持、不配合，使一些监管违法行为得不到及时有效纠正的现象”，他建议允许派驻检察人员可以随时查阅看守所监管工作资料，等等。实际上，我国的司法体系，本来就规定了检察机关对公安机关的监督制约职能。但是，由于一向在社会管治上对效率的强调高于公平正义，人们从媒体报道上很容易知道政法委书记与公安局长职务最接近（或一身二任，可由后者提拔），检察人员就相对弱势，依法监督警方还要人家肯“支持”肯“配合”才行。

诚然制度与思想文化观念相比，制度通常更重要，但制度若不能有力地矫正旧观念，则观念革新就非常重要，因为制度是要人执行的，“法不责众”也是必然的。刑讯逼供严禁不止，一个很重要的因素就是在某些司法人员的圈子里，并不认为那是什么大不了的事，只要能破案刑讯也无妨。据《凤凰周刊》报道，2008 年 5 月，江西南昌大学附属第二医院发生了输液致死 6 人的案件，为侦破这起有全国影响的大案，江西省公安厅调遣了精兵强将，结果办案警察将嫌疑人万建国刑讯逼供致死。现在已被批捕的 7 名办案警察，他们的家属表示不服，理由是他们 7 人只是那天当班，此前轮班的人也有动过手。我相信这 7 名警察并非“坏人”，只是“风气”如此，他们习惯了将破案“效率”置于公正之上，侵犯了某个人的合法权利并不会感到良心不安。

我不认为，这只是警察的“职业病”，我倾向于认为这是大多数中国人的通病。上面说了支持强拆的市民，而一些大知识分子当年声色俱厉地整人，如今也毫无歉意，且以“大局”如此开脱，庶几近之吧。

入乡随俗说“外宣”

先从“两会”期间的一则新闻说起。据报道，全国政协委员、外交部副部长武大伟,在接受记者采访谈到国民出游形象问题时,表示不同意“陋习说”、“丢人说”，他道是：“你看在机场里、餐厅里，大家聚一块（大声）说话的，都是中国人。可这就是一种习惯，我们还看不惯外国人那种小声嘀嘀咕咕、当着面还要相互咬耳朵呢。”对武副部长此言我期期以为不然。

首先，我们的前贤早就教导我们“入境问禁（遵守当地的法令），入乡随俗”。就算你喜欢高声嚷嚷只是习惯，到了人家的地盘，也该收敛自己，尊重别人的习俗，我行我素、旁若无人无疑是轻狂、没教养的表现。其次，高声嚷嚷就是心中没有他人的陋习，应该革除。曾几何时，中国到处是念最高指示和通知、唱革命歌曲的高音喇叭，那是不讲人权的“红色年代”；现在，城市里的军营都不吹起床号了，怕影响居民生活，许多城市也禁止汽车鸣笛了，这就是观念进步，移风易俗。下一步，应该是在地铁、大巴等公共场合取消电视广告等扰民噪声，像在飞机上一样，让人们可以有看书报、打盹等多种选择，在餐馆、酒巴禁止猜拳行令地喧哗，聚友者可以低声交谈。当我在韩国首尔一家报社里参观，看到一百多号人办公的大编辑部里安静得像图书馆，大家用耳麦讲手机电话，感觉这才叫文明氛围叫互相尊重。

再说我们在海外办的孔子学院。不“输出革命”了而“输出文化”，这与其说是“大外宣”，展示中国的“软实力”，还不如说为加强中外交流提供平台、创造条件。法语的地位被英语取代，表明世界是很现实的，想与中国做生意的人多了，想学中文的老外自然就多了，文化不文化只是附皮之毛。就像每个出国访问观光的人，孔子学院做中国的形象大使也一样，必然要入乡随俗：不可能要求外籍学生像中国学生一样听话（即孔子表扬颜回的“不违如愚”）做填鸭，他们习惯了质疑，习惯了师生辩论。你说中国人讲“己所不欲，勿施于人”，他也许会问奶粉加三聚氰胺算什么？你说孔子早就讲了“人而无信，不知其可”，他也许会问蔡铭超既然参与圆明园文物竞拍却拒绝付款，还有那么多中国网民为他叫好，这叫讲诚信吗？你可以告诉他，中国人两千年来“儒表法里”，念的是“王道”行的是“霸道”，这行吗？诸如此类问题，都必须先想清楚答案。

最后说投资450亿元打造“大外宣”的格局（详见《凤凰周刊》封面文章《北京扩张外宣版图，改善中国形象：中共四百五十亿争夺话语权》）。且不论这项巨额投资是否有严格论证和人大预算审批，我相信，中国确有必要改善和加强国际宣传和公关，化被动为主动，但是如果“外宣”的思路不能入乡随俗，尊重别人的接受习惯，那肯定难以达到预期目标。因为在国外，你的受众有多种选择，你不可能像央视在国内一样搞垄断经营；你把报纸免费派给人家，如果人家像我对马路上派发的广告般不屑一顾，你又能怎么样？诚如华裔北美媒体人、评论家丁果所说，他们连本国的官方媒体都排斥，要他们接受中国官方的“外宣”太难了！诚如资深外交官吴建民所说，欧洲媒体喜欢批评一切权力机构、一切太强大的力量，要让欧洲人不看CNN而看新华社办的电视台，你得让他觉得可信，值得看。我想，老外如果认定外国记者、中国记者不能自由地在中国报道真相，我们的“大外宣”就是投资4万亿元，其宣传效果也不会比《人民日报海外版》、英文《中国日报》好到哪里去。所以，先要修好内功。还是胡锦涛同志说得对：要按照新闻传播规律办事。

孙东东也该问责

孙东东不是毛东东，我原本没有留意他是何许人。可是这些天网上流传的他的语录真是太“雷人”了，我便记住了这个大名。

他斩钉截铁地说：“对那些老上访专业户，我负责任地说，不说100%吧，至少99%以上精神有问题——都是偏执型精神障碍。”“他们为了实现一个妄想症状可以抛家舍业，不惜一切代价上访。你们可以去调查那些很偏执地上访的人。他反映的问题实际上都解决了，甚至根本就没有问题。”“把他（们）送到医院就是（对他们人权的）最大的保障。”

我怕是网民断章取义，查看了原文。2009年3月23日出版的《中国新闻周刊》封面专题系列报道《谁被送进精神病院》，其中孙东东答记者问的标题是《把精神病人送到医院是最大的保障》。单看孙东东文章的标题，他的话完全正确，是不应该让精神病人流落街头或被锁在家里，问题是谁来认定被送进精神病院的人确是精神病患者？我们知道，沙俄时代的作家契诃夫早就写过《第六病室》，揭露沙皇专制政府对“思想犯”的迫害，而斯大林将批评者关进精神病院也早已不是政治秘密。这些年已有不少新闻案例，表明我们的社会上存在着这样的事：亲属间出现尖锐的家庭矛盾，便将亲人送进精神病院——记者对孙东东采访的事由，就是正在审理的深圳女子邹宜均控诉因遗产继承等纠纷被母亲兄姐强送精神病院一案；或者公民因为上访讨公道而被有关单位送进精神病院——在“谷歌”输入“精神病上访”可得8200条，有许多案例。见闻告诉我们，确有精神病院出于营利目的而不守收治程序规范（或本来就不够规范），利用“强制治疗”手段侵犯弱势者人权。所以，在《中国新闻周刊》这个系列报道中，中国社会科学院科研局精神障碍者犯罪问题方面专家、副研究员刘白驹，与孙东东的观点针锋相对，他说，“拒绝接受治疗者”恰恰可能是精神正常。邹宜均在朋友帮助下逃出精神病院后出家为尼，她发愿要搞公益诉讼，制止这种利用精神病强制治疗手段侵犯人权的现象。我见过她，也接到过她求助的电话和电邮，感觉她的精神完全正常（全案可参见2009年3月18日《南方周末》等广东媒体报道）。

读孙东东的答记者问，我骇然于他把“不惜一切代价上访”的“偏执”都定性为精神病。我承认当今社会有这样一些上访讨公道的人,思维的确很“偏执”。我认识两位80多岁的老太太，一个是新华社的离休干部，对于有人说她在上世纪50年代的“丁玲、陈企霞案”中作了伪证，耿耿于怀，此身行作香山土，只想留得清白在人间，与她通电话时她总不忘表示对此不甘心；另一位滕阿姨，一直痛心于曾诬陷她已故丈夫是“胡风分子”的人官运亨通，到老没有受到惩罚。她们对这些“老豆腐账”刻骨铭心，我有时觉得她们如此偏执“划不来”，却更敬佩她们对追求社会正义的那份执著信念。多年来我常收到要求伸冤告状的材料，无能为力之际也会想，这些人何不“退一步海阔天空”呢？但转念一想，觉得这样的人也许才是中华民族的脊梁，他们不信“忍字诀”，不是将利害得失的计较放在首位，而对公平正义咬定青山不放松，他们宁折不弯的精神正是我们的社会所缺乏的崇高品性。我们知道，“秋菊”就是这种偏执型的人，俗话叫“一根筋”；我们知道，这些年有不少案例是亲属遇难，犯罪人家属愿出巨款私了，但遇难者亲属不为所动，哪怕告状和上访阻力重重，也一心要将罪犯绳之以法，他们的这种“偏执”正是社会走向法治的希望……

孙东东居然将上访者的“偏执”定性为精神病，他是不是也很偏执？可他居然是精神病学专家，而且是这方面国家级的权威：北京大学司法鉴定室主任、主任医师、国家卫生部专家委员！

再说，法学常识告诉我们，现代司法为了保障人权，奉行“无罪推定”的原则，没有按照合法程序取得的证据无效，未经合法程序审判之前，犯罪嫌疑人应视为无罪的公民，这也就是说宁纵不枉。而借用刘白驹所说：“病人就是财路，现状就是，医院假定他有精神病，收了之后再做诊断。”公共医学学者卓小勤说：“没有相关法律约束医院，这样的话，我们每个公民都有可能被强制送到医院。”这是很可怕的。所以，今年“两会”期间，吴邦国委员长称今年计划安排的立法项目包括精神卫生法。人们期待通过这项立法保护精神病患者的合法权益，同时消除收治制度中存在的安全隐患，使正常人免于“强制收治”的恐惧。但孙东东答记者问却说：“在现实生活中，如果家属认为自己的亲人行为不正常，比较怪异，不能够正常生活，认为他精神有问题，把他送到精神病院去诊治，这有什么不对的呢？这和把一个阑尾炎患者送到医院做手术有何不同？！”他回避不谈或认为不需理会谁来认定被送人是否真有精神病的程序约束，等于是说偶有“误送”、“误收”也不必当回事。按照他的观点，这回邹宜均案的法官也不必重点审查强制收治的动机和程序了。

孙东东具备一个有法学常识和人权保护观念的现代人的正常思维吗？可是，他却是北京大学法学院教授！据网上资料称还是央视节目主持人，常到全国搞司法鉴定，常就公共问题发表意见。这倒应了一本译著的书名：《只有偏执狂才能生存》。

于是，我在网上搜索了此公的过往言论，发现以上批驳对孙东东其实是无的放矢。据《健康时报》2007 年 11 月 29 日报道，在打工者肖志军拒绝为 9 个多月身孕的妻子李丽云做手术签字，导致李丽云死亡而举国哗然的事件中，他选择的立场是“这件事既不能反映法律的缺失，也说明不了医院和医生有什么责任”，而指控“家属涉嫌间接杀人”。他并不像别的专家反思这种手术必须家属签字的制度（比如借鉴美国制度，危急情况下有一定资格一定数量的医师同意手术即可）。他说：“不知大家想过没有，医生的强制医疗权力如果不受约束的话，极有可能因泛滥而造成对生命的滥杀，比如，可以以治疗为借口，把不同观点的人关进精神病院，进行迫害。这在历史上是有过先例的，希特勒对犹太人和残疾人的灭绝就是打着治疗和净化人种的幌子进行的。”你可以察觉他的逻辑只有一条是一贯的：医院一方、强势一方总是有理的，现行制度没有什么要修正的。

写了这么长，还没有说到为何要对孙东东问责。请看他 2008 年 9 月 12 日以卫生部专家组成员、卫生法学专家的身份，接受新浪网的访谈，就三鹿事件说了些什么吧！

孙东东：“目前我们国家市场销售的奶粉绝大多数保险，三鹿的这次事件应该是意外事件，偶发的，不属于群发事件，所以我想大家也不用过于担心。”

孙东东：“从目前来看政府在处理这个问题上没有什么疏漏，发现问题以后及时调查了解，然后确认以后立刻公告，责成企业，企业这次也很主动，他去召回，主动承担责任。所以从目前政府监控来讲，发现这个问题以后，没有发现有什么严重的疏漏。”

孙东东：“我想大家关注很正常，我们社会需要有责任感的人，但是有时候媒体、网友关注得偏，偏在走得极端，上来先想怎么索赔。我觉得首先应该先找原因。另外一个没有必要去给有关部门找麻烦，你现在麻烦找得越多，越去质疑什么，可能越不利于事情的解决。”

三鹿事件的发展与孙东东的“导向”完全不一样，这已不用多说。三鹿公司已破产，负责人正接受审判；3 月 20 日，中纪委监察部表示，对 8 名在三鹿奶粉事件中负有重要责任的党政官员作出处理，其中 1 人为副部级、7 人为厅局级干部，涉及质检总局、农业部、卫生部、工商总局和食品药品监管局。这是三鹿事件中第三批被问责的党政官员。

那么，孙东东这样利用自己的卫生部专家身份对公众发言，隐瞒事件的严重性，有意欺骗公众或至少是极不负责地信口开河的人，难道不也应该追究其责任，惩前毖后吗？起码应当剥夺他这种部聘专家的公务身份，不让他再狐假虎威哄人吧？

为“被”字句叫屈

“被”字越来越令人厌恶，几乎天天读新闻报道时都被它硌牙伤神经。请看：

新疆天山网评论编辑，撰文批评当地教育部门要小学生背本地领导人姓名，惹得领导不高兴，“被约谈”，然后“被主动辞职”去做刘高兴的同行捡破烂。

重庆市小店主申强因为售卖印有抵制公交涨价文字的T恤，被派出所带去“配合调查”，“被自愿”交出待售的T恤。

2008年公务员考试中，有60多名考生被判“严重违纪”，这些人不服处理致电国家人保部，被告知考生们可以起诉，但北京二中院称“安排考试”属非可诉行为不予立案，而着手办理此案的律师说他“被领导谈过话”，称不能代理“违纪”考生告人保部的案子。

…………

此前，网上则早有“被自杀”、“被跳楼”、“被自愿捐赠”之类烦人的说法。这不是存心糟蹋祖国的语言吗?

当然，你可以说，“被字句”本非我们的母语习惯用法。查《辞海》“被”字条有8个义项，末一个是姓氏除外，第7个才是引申为表“被动”，犹言“为”。大家都知道，《红楼梦》说宝玉挨打，而不会说宝玉被打了。与《卖拐》主题思想一致的俗话“人善被人欺，马善被人骑”，不是有“被字句”吗？但据有人考证，它是All lay load on the willing horse的汉译。我们中国人原本爱说劝善儆恶的

“人恶人怕天不怕，人善人欺天不欺”，根本不用“被”字。“被字句”的流行，本是中国人引进西洋语法之后，为表述严谨而用来区分施与受的主格与宾格的。比如，最近我写了一稿《孙东东也该问责》，而发表出来时变成了《孙东东也该被问责》，瞧，“被”字一加多严谨！不过，按照汉语习惯，从刻金石到竹简，用词都是以不会产生歧义为度，越俭省越好。现代汉语引进西方语法，现代印刷技术又不必要那么省字，“被”字便被用开了。

然而，本文开篇讲的那些令人憎恶的“被字句”，却并非语法变异所致；相反，一个“被”字生动形象地传达了被叙述者的无奈和无助：所谓“主动辞职”、“自愿交出”等都是被强加的，跟被强暴一样可怜；所谓“谈话”根本没有平等交流协商可言，与被训话、被强迫命令一样；所谓“自杀”、“跳楼”则与被谋害同义。

中国人谁不会搞皮里阳秋的“春秋笔法”？强势者用“恶意讨薪”、“职业乞丐”（不是指强迫人乞讨的黑恶势力）、“上访专业户”之类词语，表达他们对抗议性的讨薪行动、以乞讨求生、“一根筋”上访不息者的厌恶，甚至作为加罪的理由。对弱势者爱莫能助的人们就用“被自愿”、“被自杀”之类“被字句”，表达他们对真相的认知、渴望和对强权的道义鄙视。

这样看来，“被”字的怪诞化，昭示的岂非当事公民主体性的丧失和权力被异化？如果公民的主体性得不到保障，他们的生命权、财产权和表达权等基本人权得不到基本的保障，命名和陈述现实的语言怎能不相应地花样百出？“打酱油”、“躲猫猫”、“做噩梦”之类如雨后春笋也是同样道理。

“被字句”就这样被人扭曲地运用，它实在是不幸。何祚庥院士会不会又说：谁叫它不幸来到中国呢？

T恤衫上的表达权

2009年3月16日，《南方都市报》报道网民天乙为回应“两会”期间某官员要求先公布百姓财产的说法，率先公布自己财产一事，同时配发了邝飚的漫画《脱吧，到你了》。该漫画在网络上大受追捧，其中凯迪网论坛跟帖者众多，以致被锁帖；开同话题讨论的新帖，数小时后又被锁定禁止评论。一再锁帖给出的理由是，“管理部门认为类似相关话题在主版面上太多，编辑本人亦认为这样的信息已经影响了主版面上的信息均衡……”

“道高一尺，魔高一丈”。2009年4月8日，做生意的网友“激情老道”将漫画《脱吧，到你了》印在T恤上在网店出售。2009年4月13日《南方都市报》报道说这种T恤销得挺火。当月16日我询问“激情老道”，有人干涉你的买卖吗？他的回答是，到现在还没有人“打招呼”，更未被“请喝茶”。我心甚慰。

本来嘛，这是一幅已在媒体上公开发表的漫画，要求官员公布个人财产在政治上也是完全正确的，虽然图案有些夸张和想象，有些滑稽和搞笑，但漫画离不开夸张，那个问老百姓为什么不公布财产的官员其言辞本身就很滑稽。而且，根据我的经验，一般地说，只要不是针对具体的部门和官员（即俗话说的“指着鼻子骂”），泛泛而论的“言论自由”尺度还是比较大的。但是，毕竟，这种政治性表达会对官员群体造成舆论压力，家藏数十张房产证的戴国森前主任、助子敛财上千万的孙善武前书记等心中有鬼的官员，更会找各种理由打压这种呼声；网管锁帖的真实顾虑很可能就是这一层——他们有“坚持正确舆论导向”之责呀。

但是，对“文字衫”网管就管不着了。管得着的人，该不该管、要不要管、怎么管，这是个真问题。

早在两千多年前的周代，国人就有了“防民之口，甚于防川”的洞见，中国民众的表达权从未得到有力的保障。因此，直到今天，我们还很有必要在《国家人权行动计划》里特别提出任务——“采取有力措施，发展新闻、出版事业，畅通各种渠道，保障公民的表达权利。”

环顾世界，在现代社会里，公民实现表达权利的渠道和表达的载体是丰富多样的。通过纸媒、网媒发表文章、作品和议论，发表演讲等，这是行使言论和出版自由权利；通过信访、申诉等方式，是走行政和法律途径；环保人士用身体语言，宣传他们的自然和节约理念；湖南郴州的彭北京老汉多年“讨说法”不果，下“战书”要求与法院院长等法官“决斗”，他这连“行为艺术”也算不上，只是一种抗议性的表达；有些地方的市民因为反对当地某项重大工程的上马，通过集体“散步”、“购物”的方式请愿，其实是在游行、示威等合法抗议方式难被准许的条件下的一种民意表达……可以断言，在信息技术日新月异的新时代，防民之口的难度已甚于防川百倍，社情民意的表达更加宜疏不宜堵。全国政协副秘书长孙怀山近日发表文章说，要允许社会矛盾得到正常显现。他说得很对，正常社会总会有矛盾冲突，社会和谐不是捂出来压出来的，而是通过利益各方正常表达、合法博弈在动态中实现的。

那么，具体到“文字衫”这种载体，只要内容合法，作为一种表达形式它一点问题也没有。T恤上可以画毛泽东、格瓦拉、米老鼠或反战的骷髅，当然也可以印要求落实官员财产公开制度的漫画，甚至抗议野蛮执法的《清明上河图》之“城管来了”PS版。据《新京报》报道，近日有3名大学生，身着“乙肝求学门”T恤、脸贴白膜摆成囧字，在清华校门抗议名校歧视乙肝学生，不知结果如何，应该是被善待了吧。重庆市有人在T恤上印图和字，反对公交涨价，10元一件出售给愿穿的市民，被警察带去“配合调查”，“自愿交出T恤”，未见后续报道。我想，如果是自印自穿应该完全可以，正常价格销售不带鼓动性质亦无不可。

内容的审查，应该只有一个标准，即法无禁止即可。有人也许会担心说，那样一来，有人身背一个“冤”字满街跑多不和谐！我想，这种担心是多余的，现在大街边用大纸和粉笔告“地状”的，还少吗？关键在解决问题不在捂。国人要面子，多年前的“文字衫”“别理我，烦着呢”之类也没流行几天，尽管喊烦的人还很多；而诉苦、鸣冤之类的事，有多少人愿意满世界嚷嚷，教人侧目而视？

附记

为什么中国姑娘现在敢于露胳膊露腿露腰露肚脐眼张扬性感了？因为这方面无需顾忌了。政治性表达却很收敛（除了匿名参与网络群体性事件），说这是因为含蓄乃中国人的“国民性”，你信吗？若不信，就证明本文这类呼吁是有必要的。

一个月前，《南方人物周刊》主编徐列捎来讯息，说受鄢烈山之托，想请我为其新著写个序言。徐列并转来鄢烈山的信函。鄢烈山在信函中写道：我想，杨锦麟先生如果肯给我写的话，那是再好不过的。一来名人中杨先生是令我和我的潜在读者所尊敬的人，二来杨先生“读报”其实也是时事评点，他的心与内地民意相通，对言论环境甘苦也是亲历，三则他对我也有所了解，在香港与他有一面之缘，曾蒙他赐宴。烈山先生将我纳入所谓的“名人”，实在不敢当，其实也是徒有虚名而已。在电子媒体混饭吃的人，最应警惕的就是不可为虚名所累，但他对我的观察心得，我觉得是知音话语，能引起我的共鸣。和烈山先生确有数面之缘。印象最深的是在香港的邂逅，那天大家谈兴甚浓，遂相约到庄士敦道的一家专事杭州本帮菜酒家餐叙。席间，烈山先生话语不多，他更多时候是倾听，酒喝得不多，询问之下，才知道他并不善饮，也是这些年勤于笔耕，身体或有欠安，方有所节制，这一

第伍辑

良知与心病

成龙说“中国人需要管”的对与错

成龙在博鳌亚洲论坛开幕式上的一番话，在两岸三地捅了马蜂窝，引来了一片声讨乃至辱骂，而且不仅市民网民谴责，甚至官方如香港行政会议召集人梁振英也站出来驳斥。这也太把成龙的即兴发言当回事了吧！当然，他不是一般的艺人，他是以中国电影家协会副主席身份在接受采访。但是，正如我们所习惯的，演员、运动员就是穿上了全国政协委员、常委的马甲，也没人当他们是政治家或官员或专家学者的呀。

何况，政治家又怎么样？毛泽东无疑是政治家，而且自认是思想家、伟大导师，他的代表作之一、几代大陆人当经典诵读的《反对自由主义》，与中外思想史上的“自由主义”概念有什么相干？成龙对“自由”的理解与毛泽东对“自由主义”的解释难道不是一脉相承的吗，即“自由”就是“由自”、随心所欲、恣意妄为。当然，时代不同了，成龙的教育背景和生活背景不同，即使他是背毛主席语录长大的一代，也该与时俱进，不该把自由当贬义词用。

要驳倒成龙是很容易的。从学理概念上讲，早在220多年前，法国大革命结晶的划时代文献《人权和公民权宣言》,对“自由”就有十分明晰而简洁的定义。“第四条：自由就是有权从事一切无害于他人的行为。……此等限制仅得由法律规定之。”从生活实际上讲,成龙何尝不知哪个国家哪个民族的人都“需要管”呢?美国不需要人管，还要警察和监狱做什么？土著部落不要人管，为什么还有长老或头人？“基地”组织有本·拉登做领袖，索马里海盗也肯定有他们的头目。

我现在不怕“板砖”横飞，想为成龙说点公道话，主要还不是从成龙的艺人身份或者孙东东似的学者身份出发表示体谅和宽宥（这倒有点轻视所有艺人而居高临下的优越感），而是希望还原真相，体察成龙的原意和初衷，吸收他答记者问的合理成分；更进一步，追问一下他所说的“要人管”的根源何在。

香港人不满意成龙大体是他贬低了香港的法治和市民素质，所以梁振英说“香港人没有滥用自由，社会秩序井然”。台湾蓝绿阵营都不愿别人否认他们的民主化诉求与实践。大陆人么，民族自豪感正强，不少人正要“领导世界”，你成龙却说“我们中国人是需要管的”，这岂不令人扫兴令人愤怒？比如刘渠景作者在《成龙先生，中国人需要被谁管？》一文中喝问：“莫非成龙先生认为我们中国人还需要外国人来管我们？”这完全是误会，是断章取义，在同一采访中成龙表示了极大的爱国热情呢，他说：“我们国内许多年轻人都崇洋、崇日、崇韩，就是不崇中，比如……我在国外常穿唐装，就是要告诉他们我是中国人。”成龙自认为比你们都爱中国呢！

我想，成龙说“有自由好还是没有自由好……真的我们现在已经混乱了、太自由了，就变成像香港现在这个样子很乱，而且变成台湾这个样子也很乱，我慢慢觉得，我们中国人是需要管的”云云，完全是口无遮拦的真心话。他的表述不准确，但也不是毫无道理。他这样的艺人当然是很“感性”的，是从他的生活经验出发的。我看港台八卦新闻不多，但也知道成龙被狗仔队扒了很多私隐。你说他是公众人物，不检点被扒活该，但也确有媒体窥隐扒私过分，如《壹周刊》裸照事件什么的。

我当然没有成龙出国多，但我去过的几个国家，机场取行李都是各拿自己的，没有人管，不会像中国内地机场有人专门一件件验行李标签；报纸售卖也无人管，自动付款；上车什么的排队更自觉，根本不用保安或老太太维持秩序，这与北京、上海等地大不相同。从我的生活直觉出发，我也会说中国人太不自觉甚至太缺德，太需要人管了。我家旁边的马路一天到晚垃圾遍地，路人扔，店主倒，楼上人往下抛（广州这几天的热点新闻之一就是一个女婴被楼上抛的砖头当场砸死在母亲的怀里），我多么希望广州市政府管好卫生，像上海学习搞好“门前三包”！那些该死的司机从我家小巷通过从不减速，狂按汽车喇叭，弄得我睡不好觉，我多么希望有关部门来执法，在居民区按一次喇叭照章罚他 200 元！可是没有人管，投诉也没有人理。

对于中国内地的“自由”太多，据《联合早报》对同一采访的报道，成龙表示，一方面他批评中国年轻人“喜欢其他人的产品，不喜欢自己的产品”，同时，他也批评中国产品有太多质量问题。他说，自己如果要买电视机，一定会买日本制造的，“因为中国制造的电视机会爆炸”！评完电视机，成龙又开口评去年的三聚氰胺事件，他“生气地说，一些偷鸡摸狗的人，把不该加的东西添加到奶粉内”。他越说越愤怒，“最后气得不愿再多说什么”。造假贩假者在中国内地，难道不是“自由”太多了吗？

你可以批评成龙偷换了概念，是对“自由”一词的诬蔑。自由是权利，是做法律容许的不损害他人的行动，但是如本文开头所说，这样误解“自由”并非成龙始作俑，今天也大有人在。

我知道，成龙此言引人误解的原因，在内地，除了“不爱国”，还有重要的一条是，不少人感觉与成龙相反，不是自由太多，而是自由太少。这不是成龙的错，他与我们生活的环境不同，我们的苦恼他感觉不到。比如，王小帅与他都是电影界的名人，王小帅就痛感没有迁移自由，在北京工作那么多年，要上北京户口还得出钱请人造假文凭！比如，成龙在香港看到韩国的农民跑到香港去抗议全球化和美国等发达国家补贴农业造成的不公平竞争，他会觉得这些农民对抗警察时做得有点过分。可是，他哪里知道我们的王帅、吴保全等人，别说组织农民游行示威抗议，就是在网上发帖举报村民土地被强占、生活无着，也要受拘捕？经历不同，何必揪住成龙不放呢？

其实，我们很多“群众”（官员就不提了），与成龙的思维是相当一致的：动辄呼吁加强政府监管！不论是食品卫生还是企业经营，不管是矿山还是网吧经营，一旦出了事，就是要加强监管，甚至不分青红皂白一律停业整顿。却想不到行业自律、社会自治，想不到社会民主监督这些民主法治的办法。结果，是政府权力不断加强，贪官污吏有了更多的寻租权力和敲诈机会。凭心而论，这种中国人“自由”太多需要被管的思维，是不是在内地官民大有市场？

本来我打算将此文重点放在以我内地的生活感受，深入分析成龙式的“要管论”或说中国人“自由太多”论的假象，错在哪里的，但已写了这么长，姑且简要说两点。

一是，正如孔夫子说的：“君子之德如风，小人之德如草，风吹草偃。”我们的社会精英说得冠冕堂皇，却以不守法纪不守秩序为荣，以搞特权为荣，致使社会上许多人认为“老实”是无用的别名，因此，损人利己、损害公共秩序不以为耻，乃至苟且投机、为非作歹、能骗就骗、能捞就捞。

二是，窦娥唱的：“天地也，只合把清浊分辨，可怎生糊突了盗跖、颜渊。为善的受贫穷更命短，造恶的享富贵又寿延。天地也，做得个怕硬欺软，却原来也这般顺水推船……”有那么多说假话做骗人广告、造伪劣掺毒素的自由，有兴冤狱乱抓人的自由，有官员尸位素餐不作为的自由，那是因为缺乏揭假曝恶的自由，是因为缺少追问和问责的自由……自古正邪不两立，不是东风压倒西风，就是西风压倒东风，这话是不错的。

“不违规”何以成了挡箭牌

2009年的“春晚”小品《不差钱》，捧红了赵本山的爱徒小沈阳，“不差钱”也成了一流行新词语。我看“不违规”（或“不违法”），也快被不断上演的政商界喜剧性事件捧成流行语了。

“华南虎事件”中，陕西林业厅副厅长朱巨龙、孙承骞二人被免职，但人家被免的只是行政系列的职务，目前二人仍是厅党组成员，“享受副厅级待遇”这是政界惯例，一点也不违规，是质疑者自己不懂当今政坛规矩罢了。也许有纳税人觉得自己更冤了，朱巨龙们官当得更清闲，待遇却一点不减？但这是平民思维，不信你问掌实权的官员，有几个愿意退养于“二线”而当同级别的调研员、巡视员？

同理，2008年6月，中央纪委、监察部、国家预防腐败局在全国上下齐心抗震救灾的关键时刻，通报了山东滨州市工商局在抗震救灾期间用公款组织旅游的严重违纪行为，山东方面给予该局党组书记、局长邵立勇党内严重警告处分，同时免去其党组书记、局长职务。近日，邵立勇以“威海市工商局党组副书记、副局长（正处级）”身份露面被报道而引起网民质疑。山东省工商局相关负责人说：“此项任命是经山东省工商局党组集体慎重研究决定的，并履行了相关的组织程序。对于邵立勇的任命没有违反相关规定。”

一个全国瞩目、惊动中央的“反面典型”的问责案例尚且如此，还需要列举个案吗？其实，何止官场如此，当下社会许多领域都是如此。上月有报道说，开封有些市民发现他们的信函被直接“投递”到了废品收购站，在记者采访中，邮政局一名工作人员坦言，按照我国现行的《邮政法》中平常信件“不查询、不赔偿”的规定，包括商业信函在内的平信，发件人没办法查询，即使丢失，邮政局也不会赔偿。也就是说，平信丢失“不违规”，不需负法律责任。

这里问题的关键是，一方面，当下中国的法律和规定制定得还很不完善（比如官员问责的细则），甚至不少制度和规定本身很不合理（比如，官员相当于或保留某级别的“括号待遇”的准终身制），但是，另一方面，官民的“法制意识”超强，而将道德良知范畴的追问视若虚无。

有人开口就说没有法律依据（因此不能惩治或处理），动辄呼吁立什么法。其实，这是不作为（懒得管，没好处不管乃至包庇）的借口或挡箭牌。法律根本不可能用一一列举来规制所有的社会生活情境，在社会急剧转型和技术日新月异的当代尤其如此。刚在报刊文摘上看到一则新闻说，南京“婴儿游泳馆卫生没人管，监督部门称暂无相关法律”。什么都要等制定一部法律，真是岂有此理！诚然，中国也可算“大陆法系”国家，法无明令禁止一般就是可做的；但是，我国虽然不像英美法系一般通过判例判案，却也有根据法律原则和立法精神的类推规则，法规也往往用“其他”情境囊括了难以列举的内容。

更重要的是，除了法律和各种具体的规定，我们还有政治原则和道德规范。

以道德而言，讲良知，讲问心无愧、不惭清议，敬畏“头上三尺有神明”，而不违法不违规只是一个做人的底线。平信不查询、不赔偿，确是国际惯例，它是平信能存在的成本条件，但邮递员就应该把群众的平信扔掉吗？显然不应该。对于邮局内部的管理靠行政和道德规范，而社会对邮局只能靠道德舆论约束之。

就政治原则而言，“不违规”绝非一个搪塞民意追问的充足理由。我们的领导干部是社会精英，对民众有领路和导向的道德示范作用；选拔和任用领导干部的原则一向讲的是“德才兼备”、优中选优。就像不能说不杀人不放火就是模范公民一样，一句“（程序上）不违规”岂能打发公众对复出官员的政治道德质疑？程序上“不违规”，也可能是“官官相护”的集体堕落呀。

政府原则和道德原则有时根本就是一码事。我们知道，海外许多行政长官的引咎辞职，根本就没有他们的直接责任，他们负的是政治道德责任。美国的官员财产申报制度，1978 年颁布时叫《政府行为道德法》，1989 年修订为《道德改革法》。这也启发我们，道德与法是可以二位一体的，尤其在严格监督公职人员方面。

令人遗憾的是，现在有些地方和部门，不仅以“不违规”之类理由为缺德违纪的干部开脱并谋利益，甚至不惜违规枉法包庇腐败和犯罪分子。比如，四川宜宾县国税局白花分局原局长卢玉敏，这个败类以6000元价格“买处”，奸淫了一名年仅13岁的初一女生，县公安局以卢当时确实不知道她是不满14周岁的幼女为由，只对卢以嫖娼罪作出行政拘留和罚款的处罚。其实，《刑法》第三百六十条很明确地规定“嫖宿不满十四周岁的幼女的，处五年以上有期徒刑，并处罚金”。（如果是施暴或明知不满14周岁则量刑更重）对卢某只作治安处罚就是对官员的包庇。

附记

儒家的以德治天下理念从未真正实行过，而对官员不但以法以纪治之，而且以德治之则是完全可能和应该的。克林顿如果不是总统，除了希拉里，谁在意他与莱温斯基的破事儿？可是，中国的官员现在有很多人不讲道德和道义责任，常理直气壮地拿“不违规”做护身符，真是无耻。

胡斌飙车是出于对车技的“自信”吗

市区飙车和酒后驾车不时造成夺命惨案，引发了人们强烈的不安全感。出于“贪生怕死”的本能要求，舆论强烈呼吁从严惩处视人命如草芥的肇事者，并要求修改相关法律条文，加强惩治力度以儆效尤。我认为这主要是想让法律适应中国进入汽车时代的大环境，所谓“仇官”、“仇富”只是次生的缘由，担心有权有钱就可逃脱惩办而纵容有特权者更放肆。

一些地方的司法机构体察这种民意，严惩肇事者，并拟出台相关法规遏制飙车和酒后驾车行为。如南京拟对醉驾肇事者终身禁驾，福州将对闹市飙车伤人以危害公共安全罪立案，成都中院开创了将醉驾致4人死亡者判处死刑的先例……

对这样的舆论与判例，人们当然可以发表不同的意见。中国社科院法学所研究员刘仁文先生，2009年7月25日在《新京报》发表《取消“以危险方法危害公共安全罪”》一文，主要观点是：胡斌被判交通肇事罪是适当的，张明宝醉酒驾车也只能构成交通肇事罪，对现在的交通肇事罪进行修改，对严重的醉酒驾车行为以交通危险罪论处。我觉得，在法律修改之前，判决只能按照“罪刑法定原则”在现行法律框架内从重，这是不错的，修法当然要重视法律专家的意见。但是，法学家刘先生也不要太自信，以致轻视民意。

刘仁文的文章称：“对于胡斌飙车一案，笔者从一开始就站在专业的立场表明过自己的态度，遗憾的是，已经沸腾了的民意很难听得进这种声音。”这话我也“很难听得进”。读刘文，我觉得他在自己熟悉的法学某一领域，在法律条文方面，也许很“专业”，但在犯罪心理学和社会心理学方面就相当“业余”，可能还不如常人。

他说："综合胡斌飙车的案情，他主观上虽然存在违章的故意（超速），但对撞死人这种结果的发生应当是持过失的态度的，即他或者疏忽大意，没有预见到这种后果，或者过于自信，以为自己的驾驶技术好，不会出现这种后果。"这话说得好傻好天真！胡斌肯定能够"预见"，闹市飙车不是电玩游戏中的飙车，违章不是好玩的，一旦出事后果难以控制，可能致人死伤，但他并不减速，这就是对事故持放任态度的"间接故意"。说胡斌可能是对自己的驾驶技术"过于自信"，我绝对不信。他难道不知道以那么快的车速飙过斑马线，不论他车技多么好，一旦撞上人根本来不及操控（刹车或避让）？

如果说韩寒参加职业赛车的"飙车"是出于自信，这我信。职业赛车手飙车像攀岩、登珠峰的人一样也知道有亡命的风险，但他们自信可以幸免，或愿意拿自己的命赌一把。甚至醉酒驾车肇事也可以说是"过于自信"，我们知道酒鬼分明喝高了也总是嚷"我没有醉，我没有醉"。但胡斌飙车却不能说是对车技"过于自信"，他是对自己的"摆平"事故的能力过于自信。

事实上若没有这多事的互联网，他飙死人根本不会受严惩。人民网舆情监测室舆情分析师李永刚说，"这是一桩在媒体和互联网上被高倍放大的命案。肇事者的'富家子弟'身份，罔顾他人生命的飙车行为，其同伴冷漠狂妄的表情，加上杭州市警方首次通报称肇事车速仅约每小时 70 公里，肇事者未被及时拘留，以及杭州媒体一度集体失声，让网民和公众从悲痛走向集体愤怒……"在舆论的强大压力下才有了现在的这样一个处理结果。

即便成了"富二代"狂悖的"化身"，成了举国注目的"典型"，他对处理结果也还是很"自信"的，以致近日出庭受审时，刑拘了一个月的他养得白白胖胖，被网民怀疑是替身。没有因为致人死亡而后悔而良心受谴责而做恶梦，更不会被"做噩梦"；也没有被判重刑的焦虑，不会伍子胥般地急出白头发。看来伙食不错，也自信有人搭救，正应了"心宽体胖"的俗话。——请问刘先生，这种"自信"与车技高低何干？

此外，刘仁文的文章说，"如果我们把飙车、醉驾行为扩大解释为'其他危险方法'，那么按照《刑法》第一百一十四条的规定，'以危险方法危害公共安全罪'是要处理危险犯的，也就是说，只要实施了这种行为，即使'尚未造成严重后果’，也构成犯罪，而在目前现实中显然不是这样处理的……”这层意思我也不能认同。正因为“目前现实中显然不是这样处理的”，所以飙车、醉驾才愈演愈烈，所以人们才呼吁加重处罚以示儆戒，才要求让飙车者与酒后驾车者，不等造成伤人的严重后果，就意识到飙车与酒后驾车涉嫌危害（威胁）公共安全而懔然不敢妄动。

自弹

这是一个热点话题。我现在仍然不能认同法学家刘仁文为胡斌等人辩护的观点，我不认专家的辩护是出于理性：一个有意违法去超速驾驶或酒后开车的人，怎么能说只是“过失”（就像不超速不喝酒开车而出了事一样），而没有伤害人的“间接故意”？

但是，我断言胡斌是出于对“摆平”能力的自信，虽然有相当多的生活经验依据，毕竟有点武断。也许后来胡斌本人的说词更可信，即对飙车心怀侥幸。中国人的侥幸心理是很强的，比如我自己掏钱出门坐飞机就不愿买保险，没有儿子催逼坐出租车也不愿系安全带。——从这篇评论可以看出我是一个老愤青。

虽然当下社会令人愤怒的人和事太多，写评论还是要力求避免情绪化。

警惕“顺溜”们僵化的历史观

2009年央视4套正在播出广东卫视刚播完的电视剧《我的兄弟叫顺溜》，大约是全国第三轮播出吧。我在央视八套和一些省市卫视抢播的第二轮后期看了第十集之后的剧集，在广东卫视补看了前面的部分。

《顺溜》真的很好看，顺溜是一个很鲜活的人物。他与《士兵突击》中王宝强演的同是农家出身的许三多一样，憨直、倔强、重情义，一不怕苦二不怕死，但许三多更像阿甘，没有顺溜机灵；而且顺溜更“真实”，他不像许三多那么幸运地一路遇到那么多关照和赏识他的领导，分区司令员陈大雷厚爱他只是因他枪法好而把他当工具，这点在三道湾血战前要他上交那杆先进的狙击枪时，表达得很充分——顺溜阵亡了可以再招兵再挑狙击手，而这杆宝贝枪绝不能丢掉。

编剧朱苏进是作家出身，写过多部中长篇小说，我觉得剧中最有意味的是一场心理描写。陈大雷和他的爱将三营长准备以美食招待大军区来采访的女记者，而这年青貌美的女记者却因采访顺溜未得到配合，正在间接采访顺溜的好友六分区的青年文书翰林。这一对不懂事的知青男女相见甚欢。陈大雷在不远处等得不耐烦，对三营长说：你听，他们两个多小时都没断过笑声！后来报道顺溜的报纸出来了，翰林满心欢喜地拿来念给士兵们听，本该借此激励士气的三营长却忍不住以训斥来扫翰林的兴。男人之间的嫉妒，武人与文人之间的心理隔膜，官与兵的位势落差，等等，表现得很细腻很生活化。

于是，我看了朱苏进的创作谈和相关报道。朱苏进说，顺溜是从他心底长出来的，恰如神枪手顺溜说枪就像从他心底长出来的一样；在这个意义上，可以说“顺溜”即朱苏进。他谈了顺溜为何不得不死的结局，谈了他的“心头之痛”，最不像军人的（既是伪军头目又有国军潜伏执照的）吴大疤拉活得最好。这应该都是很真诚的有现实讽谕的说法，也是该剧能引起今天观众共鸣的地方吧。就像一部表现地下工作者革命理想主义和英雄主义的《潜伏》，却让今天一些人归纳出了互相勾心斗角的"办公室政治"经验,让许多人从特务吴站长等人的"满嘴主义、满嘴生意"看到了今日腐败分子的镜像。这正应了克罗齐那句名言："一切历史都是当代史。"

以上是从观照人性和现实的角度看该剧。但这种历史故事剧，哪怕它是虚构的,也有它的历史观,这是我们不能忽视的。于是,我注意到有采访报道说："朱苏进一向是让记者感到难以接近的作家。有人说他低调,有人说他有军人的固执,也有人说他闷头发财。不管怎么说，他始终没闲着,《康熙王朝》让他大红大紫,被称为'金牌编剧',然后几年,他一头扎进历史剧创作之中,《朱元璋》、新版《三国》、《江山风雨情》等，都引起了不小的关注……"（《黑龙江晨报》7月20日）

《朱元璋》我没看过；写吴三桂的《江山风雨情》我看过一点点；奠定朱苏进"金牌编剧"地位的《康熙王朝》在我看来，绝对不是什么好货色。其剪裁和歪曲历史，美化独裁者、呼唤开明专制的腐朽历史观，配上《向天再借五百年》这首主题曲,表现得淋漓尽致,令我作呕。——这就是本文标题里所谓的"前科"，朱苏进的文化前科。据此，我相信朱苏进做编剧不过是做生意："闷头发财"。这就要既迎合审片人，也要迎合市场，即既要确保某些人心中的"政治正确"，又要符合当下众人的欣赏趣味。

这样一想，再回顾《顺溜》全剧，便发现朱苏进对抗战历史的叙述框架，和我在上世纪60年代看的那许多抗战小说、电影没有什么大的区别：日本鬼子凶残这没得说（否则写得太复杂多面，就会像姜文的电影《鬼子来了》不能合法上映），共产党领导的军队浴血奋战，而国民党政府军则消极抗战，想借日本人之手消灭共军。这在陈大雷和日寇血拼、急待援军，而国军精锐第五十五师却坐视不理那一集表现得酣畅淋漓。洋学堂出身的师长李欢出于中国军人的起码良知,欲出手援陈,长官部坚决不批准；他的高参则劝他说"日本人是我们（国民党）的大敌，共产党是我们的天敌"；而李欢为了自己的前程，最后表示服从蒋"总裁"的"宏图大略"，不打鬼子救新四军。这个关于国共抗战史的基调与文革前的电影《东进序曲》相差无几。

再看这两年大红大火的抗战电视剧，以八路军军官李云龙为主角的《亮剑》、以新四军军官姜大牙为主角的《历史的天空》，以及写国民党赴缅远征军的《我的团长我的团》。《亮剑》、《历史的天空》，与《顺溜》的历史叙事大框架一样，《亮剑》里有个国军团长楚云飞算是中国军人的良知未泯而已。写敌后抗日战场的历史题材，若说与30年前的有什么不同，最明显的就是李云龙、姜大牙这些八路军新四军军官，不再是高大全的英雄，他们身上的革命英雄气概，夹杂着霸气、匪气、草莽气、江湖气，后四气正是当代一些人所崇奉的。还看细一点，知识分子如今不是反面角色了。记得1964年我读的小说《战斗的青春》，知识分子出身的区委书记胡文玉经不起“反扫荡”的考验，当了叛徒和汉奸；而工农出身的游击队长李铁，成了女主角许凤的意中人。而在《亮剑》中，知识分子出身的赵刚与李云龙同样勇敢坚定，成了好战友。没有阶级出身的分野，这算是抗战题材叙述的一点进步吧！

为什么不能正面写国民党领导的政府军的抗战呢？这在政治原则上已没有障碍。早在抗战胜利60周年（2005年）纪念时，胡锦涛总书记就肯定了正面战场和敌后战场两个战场的作用；在实践上更是早就拍过表现国军正面战场的电影《血战台儿庄》。可是，如今写国民党远征军的《我的团长我的团》却不知基于什么考虑，像《加里森敢死队》一样，只用一群有劣迹的角色来侧面表达，激起一些还健在的远征军老兵的抗议。

回看2009年7月16日《南方周末》文化版块做的关于《人间正道是沧桑》的专题，包括《重塑凝聚力要靠电视剧》、《价钱最高的演员还是要演共产党》一组三篇。《人间正道》通过杨立青、杨立仁兄弟等人不同的选择和命运来表现那一段中国历史。报道写该片的精心制作时透露，“戏拍完，粗剪完是56集，经过审查，6集的内容被删掉了。其中包括孤岛时期，担任军统上海站负责人的杨立仁刺杀日本间谍头子郎本的一段打斗漂亮的动作戏。这是历史上的真实事件，但同样的时段里，共产党一方没有能与之匹配的硬戏。杨立仁筹划刺杀的时候，杨立青在抗大当教员，用手榴弹炸鱼改善学员的伙食。审查的时候，刺杀的情节基本上被取掉了。张黎跟审片人一点点磨，最后只保留杨立仁萌生刺杀念头，待到行动地点，郎本已闻风而去。”审片专家说，“对于立仁这个角色要分阶段看。1920年代的立仁是热血青年，所以他会刺杀北洋政府巡阅使，但孤岛时期的立仁已经偏向国民党右翼，表现国民党右翼的抗日不合适。”为了保险起见，制片方用这个精神举一反三，把剧中涉及的正反两方大大小小的人物全部扫描一遍。本来可以成为抗日名将的范希亮享受了和立仁类似的待遇，让他死在了国民党正面战场最惨烈的一次溃败——中条山战役的战场上。

可是，这样的历史逻辑成立吗？蒋介石无疑是“国民党右翼”的总代表，不能表现他坚决抗日的一面，那将怎样把他与汪精卫区别开来？按照这样的逻辑，国民党正面战场还有几场战役可以正面表现呢？

这样的历史思维，我看需要像冯小刚说的，“来一次真正的思想解放”。国民党重新在台湾执政以来，两岸和解，国共两党关系大有改善。其实，在我看来，就是陈水扁的民进党还在台湾执政，我们也应该“大度地”表现中国人共同抵抗侵略者、同仇敌忾的民族大义。

从“开胸验肺”说“煽动”罪的诬妄

河南新密市农民工张海超“开胸验肺”事件终于有了一个他预期的悲剧性结果——承认他确实罹患而不是没有尘肺病。他也讨到了几分公道，此前轻慢延误他的卫生防疫部门的官员和医生以及雇主企业受到责任追究。至于那三个医生与老板之间有无交易、职业病的确认程序是否因此案而得到制度性改善，我看多半会不了了之，因为中国当下的新闻热点太多太多，舆论的关注点很快就会转移，人们不大可能持续追问这事。

我赞赏青年张海超维权有秋菊般的执著。有关部门不算，仅法定职防所之外的医院，他就到过郑州市二院、河南省胸科医院、省人民医院、北京协和医院、首都医科大学朝阳医院、北京大学第三附属医院等多家检查胸肺。我更赞赏他的理性。碰过那么多次壁，他胸中肯定有悲愤，也有过绝望，但他既没有去和拒绝提供相关资料的企业高管拼命，也没有和职防所的医生搞“鱼死网破”的泄忿。他不听医生劝阻，毅然决定“开胸验肺”，以近于自残的悲壮之举，赢得了媒体和舆论的关注，赢来了省部高官的重视和联合督办。

既不忍气吞声等死，也不同归于尽报复，这“开胸验肺”就那么可取吗？张海超的选择悲壮又悲凉，难道就没有合法的途径维权吗？《南方都市报》由张海超事件引发，2009 年 7 月 29 日发表了题为《为肺而战》的专题报道，披露尘肺病人维权路之艰难。他们不仅要与利益冲突的无良资方博弈，还要与本应公正中立的法定职业病鉴定机构，与理应保障劳动者权益的政府安监、劳保部门博弈。可是他们总是孤身无援。不是有工会维护工人权益吗？正如邓玉娇案是在网民的大声呼喊中，身负保护妇女儿童权益之责的妇联才出面表了个态，张海超也是在"开胸验肺"引起全国舆论关注之后,才有工会组织参与联合调查。早先工会干什么去了?

如果张海超不是采用这种令人同情的开胸的个体维权方式，而是串连了该企业别的罹患尘肺病的职工一起行动，联合向老板和有关机构施压，那他是不是就犯了"煽动"罪，就该被司法机关追究刑责呢?

如今在一些官员看来，只要有联合行动之嫌就该打压甚至就是犯罪。你看，石首群体性事件平息不过月余，手持"免责"协议的家属被"秋后算账"，当地官员表示协议只是对"非组织、参与打砸烧的其他行为"不追究,没说对"有组织"等行为不追究。其实,死者涂远高的家属能"有"什么"组织"?据《凤凰周刊》关于石首事件的全景式报道，涂家人实是被当地众多工人、村民、市民的积怨所"裹挟"，事发次日就欲罢不能。

一些地方官员推卸自身责任，弹压群体性事件的口头禅就是"煽动"。这个说法当然是很弱智很可笑的。为什么你掌握了强大的宣传机器和组织能力，有功率强大的"鼓风机"却鼓动不了群众，而几个人一"煽"群众就"动"，难道他们个个都是手握鹅毛扇胸有百万雄兵的诸葛亮?早在去年瓮安事件发生时，贵州省委书记石宗源就指出，要打破群体性事件是"不明真相的群众在少数坏人的煽动下"发生的公式。

然而，这样的弱智老谱还在被一些官员袭用。通钢工人抗议重组，打死建龙集团派来的总经理,吉林省国资委副主任王某通报经过说,这是"有些人挑拨、煽动群众不满情绪"; 2009 年 7 月 28 日温州市约三分之二出租车停运，温州警方称，此事系少数安徽籍出租车司机为主的人员煽动造成的，已经依法传唤 8 名违法嫌疑人……

这种"煽动"论(阴谋论)不可能塞天下悠悠众口，也解决不了问题。假如通钢不愿改制重组的职工，可以通过代表他们利益和心声的工会组织出面表达诉求，假如温州的新骆驼祥子们可以成立自己的工会或者当地工会肯出头代他们交涉，他们还用得着谁来煽动，还会被轻易煽动吗?合法的表达渠道不畅，"煽动"才能有人动，这是明摆着的逻辑!所以，"煽动"一词还是少说为佳。

“雷人”的官员电能从哪里来

我们的先人赌咒发誓时，说自己若存心骗人或施行不义就受报应遭雷劈，可见先人们认为雷神是代表正义的；古罗马神话中诸神之王宙斯的武器就是雷电，雷电代表权威。“雷人”则是网友创造的新词语，它显然与古人的用法不同，但与“雷”的本义有关，指使人受到强烈震撼，令人震惊，一般用于贬义。

2009 年一些“雷人”的官员语录，越来越多。仅流传广泛到我这个不常上网的人也耳熟能详的就有好几段——是“段子”的“段”，但与“段子”不同的是出自新闻报道，“创作者”本有名有姓却无意于出名。

先是 2009 年 3 月全国“两会”期间，《财经》杂志记者去政协中共组所住宾馆采访某省政协主席，问对方怎么看待要求领导干部公示财产的人大代表提案和社会舆论，回答是“如果要公布，为什么不公布老百姓财产？”这个反诘把许多人雷得发呆，有网友带头公示自家的收入财产，并号召大家都来公布自己的财产，为官员们做表率；然后一幅恶搞的漫画《脱吧，到你了！》受到舆论热烈追捧。那位主席同志居然讲出这样的话来，岂不是把自己“混同于普通老百姓”，甚至要“做群众的尾巴”？我觉得他本无恶意，只是养尊处优惯了，不读书不看报不了解世界潮流，离开了秘书拟稿根本不知道如何得体地回答问题。而记者和众网友却知晓公示官员个人财产是民主国家的惯例，且具备了强烈的包括知情权、监督权在内的公民权利意识。二者之间认识反差巨大，所以才有说者无心、听者震惊的戏剧性效果。

接下来是郑州市规划局副局长逯军，2009 年 6 月，训斥前去采访征地纠纷的中央人民广播电台记者“管闲事”，质问说：“你是准备替党说话，还是准备替老百姓说话？”逯军此言，对记者而言是一鸣惊人的新闻，因为记者受教育的新闻学理论一直是讲“党性”和“人民性”的统一，共产党的宗旨是全心全意为人民服务，除了人民的利益没有自己的特殊利益。资深官员、“知识化”官员逯军何出此言？他当然不是中了林语堂等英美自由派的毒，认为执政者与民众在权利平衡上如拔河般有着天然的敌意，而是拉大旗做虎皮狐假虎威惯了，以为这么一咋唬记者就服软了，却忘了北京记者不在他的势力范围，一时摆不平，而人家正在抓反新闻监督的“现行”呢。让众人震惊和愤慨的是，逯军说话居然这么赤裸裸，一副“朕即天下”、老百姓根本不配有人替他们说话的口吻。这与50年前“反右派”时反对某个党员领导就是反党的逻辑同出一辙，但又有新时代的中国特色，即，既不像毛泽东时代有“群众运动”让官员怀后顾之忧，又没能实现法治让官员心存敬畏。这是逯军们咄咄逼人地发昏的社会条件吧。

更雷人的“官话”出自河南省南阳市。市民王清向上至市政府下至一个区的蔬菜办公室共181个行政部门，提交了7项政府信息公开书面申请。他想知道当地政府各部门的“三公”消费——公款吃喝招待、公车消费和公费出国的信息，结果在第一个单位就遭到棒喝：“毬信息公开，这里没有什么信息可公开！”我感觉王清对碰壁有心理准备，因为此前就有上海等地的民间人士向政府部门申请过信息公开，少有达到目的的。他就是想循名责实，逼政府官员依法行政，我把这叫“公民行动”，您说他是在搞“行为艺术”也可，反正是意在促进中国社会的民主进步。当地官员认为他是在“拿着鸡毛当令箭”，鄙夷地骂出脏话，我认为他们是有底气的，而且底气十足，而且并非完全没有道理：政府信息公开条例是面向全国的，凭什么别人都没实行而你王清要逼我们实行？南阳市上面还有省和中央政府两级，它们没有实行，怎么追究我们下面没实行，你有本事去上告呀！

写到这里只分析了三例，本文篇幅不够，化用老托尔斯泰的句式来说：不雷人的电能都是相似的，雷人的各有各的电能。

下面请试分析：“我们只讲党性不讲人性，拆！”这句话何以雷人。典出人民网，说的是2009年7月23日下午，披露者在湖南省衡山县店门镇桂花村看到惊人的场景，田野稀稀拉拉的搭着几十个棚子，好像刚刚发生了特大地震似的，几百村民生活、露宿田野。“经了解，出现这个场景，源于店门镇周建国镇长的一句‘我们只讲党性不讲人性，拆’的指令。”为的是给衡阳至南岳的高速公路建设让路……

中国的心病

1998年教师节那天我躺在医院输液，把电视中歌咏教师的一组节目，在不同的频道听了两遍。压轴的那支歌《长大后，我就成了你》，听得我凄然欲涕：

> 小时候，我以为你很神秘，让所有的难题都变成了乐趣。长大后，我就成了你，才知道，这支粉笔画出的是彩虹，洒下的是泪滴。
>
> 小时候，我以为你很有力，你总是把我们高高举起。长大后，我就成了你，才知道，这讲台举起的是别人，奉献的是自己。

这是一支忧伤而哀怨的歌。我念过师范学校和师范大学，当过教师，我的许多老同学仍然坚守在教师岗位上。我知道他们都像这首歌的抒情主人公一样，对教师职业充满了感情，而又对当下的处境觉得无奈乃至伤心。我曾为自己大学毕业后未能分配到大学任教而遗憾；如今看一看在大学任教的同学生存的境况，我真该为自己没有从教感到庆幸了。教师节那天中央电视台的《焦点访谈》，播出了北京几所名牌大学中青年教师住房逼仄的惨况，我知道那种状况相当普遍，用“令人寒心”四个字形容绝不夸张。一个有博士学位的教师的住房，不仅比不上在烟草专卖局、银行系统等垄断行业工作的小青年，甚至比不上在一般企事业单位工作的同龄人。

教师生存条件的窘迫，不过是中国教育陷入窘境的一个具象性的侧面。“教师”这个职业，不仅失去了物质上的相对优裕，变得不体面（当时一个大学教授的相对生活水准，远远比不上电影《早春二月》中那个二三十年代的小学教师萧洞秋），更严重的是，“教师”正在失去尊严，在我们这个有尊师传统的国度似乎已变成了众人怨恨的对象。师德越来越差，学校乱收费愈演愈烈。作为新闻工作者，我是有一定社会地位的。儿子在武汉上的是名牌小学，他一至四年级的语文教师兼班主任是市级优秀教师，却从未见她批改过一次儿子的语文作业，都是布置一大堆练习，让孩子们第二天互相检查；转学到广州念初二，按户口所在地就近插班，交了三千元插班费还确实是优惠价，而至今未得到任何收据。许多家长都觉得孩子是教师和学校的“人质”，他们说一不二，家长不敢稍有违拗。

不必讳言，教育领域问题多多，正在成为中国人的心病。中国人自古以来有重视教育的传统。每个家长都渴望自己的孩子受到良好的教育，成龙成凤。以陶渊明这样的隐逸人物，一方面欣赏“不知有汉，无论魏晋”那种弃圣绝智的世外桃源生活，另一方面却写下《责子》这样的诗篇，对“虽有五男儿，总不好纸笔”的不肖后代深表失望。俗话说“谁人不望子孙贤”，可是如今的“子孙”却叫为人父母者心焦。心疼孩子如牛负重，担心孩子受歧视、走邪路，输在“起跑线上”；节衣缩食，筹措交不完的费用，从孩子上幼儿园到选择中学、报考大学，每一道门槛都令当父母的心悬悬意惶惶……以致一些青年男女目睹此情此景相互劝诫不要生小孩，以免自套枷锁。

据说，教育的根本目的就在于提高全民族的素质，在于“立人”、“立国”。“立人”既有问题，“立国”也就可忧。中国人的心病，亦即中国的心病。《世界史纲》的作者韦尔斯说：“整个人类的历史基本上是一部思想（思维）的历史。今天的人类和克罗马农人（旧石器时代晚期新人，欧罗巴人种祖先之一）之间体质和心理上的差别很小；他们本质上的区别在于插入其间的五百或六百代的时间里，我们所获得的心理背景的宽度和内容。”而在今天，人们思想（思维）的发展，心理（文化）背景的转换，不再是靠千百年的日积月累和一代又一代缓慢地演进，而主要是靠教育来完成，在全球进入信息时代、网络时代、数字化生存的当下尤其如此。

从日本的“伏尔泰”福泽谕吉的自传，我们可以看到，在明治维新之前即一百三十多年前，日本社会粗通文墨的人也少得可怜；从“圣雄甘地”的自传，可知百余年前印度是个文盲充斥的国度，连甘地的父亲这样做邦国之相的高级人士也不辨之无。与有悠久文化教育传统的中国相比，它们简直是蛮荒之地。孰知才几十年，它们的国民教育事业已走到中国前头。日本不用说了，印度这个深受人口过多之累的国家，拥有大学文化者的比例也远远高于中国。

在一定的意义上说，教育的危机就是中国的危机；反过来说，中国的危机是教育的危机，也未尝不可。

中国的教育到底该怎么办？为什么喊了这么多年尊师重教、科教兴国却不见起色？这是所有关心中国命运与前途的人都在关心与思考的问题，不独是有子女在上学或要上学的人们。

告别“翻身”观

——论“公民”与“战士”的分别

拙稿《一个公民的杂文写作》在《杂文选刊》上发表后引起了一些争论。对于非学术的批判我无暇理会，对于“公民写作”的概念，我也不愿再多加申述，只想重新确认一下：“公民”是一个宪政框架下自我定位的概念，若以“世界公民”之类广而言之，则与“人”是等价的，所谓公民权即为国际社会包括中国政府承认的基本人权；“公民写作”应该是一切非职务写作的共识，它的内核是独立的人格，是“循名责实”的“依法维权”；它强调的“我手写我心”本身就是一种个人化写作立场，若涉及公共事务领域、就以社会批评为己任的杂文而言，它又是一种公共性写作；“公民写作”与“平民写作”和“知识分子写作”并不是对立的，只是相比较而言，它不带民粹主义或精英主义色彩，不像后者有互相贬低和排斥的意味。

这篇拙稿一不小心卷入了持续多年的鲁迅与胡适的高下之争，而我明显带有先胡后鲁倾向，这是需要进一步阐释的，也是本文写作的直接动因。至于搬用鲁迅当年嘲骂胡适的“焦大”形象来批评我，我倒愧不敢当。首先，我从未曾“英雄”过，所以不存在“到老变焦大”的问题；其次，焦大酒后吐真言，把贾府上上下下骂尽，而我没有这分豪情和胆量，更无这样的光辉实绩。

问题出在我说：“与‘公民’相对立的有四种人：一是奴才与驯服工具，在古代为奉旨骂人的阉奴与为帝王解闷的优伶，在当代为‘梁效’、‘罗思鼎’之流；二是蛊惑人心的阴谋家和只为发泄仇恨的暴民；三是自以为高明的‘王者师’与‘传教士’，以教诲人为职掌；四是不甘心做奴隶的反抗者，鲁迅就是第四种人……”我在写下这段文字时有过犹豫，即把这些人“相提并论”是否合适？如果单独地评价这些人，他们有极大的差别：太监本身有好坏；优伶里面有正直的智者；自以为是的“王者师”往往人品极高，只是有些迂阔；至于传教士，更没得说，是促进中国走向现代化的先驱。从语感上讲，将这些人一勺烩，且将鲁迅搅和在里头，有大不敬之嫌。但是，冷静地辨析体察，用现代宪政理念来审视，这些人确有一个共同点：不可能有或没有现代公民的自我定位。对于“晚年”或者说思想定型期的鲁迅来说，他的自我定位就是精神界、文化界、思想界的“战士”，如拙稿所述，他“意识到自己被压迫者的地位，用‘奴隶的语言’来抗击压迫者，所以他自比为‘战士’，要打‘堑壕战’，用杂文作‘投枪’、‘匕首’，进行韧性的战斗”。

为什么说“他的自我定位是他所置身的那个时代使然呢”？上世纪20年代后期，资本主义陷入世界性危机，外人看到的苏联的景象却是“欣欣向荣”，知识分子向左转是全球性潮流，一向关心被压迫者与被压迫民族的鲁迅不免为时代潮流所裹挟，相信只有像苏联那样通过阶级斗争，实行劳农阶级的专政，人类社会才有光明的前途。左翼作家奉他为精神领袖并未看错人。至于，鲁迅若活到中华人民共和国成立后，会是什么样，这是一个永无答案的千古之谜。刘亚洲在甲申（2004）年所作的《沫若祭》一文中写道：“鲁迅没有生活在领袖的阳光下。倘若他活到那一天，会变成什么样，难说。人人都说，倘若鲁迅还活着，必然会被打成右派。可是，死了的鲁迅却曾被用作打右派的棍子，难道这全是偶然？”我们可以补充说，到了“文革”，鲁迅被捧到仅次于毛泽东的精神偶像地位，难道事出无因吗？这个“因”便是鲁迅信从了你死我活的阶级斗争和“劳农专政”理论，这与他以“战士”自我定位有内在的联系。

阶级斗争、阶级专政理论，用“文革”中我们常念的口号讲，即两个“决裂”、彻底砸烂旧制度旧文化，而最形象的表述是“翻身”一词。“闹革命”就是为了“翻身”得解放。什么叫“翻身”？还记得我们小时候打架吗？一个男孩把另一个男孩压在身下，搏斗，忽上忽下，被压在下面的猛然反过来，将对手压在地上，这就叫“翻身”！奴隶的反抗，被压迫者的反抗，叫“革命”也罢，叫“翻身做主人”也罢，叫“专政”也罢，就是这么一回事；一个也不宽恕，痛打落水狗，绝不让对手站起来享受平等的权利，就是这么一回事。这种奴隶的反抗，“战士”的反抗，与主张平等的权利，要求建立一个没有压迫者，只有自由、平等、博爱、民主、法治的社会制度的公民的诉求，思路差距岂可以道里计！

早年的鲁迅，写《阿Q正传》时的鲁迅，曾对暴民式的反抗、奴隶式的发自本能的反抗，有过辛辣的嘲讽。你看——

> 阿Q的耳朵里，本来早听到过革命党这一句话，今年又亲眼见过杀掉革命党。但他有一种不知从那里来的意见，以为革命党便是造反，造反便是与他为难，所以一向是“深恶而痛绝之”的。殊不料这却使百里闻名的举人老爷有这样怕，于是他未免也有些“神往”了，况且未庄的一群鸟男女的慌张的神情，也使阿Q更快意。“革命也好罢”，阿Q想，“革这伙妈妈的命，太可恶！太可恨！……便是我也要投降革命党了。”
>
> 阿Q近来用度窘，大约略略有些不平；加以午间喝了两碗空肚酒，愈加醉得快，一面想一面走，便又飘飘然起来。不知怎么一来，忽而似乎革命党便是自己，未庄人却都是他的俘虏了。他得意之余，禁不住大声地嚷道：“造反了！造反了！……”

这阿Q的反抗与“革命”，不过是要“翻身”做赵老太爷，让全未庄的人像自己从前敬畏赵老太爷一样敬畏他阿Q,让他自己过“革命”前赵老太爷那种“我要什么就是什么,我欢喜谁就是谁”的日子。从对以暴易暴、改朝换代阿Q式“革命”理想的嘲讽，到倾向于这种“革命”理论，鲁迅的思想有一个转变的过程，其中包括被苏联的“革命成功”假象所蒙蔽的因素。

可惜的是，鲁迅其实没有晚年与思想成熟期，而不幸病逝于50多岁的盛年。假如他经历了“洗澡”、“反右”、“文革”等一系列思想文化专制的洗礼，假如他读到赫鲁晓夫的“秘密报告”，经历了对苏联和斯大林主义的幻灭，我宁愿相信胡适的判断，以他的独立人格与倔强个性是不会屈服的，更不会充当御用文人，而宁肯坐牢、杀头。

逝于30年代的鲁迅的思想局限是勿庸讳言的。同时，我仍然相信鲁迅对中国文化的批判是犀利、深刻、独到的，功不可没，迄今无人可及。我理解这种批判有过激的一面，有心理“阴暗”（即鲁迅自己说的“鬼气”）的成分，鲁迅的性格本身也确有多疑的一面（程度略轻于《狂人日记》中狂人的被迫害妄想症），为人处世不如胡适的光风霁月，但我不大能认同当下那些鼓吹文化保守主义、清算“五四”新文化运动的朋友，对鲁迅价值的过多否定，而相信胡适对鲁迅的感觉与“预言”。

邵建在《公民与公民写作》一文中，对这两个概念有相当到位的表述。他认为鲁迅与胡适“尽管都是抗争，抗争与抗争却不一样”。我认为，胡鲁二人的大目标是一致的，都是追求民主自由，都渴望提升“人”的价值与尊严，但选择的路径不一样，对现实的基本立场因此有很大的差异。胡适的写作更接近我们今天所说的“公民写作”，即对现实虽持批判态度，却不认同“翻身”闹革命，而持改良、改革、改造现实的立场。在军阀混战的1926年，张季鸾在新记《大公报》宣布“四不”方针时，提出“纯以公民之地位发表意见”；抗战胜利后，国共内战时，《大公报》1948年1月8日在表明立场的社评《自由主义者的信念》一文中，宣称大公报同仁“反对任何一党专政”，他们服膺的“自由主义”，可以换称为“民主社会主义”，断言“任何革命（国共两党都标榜‘革命’——作者注）必须与改造并驾齐驱；否则一定无济于事”。大公报人的立场是否完全正确可以讨论，但他们关于“任何革命必须与改造并驾齐驱；否则一定无济与事”的体认，今天证明是多么富有先见之明！

我是尊敬鲁迅的。我曾在鲁迅逝世60周年时，在《南方周末》发表过专栏文章《鲁迅，伟大的爱国者》；1998年9月11日又在《南方周末》写过一篇《乌烟瘴气X作家》（惊诧于一位当代著名中年诗人，居然不理解鲁迅关于“只读外国书，不读中国书”、“五千年只看见吃人”的激愤言辞，骂鲁迅是误人子弟的鸟导师）。迄今，我仍然认为鲁迅对中国的专制主义文化与“国民劣根性”的批判，是富于启迪意义的，他的风骨当永为后世的楷模。但是，任何思想、主义乃至风格流派都要经受社会实践的检验，都可以创造性地加以批判发展。为什么21世纪的我们要对鲁迅搞“凡是”呢？

其实，我是不愿卷入胡鲁之争的。就是“公民写作”、“平民写作”、“知识分子写作”之类，也不过是一种观点，一种说法，不妨并存；我并未想拉杆子，扯旗号，招兵买马一统江湖。我自然不属于“下半身写作”派，但我特别欣赏“下半身写作”的代表作之一，女诗人尹丽川的《为什么不再舒服一点》：

哎，再往上一点再往下一点
再往左一点再往右一点
这不是做爱，这是钉钉子
再温柔一点再泼辣一点
再知识分子一点再民间一点
为什么不再舒服一点

怎么舒服怎么写，“我手写我心”，这就是最高的写作境界！

“建设性”是嘛玩艺儿

下面是我近日看到的，几家“主流媒体”联合举办2003年新闻评论最佳作品的评选启事中，关于“评选要求”的表述：

> 好的新闻评论能为变革加油，更能推动社会点滴进步。在新闻评论的导向上，我们提倡文章的“理性和建设性”，追求“主流、建设性、影响力”的观点，为民生代言，为时局建言。对于只有“挖苦嘲讽”，而无“建设性”；只有“攻击和审判”而无“说理反思”的文章，我们持拒绝态度。“如同浮躁空气中一股清新的风”，这是我们推崇的和找寻的“年度最佳”。

我读了十分反感。虽然一再告诫自己这年头“和气生财”，不要四面树敌得罪人，但想起来就恶心，憋着不舒服，顾不了许多，还是要说出来。自忖我一无红黑两道的权势，二无可转化为权势的财富，也就说说而已，人家该怎么做还怎么做，根本不存在什么宽容不宽容的问题。

不过，首先，我愿满怀善意，将提倡这套评论理论的动机理解为一种生存与经营策略，为的是规避政治风险（同时也是规避商业风险）。我明白，我们的评论者现在还不可能像李敖或发达国家的作者那样，不假辞色地直呼其名给某个高官“上课”，像龙应台那样放文化“野火”也凶多吉少。可是，倘若为了安全不得不像唯恐掉了乌纱帽的廷臣进谏一样态度谦卑字斟句酌地避免“恶攻罪”，那就该只做不说，至少不该这么义正词严，仿佛天下本该如此。中国有句古话叫“久假不归”，用马克思的话来说，就是“幌子一经合法化，那就糟糕透了”。

有人学习马克思主义的新闻观，我看是白学了。这个“评选要求”的口吻就活像马克思痛斥的“普鲁士最近的书报检查令”。那检查令规定作者行文要“严肃和谦逊”，这“评选要求”将“挖苦讽刺”都视为大忌！如果对于炮制“处女嫖娼案”之类的丑闻，我们居然连冷嘲热讽的权利都被剥夺，对草菅人命致使孙志刚、李思怡惨死之类的恶行，我们用文章“攻击和审判”（所谓口诛笔伐）都不容许，那还算是生活在人的国度吗？还写TMD的什么鸟文章！

请记住《马克思恩格斯全集》第一篇、马克思《评普鲁士最近的书报检查令》里的话：

> 爱国者的尖锐就是一种神圣的勤勉，他们的热情就是一种炽烈的爱，他们的傲慢就是一种自我牺牲的忠诚；这种忠诚是无限的，因而不可能是温和的。

其次，我想说，我在这里讨论的是评论理论问题，要驳斥的是那些似是而非的口号，但理论不等于实践，我批驳某种旗号并不意味着整体否定打出这旗号的媒体。比如“理性，建设性”是《经济观察报》的口号，我讨厌它，但我还是比较喜欢看该报言论的。

言归正传。

我整个儿讨厌“主流，建设性，影响力”这面旗帜，就像我讨厌装腔作势骗人的道士手执的驱鬼役神的令旗。

先说较少讨厌气味的“影响力”。这是个暧昧的词儿。文章拿出来发表当然是希望有影响力的，但首先是自我表达，如鲠在喉，不吐不快；“影响力”大当然好，但那是第二位的，顺其自然。若去“追求”，那就难免言不由衷，存心媚俗，所谓吸引眼球，制造轰动效应是也。好文章不一定有影响力，正如爱因斯坦的相对论在当时能看懂的不过数人，凡高、曹雪芹活着时的“影响力”几乎为零。木子美的性交日记影响力大得很，她脱下的裤衩成了许多网站招摇的旗帜，我看这影响力还是小一点好，在成年人圈子里讨论比较合适。其次，作者、编者心中要“影响”的对象是不尽相同的。有启蒙派要影响民众；有学院派要影响诺贝尔奖评委；有奏议派要影响政治决策层。各媒体读者定位不同、势能有大小，覆盖面有广狭，发表后机缘有优劣，将“影响力”作为判别文章本身高下的尺度是不公平的。特别是，评选本身是再传播的过程，如文章发表在“小报小刊”

影响力不大，通过评奖把它的“功率”放大，岂不善哉！

再说“主流”。我鄙弃这个词，就像鄙弃一切趋炎附势或自命不凡的无耻小人。说自命“主流”者堕落吧，他高尚过吗？说他“下流”吧，他可是以主流乃至上流睥睨天下的。只能说是无耻。人的本性有同情弱者的一面，孟子所谓“恻隐之心”人皆有之；中国的传统文化要求“富而不骄”、“富而好礼”，鄙弃“嫌贫爱富”；中国正直的知识分子一向是鄙视投靠权贵做“帮闲”的。现在却有一帮人动辄夸炫自己跻身于“主流”了，不是鲜廉寡耻吗？

我们知道，媒体有双重性质，一是信息文化商品，二是社会舆论平台。作为前者，可以选择自己的市场定位，面向特定的社会群体，出于商业目的要跻身“主流”无可厚非。何况，从司马迁到李贽，早已阐明趋利避害乃至趋炎附势是人的本能，即俗话所谓“人往高处走，水往低处流”（关键在于社会制度以什么样的利害来诱导众生）。然而，媒体作为社会公器，作为有良知的公共知识分子表达社会关怀的平台，作为达成社会生态平衡最有力的工具，它有责任为被边缘化的人群，为弱势群体，为“沉默的大多数”代言。普通民众从理论上讲自有他们表达意愿的方式，比如宪法赋权的和平集会请愿、游行示威以及歇工，等等，在正常情况下他们会用这种“行为语言”来表达诉求。但在目前的国情下，他们连上访都困难重重，连“尸谏”的权利都没有，就特别需要有一定话语权的媒体与作者来为他们讲话。开口闭口自己是“主流”，真的是否尚难说，其意欲挤进权势集团、“既得利益集团”而分一杯羹的心思则表露无遗。从前，毛泽东将知识精英喻为附工农之皮的毛。现在政治精英与经济精英结盟已是不争的现实，数不尽的权钱交易是隐性的表现，官员出面“招商引资”奉老板为上宾；一些地方的司法机关专门出台为“企业家”犯罪开脱的地方法规，却不想费力为民工讨工资等是显性的表现。而我们一些知识精英，急于附上这张皮，将应有的独立品格、自由精神毫不迟疑地扔到垃圾坑去了。“主流”，“主流”，随波逐流，管它“流”到哪里去！

马克思主义认为，一切社会占统治地位的思想只能是统治阶级的思想。这也可以表述为，占主流地位的思想只能是主政者的思想。奇怪的是，这些年来文艺宣传“战线”的“主旋律”作品，作者并不以“主旋律”自炫（虽然他们为争“五个一工程”奖，为上央视黄金时代，悄悄地写着主旋律作品），说XX

是“主旋律”，作者还仿佛很委屈；独有新闻界（往往并非喉舌、尚无机关报政治权威的媒体）以“主流”或济进“主流”为荣，叫我好生不解。

秀才买驴费辞多，最后才来说“建设性”这头蠢驴。

2003年11月份的《解放日报》报道了在上海召开的一次新闻理论研讨会。有新闻传播学教授在会上提出要重新解释“正面报道”。大意是说，不能认为只有歌功颂德的报道才是“正面”的，那些揭露和批判腐败丑恶现象的文章，所具有的维护社会正义与良知的作用，难道不是正面的吗？这样解释，可以剥夺钳制新闻舆论监督者的口实，这是对现行宣传理论的非离经叛道的突破，值得欢迎。

然而，就在有良知的人们苦苦寻觅新闻理论突破的同时，新闻传播界有些人却自制了一顶隐含紧箍咒的花帽当时尚饰物戴将起来了,这新花帽就叫“建设性”。

“建设性”是个嘛玩意，也没有定义，只可意会不便言传。从与之对应的反对挖苦嘲讽、反对“攻击和审判”，揣度其涵义，借用一位作者的比喻，大概是要时评作者把自己当做政协委员，心平气和地拿出建议性的提案来吧。

可是,凭什么断言“攻击与审判”就一定不具“建设性”呢？先举两个古例。海瑞借老百姓的顺口溜“攻击”横征暴敛的嘉靖皇帝是“嘉靖嘉靖，家家皆（搜刮干）净”，其言对革除苛政解民倒悬不是很有“建设性”吗？雒于仁上书“审判”万历皇帝，说他不理朝政、沉湎女色、强征矿税、酷虐进言者是“酒色财气”四病俱全；他欲挽朱明大厦于将倾，其“建设性”之赤诚天日可鉴。今例如香港一向温文尔雅的《信报》不久前发表一社评，题为《酱缸思维混账逻辑》，批驳一位高官的谬论（因为我的使命尚未完成，所以我要连任），说民主体制下是选民决定官员去留，不是你想留就可留的，你的使命未完成根本不能构成留任的理由，难道你永远完不成就应该永远干下去吗？耳提面命给这位高官补宪政课，让他头脑清醒，这怎能说没有“建设性”呢？

所谓“建设性”可用“立”来代换，相应地“批判性”就是“破”了。破与立的关系，就评论而言有三种：一种是只破不立，即只指出问题，揭出弊端，不开药方。这不可以吗？谁都知道，癌变的早期发现很重要，操控仪器搞体检的人就是只查出病变，而由别的专科医生来开处方或动手术。为什么评论天下事就非要一个人包办到底不可？言论自由不就是七嘴八舌、集思广益吗？一个人说完，不容（用）别人置喙，这种要一人包打天下的思维，不仅是不近情理的求全责备，更是在专制主义酱缸泡得太久而染上的恶疾。

第二种是亦破亦立，破即是立。比如孙志刚案中，人们谴责强制收容遣送制度的侵犯人权，同时也就是要求废除该制度。恰如0℃中“0”是一个数字，并非无温度一样，废除了这个不人道制度，也就是“立”了一次无形的人权观。

第三种是已立后破。中国的许多事情是非本来是极分明的，对外开放以来那些具有普世价值的观念比如民主、法治、人权等已深入民心，也就是说观念上已“立”起来了，可以借鉴的样板也多“立”在视听可及之处。然而有些人为了维护既得利益或谋求特殊利益，装聋作哑假痴扮癫我行我素。这种装睡叫不醒的人，并不需要苦口婆心去说理，而要一针见血点破他们的诡计，要大家齐声“吼”，惊破他们的美“梦”。总之在中国要搞市场经济、民主政治的大目标“立”起来之后，更多的是要破除种种障碍，做好清道工作。在这种情形下，岂止需要尖酸挖苦，还要大义凛然的谴责。什么时候中国有左拉这样的作者和媒体，能对践踏法治者发出《我控诉》之类的愤怒呐喊，当可作为我们民族与国家进步的一座里程碑。

说了这么多，我并不想改变那些“揣着明白装糊涂”的聪明人。人各有志，对于魏忠贤、李莲英们为了出人头地而净身的选择我也是理解的。在这个价值多元的时代，只要不直接违法，每个人都有权选择自己的道路与旗帜。我只是不想让那帮聪明人把中国的水搅得一团污浊，还自以为得计。

附记

这篇文章写得激情澎湃，是因为胸中积蓄了太多想表达的情感，正好找到了一个爆发口。文章发表后引起了热烈的讨论，当然是有支持有反对。难得陕西卫视《开坛》节目的制片人理解我，请我去做了一期专题节目，临时来替场的主持人也心有灵犀，能说出合我心思而我一时找不到合适词语的话。

说到底，我争的是公民的言论自由，警惕以任何名义给发言者戴紧箍咒。

21世纪的“新乐府”
——我的“时评”观

一、“时评”的定义

“时评”是“时事评论”与“时政评论”的略称。这个定义明确地把它与“新闻评论”和“杂文”区分开来。它包括“新闻评论”，或者说“新闻评论”是它的“子集”，换言之，“时评”可以取材于新闻，“被动”地对新闻事件和人物发表议论，也可以不依傍“眼前”的新闻，而就“身边”事、“心头”事发表意见，只要是关于当下的（现在进行时）意见，就是“时评”。新意见、新观点、新见解本身就是新闻，是可以独立于新闻报道之外的“新闻”，并不是新闻报道的附属品或副产品。《美国新闻史：大众传播媒介解释史》（[美] M. 埃默里、E. 埃默里著，展江、殷文译，新华出版社第八版）的《原序》说：“新闻史就是人类长期以来为了传播而进行斗争，即发掘和解释新闻并在观点的市场上提出明智的见解和引人入胜的思想的历史。”请注意这个新闻史定义中“传播”与“观点的市场”两个词语的联系。约瑟夫·普利策说：“倘若一个国家是一条航行在大海上的船，新闻记者就是船头的瞭望者。他要在一望无际的海面上观察一切，审视海上的不测风云和浅滩暗礁，及时发出警告。”由于这样定义新闻记者与新闻的概念，即“瞭望者”、“观察”、“警告”，所以发达国家的新闻基本上只有所谓“负面报道”和预警性的批评意见。普利策讲的新闻与新闻记者当然是广义的，包括撰写社论与时评的新闻从业人员，也包括“来论”、“读者来信”的作者。独家发现与选择新闻事件是“观察”的结果。发现问题并为之发表独到的看法，不是更加需要“观察”吗？我在这里特别强调时评作者“主动”的“观察”，就是要驳正那种将“时评”等同于“新闻评论”的观点。当下中国传媒包括报纸与网络上的“时评”,太“急功近利”赶“热点”了,“时评”成了进行新闻炒作、吸引眼球的工具，只要对新闻的评论，排斥独立观察提出的问题和见解，而只闻“喧哗与骚动”，使人难免有泡沫化的感觉。

“时评”与杂文的区别应当是很容易的。它们是两种独立的文体，时评属应用文体，杂文属文学体裁。它们有“交集”。写得有文采的应用文就是美文（散文），古代美文经典《古文观止》即是显例，其中包括序、论、书信、墓志铭，等等；而思辨性特别是批判性的散文就是杂文。有些“时评”嘻笑怒骂皆斐然成章，就是“杂文”；反之，取材于新闻及关乎当下时政的杂文就是“时评”，取材于一般的生活与人生感受与历史掌故之类的杂文自然就不是“时评”了。

我说“时评”是21世纪的“新乐府”，包括两层意思。

第一层是借用唐代诗人白居易发起“新乐府”运动的本义：“文章合为时而著，歌诗合为事而作。”白居易的这种观念源于中国文人士大夫“穷则独善其身，达则兼济天下”的政治道德情怀,以及“文以载道”的文学传统。在文化多元化、价值多元化的21世纪看来,这种文章观自然是狭隘的。人家要写“小女人散文”，要搞“身体写作”，只要不犯法，谁都无权强行禁止（但有口“诛”笔“伐”即发表反对意见的权利）。可是,选择做“时评”,你就得“为时而著”、“为事而作”。白居易在《策林六十八：议文章碑碣词赋》中以设问阐述“新乐府”运动的缘起说：“述作之间，久而生弊，书事者罕闻于直笔，褒美者多睹其虚辞。今欲去伪抑淫，芟芜划秽，黜华于枝叶，反实于根源，引而救之，其道安在？”我们今天有无书事者罕闻于直笔,褒美者多睹其虚辞的积弊？要不要“去伪抑淫（词）、芟芜划秽”？答案是肯定的。白居易发起“新乐府”运动，是针对粉饰太平的虚辞泛滥，担心假话“若行于时,则诬善恶而惑当代；若传于后,则混真伪而疑（于）将来”。今天，每一个正直的公民，无不怀着同样的隐忧。

毛泽东是不喜欢白居易的。他说唐代诗人，他最爱“三李”，“不愿看杜甫、白居易那种哭哭涕涕的作品，光是现实主义的一面不好，李白、李贺、李商隐，要搞点幻想”（1958年1月在南宁会议上的讲话,见陈晋著《毛泽东的文化性格》）。即使实践证明所谓“大跃进”是浮夸蛮干、“人民公社”是乌托邦的幻想，所谓“三面红旗”带给亿万中国人民的是三年大灾害，他仍然坚持批判彭德怀元帅带哭腔的“鼓咙呼”，公然赞赏那些美化现实的“太平调”，并将 1961 年 12 月 28 日《光明日报》上发表的两位著名民主人士的三首颂歌,在 1962 年 1 月的“七千人大会”上当文件印发。(以上见《社会科学论坛》2003 年第 11 期散本作《诗与史：关于 1961 年毛泽东喜爱的几首诗》)应当承认，正如卡耐基所言，喜欢奉承是“人性的弱点”，掌权者不会有喜爱“直面现实”的天性。正因为如此，文化人，尤其是时评作者，特别需补人性之阙，拾社会之遗，去伪除秽，而以直言谠论警醒世人，包括掌权者。

我说时评是“21 世纪的新乐府”，第二层意思是，强调我们所处的时代已非皇权专制社会，已不是家天下。“21 世纪的”这个定语表明，我们以建立公民社会为己任，可以明明白白地向世人宣告，我们依照宪法，享有言论自由，享有参与国家与社会事务管理的民主权利，不容非法剥夺。白居易的“新乐府”是以臣属进谏的立场写作的，“总而言之，为君、为臣、为民、为物、为事而作，不为文而作也”(白居易《新乐府序》)。今天我们进行的是“公民写作”。关于“公民写作”，我曾写道：

> 自我定位为“公民”，清醒地意识到自己是作为共和国的一个公民在写作，就必须有自觉的权利意识、平等意识和社会责任感。……“我手写我心”，是“我”的权利和义务。
>
> 我不比谁高尚，没有布道者的道德优越感，并不想居高临下地教诲任何人；也不比谁高明，既不想做“王者师”，也不想当启蒙塾师。我只是一个公民，是我所是，非我所非。
>
> 我不比谁卑贱，一不稀罕待诏金马门“代圣上立言”的恩宠，二不想要“文死谏”留名青史的虚荣，更不是出入庙堂供主子解闷的优伶或奉旨骂人的家奴阉宦。我只是一个现代社会的公民，思我所见，言我所想。
>
> 我不是当权派，也不是反对派，没有“彼可取而代之”的志趣，不愿跟着别人的指挥棒做“合唱”队员，也不想存心搅局与谁过不去。我只是一个公民，自认为依法享有个人权利的自由人，眼里容不得沙子，心里憋不住疑问……

这种公民观念是今之时评作者与1200年前的“新乐府”作者白居易的本质区别。

二、时评的功能

统而言之，时评都是表达观点的。粗略地划分，有两大部类。一是思辨性的言论，二是以利益诉求为主旨的言论。虽然二者并非界限分明，思辨性的言论往往会隐含着利益诉求，利益诉求言论必得讲出一番关于“必要性”的道理来，但各自的侧重点是可以感知的。

首先要为利益性诉求的时评辩护。一则因为有些学者书生气十足，过于强调时评的思维创新，而忽视了当下中国的现实。中国时下最需要的不是国际领先的思想观念，而是社会公义、公平、公正。“沉默的大多数”缺少表达其利益诉求的渠道和方式。别说罢工、罢市、游行、示威这种群体性的激烈的“身体语言”表达机会少，就是“上访”这类较为温和的表达，也被围追堵截。所涉之事，往往是非分明，或有法律依据，或有国务院文件，哪里有多少道理需要辩论呢？我们的时评作者怎能嫌谈论这样的事太俗太浅因其无思维创新价值而袖手旁观？李昌平的《我向总理说实话》，不过是为农民利益说几句实话而已。可是，中国当下最需要的就是这种大实话。

其次，目前的中国社会分化已十分明显，不同的社会阶层、利益集团业已形成。不少知识精英特别是媒体头目已公然发表宣言，说他们就是为“高端”、“强势”、“主流”人群服务的；“高管”、“高层”、“高峰”、“峰会”之类词语已成为当今最流行的自炫或谀人之词。在这样的社会条件下，不认同政治、经济与知识精英结盟而垄断社会资源与话语权的时评作者，为了维护社会生态的平衡，就必然会选择自己的立场，自觉以平民的视角看问题，为弱势群体主持公道。2003年将以网络评论的成长而载入史册，它们为孙志刚、孙大午以及成都小女孩李思怡等人的命运引起社会舆论的关注发挥了重大作用，推动了中国的制度变革与民主化进程。在自由、民主、人权、平等、博爱等普适性价值观引进中国之后，当下更需要的是，让每个公民有权表达自己的合法利益诉求。时评作者理应在这方面做大众利益的代言人。

回过头来谈思辨性的言论。这种时评可细分为三种：一是思维创新性的，是“学院派”的新闻理论人士最欣赏并着力提倡的。这样的“时评”当然好。爱德蒙·柏克无疑是个思想家，但他的十多卷文字，除早年的两篇外，讨论的都是当时的具体问题、具体事件。英国政治家、文人莫雷勋爵在他的《埃德蒙·柏克》一书中说：“在柏克所有的文字中，最让我们叹为观止的，莫过于《论课税于美洲》、《论与美洲的和解》和《致布里斯托长官书》。研究公共问题的人，不论是为求知识，还是为长才干，将它们奉作我们文献中的（或任何一国的文献中的）宝典去读，是毫不为过的……作者对问题的处理中，仍有我们今天要学的每一样东西：对纷繁的细节的简化和有力的把握，以人类经验的大原则，去洞明世理，对正义、自由这两个伟大的政治之目标，心中有强烈的感受，对权宜之举的解释有大家的气度，胸襟开阔，以及道德感、远见和高贵的脾性。”（参见爱德蒙·柏克著《美洲三书》的译者引言与后记，缪哲译，商务印书馆 2003 年 3 月版）这样“为时而著”的文章，以单篇看，不成理论体系，关涉之事时过境迁就显得鸡零狗碎，但是，其中蕴含着全新的思维方式和思想观点，在当时有开创性，其基本原则经历史检验，证明可以传之久远，垂诸后世。这种上乘之作，应该是时评作者的追求目标。

然而，如前所述，中国作为“后发”国家，更多地是要借鉴发达国家的经验，包括社会管理与制度建设方面的经验。中国最需要的是常识，关于自由、人权、民主、宪政、法治等方面的社会常识。法国大革命时期潘恩作《常识》时，自由、平等、人权等思想观念，并不真的是常识，而是他认为应然的“常识”。如今，他所宣传的那些“常识”，在世界范围内真的已成了“常识”、共识；但在中国，只是部分地成了“常识”，中国传统的专制文化根深蒂固，“极左”影响反反复复，要想民主、宪政、自由、人权等观念成为举国公认的“常识”，还须假以时日，以滴水穿石之工夫，清除历史的积淀。这便是第二种思辨性言论：观念普及性的时评。时评作者应是公共知识分子与大众之间的桥梁，将先进的文化观念持续不断地浸润到全社会，以提高全民族的素质。虽然当下中国更多的是利益之争，许多人对道理其实很明白，只是不肯放弃既得利益，利令智昏，但是我们的时评诉诸的对象是社会大众（这也是与白居易之类诉诸君王的旧文人的根本差异），日积月累，全社会的公民意识、宪政意识增强了，就有了推动社会前进的合力。因此，我们决不能轻视“一事一议”的观念普及性时评，鄙视其粗浅，要看到其以实带虚、潜移默化的教化功能。一篇好的时评就是一个好的“判例”或“教案”。让人相信谎言需要重复，让人相信真理其实也需要重复。心理学上不是有“记忆曲线”之说吗？——这种说法不是自以为是的“启蒙”观吗？这不是知识分子居高临下的启蒙观，而是人的本性的表露：总想按自己的价值观建设世界。

第三种思辨性的评论，是分析性的时评，是专家学者根据他们的基本理论与资讯积累，对国内外大事、大势，迅速地即时地进行研判，发表自己的看法。这种时评最需“正心诚意”，最忌意识形态化，若“为政治服务”信口雌黄，误导大众，必祸国殃民贻笑天下。对此本文不想多议。

三、时评的写作

清人章学诚《文史通义》云：“文成法立，未尝有定格也。”有“定格”的是诗之律绝，是词曲之限牌调者，是八股文，是等因奉此的公文。时评，作为公民社会践行言论自由的载体，本身应当是自由活泼、无拘无束的。言之有物、言之成理是它的“底线”即基本要求，见解独特，振聋发聩、启人心智是它的追求。

时评既是思想观点的产品，那么这种属性就决定了它必定“以器识为先”。所谓的“器识”，“器”即器宇、胸襟、视野，“识”即见识、学识、胆识。时评作者必须“养其器识”，使自己具有现代公民意识（公民权利意识、公民责任感，与臣民、顺民、暴民以及孤陋寡闻的“小国寡民”意识相对），具有独立的人格、宽广的视野，而且秉持公道，具有良知和正义感，不为权势和金钱所收买，不逢场作戏说昧心话。

每个具有现代民主意识的时评作者，都必须真诚地以平等的眼光看待芸芸众生，不要自以为高明和高贵，更要与那种试图“改造人性”、重铸“新人”的狂妄念头划清界限（它是搞祸国殃民的强制“乌托邦”实验的思想根源），要以经济学家的眼光相信普通人的常识理性。相信每个正常人都会维护自己的利益并使之最大化，这才可以实行市场经济与一人一票的民主选举制。事实上，半文盲农村干部杨伟名、大学生王申酉以及率先实行“包产到户”的凤阳县小岗村农民，他们的“思想解放”早在十一届三中全会之前，比许多理论家更有政治远见。但是，时至今日，如果不满足于自说自话地在 BBS 上发言，要写出有一定影响力、别具慧眼的时评，作者的素养与学养就得比众人强，尽管不是时时事事都强。

我曾以《体验·知识·悟性·良知》为题，谈过杂文作者的素养，这四者同样适用于时评作者。虽然四者不可判然划分，而是互相关联，但可以分别言说，互文见义。为文者的良知是第一位的，所谓“修辞立其诚”，否则，有心谋利、无意求真，“巧言令色鲜矣仁”。人的“悟性”也很重要。人类社会的文明史才几千年，科学一日千里地发展，人性则变化不大，贪欲、色欲、权欲这些动物性会永远存在于人类。所以，对社会关系、对人生的感悟与知识积累的多少并无必然的联系。老子、孔子没有多少书可读，禅宗六祖慧能和尚更是一个文盲，但他们洞明世事与人性的智慧光照千秋。从这个意义上说，我们不能忽略了对日常生活的观察与思考，以提高悟性。但是，现代社会又是一个高度分工的专业化很强的社会，不要说航天、克隆等技术需要高深的专业知识，就是经济、法律等社会科学领域也要有足够的专业知识储备，才能为社会把脉，切中肯綮地发言。在知识与悟性之外，生活体验也很重要。有些学富五车的留洋博士为何成了“新左派”，黄仁宇论中国历史为何有些观点很可笑，因为他们离开了中国这个具体环境，缺少生命体验，差之毫厘，谬以千里。

总之，时评既然是观点产品，那么所表达的义理能否站住脚最为重要。而形诸笔墨的义理取决于作者胸中的器识，这个道理应当是不言自明的。

关于写作的技巧，包括结构手法、语言修辞，等等，各人秉赋不同，各逞其能，本无定式，无需多说。有争议的是，时评是否需要贯注以情感。

我是相信情感因素的。文要直指人心、打动人心，必须有情，情理交融。梁启超的时评为什么能打动人？人皆有七情（喜、怒、哀、惧、爱、恶、欲），精神上相通，他对中国现实的深切忧惧与对变法图存的热切期盼，便能打动每个尚有感觉的中国人的心。

我相信白居易的话：为文根于情感，语言是苗叶，声律是花朵，所表达出来的义理是奉献给读者的果实。不能设想一个人无动无衷却能调动他的全部才华，写出有情有理的好文章。当下许多时评文章之所以没有感染力，首先就因为它们是跟风赶潮的“时文”，或装腔作势，或拾人余唾为稻粱谋而已。

时评作者要倡导理性，这个话本身并不错。但保持理性，并不排斥感情贯注，只是要牢记表达时要遵守基本规则，不要陷入污辱人格与谩骂恐吓的下流；只是要有自知之明，不以真理化身自居，要有宽容乃至必要的妥协精神。总之要有公民社会的民主与平等意识。理性是用以节制而不是遏制情感的，为人为文都是如此。

试想，前面提到李昌平为农民讲话，网民为孙志刚、李思怡讲话，没有情感贯注能行吗？冷血的人就不会写时评，至少不会为弱势群体代言写时评，而宁肯将他们的写作才能“理性”地为大富大贵者锦上添花去。

愤世与媚俗

——今天的言论需要怎样的文风

我曾经写过两篇关于文风的文章。一篇是2003年冬天发表的《“建设性”是嘛玩艺儿》，另一篇是2006年春夏之交发表的《慎言“网络暴民”》。两篇文章有一个共同的宗旨，就是维护“言论自由”这一受宪法保障的基本人权，让人们在自由表达的环境中自我教育、自我净化从而文明成长。

我的这个心愿不会改变，而是与日俱增地更强烈。但是，这并不意味着我们可以忽视当下言论界存在的问题。正视与反思是改进与成长的前提。

一

“愤世嫉俗”从心理卫生角度讲，是一种不利于人们健康长寿的负面情绪。但“怒”既是人不可豳免的七情六欲之一，适当地宣泄使之不得郁积成疾又是可取的。

今日中国的愤世者形形色色。粗略分析一下，大致有四种情形——我不愿说四种人，因为人很复杂，有些情形是兼而有之的。

一是发自内心的忿忿不平。这种情感可能出于单纯的良知和正义感，也可能出于（不）公平感。当下中国令人愤怒的事太多了。

比如2006年（第35期《瞭望新闻周刊》刊载记者专稿说，2006年公车采购量创历史新高，将达700亿元，比“八五”期间五年总和720亿元略少，全年公车消费将达3000亿元！又如建行发言人就建行要大幅加薪一事对新华社记者说："目前，商业银行的工资收入确实高于社会平均水平，但是……实际享受的社会保障服务明显低于公务员水平。"（北京 2006 年 9 月 4 日电）还有地方的司法部门要出台新政策为受贿官员减轻处罚找依据。

这样的事知道得越多,越容易产生"洪洞县（衙）里无好人"的感觉。于是，在无可奈何的情绪支配下骂官咒官就成了"时尚"。这也是很多政治笑话型的短信段子之所以流行的原因。

忿忿不平对于言论作者来说，最可怕的是人格分裂。因为人总是不甘心吃亏的。不公平感使我们明知不对有时也会去做，比如借用一下当官亲友的公车，在升学求职等关键时刻找有权势的亲友开开后门。我有时也自问，自己写文章义正词严，但现实生活中真的那么正直吗？最后，只好自我解嘲：我要是生活在德国那种只认规矩的国家就好了，大家照章办事该怎么着就怎么着多好，既不失尊严又不担心吃亏——在这种情形下的愤世讽时不是矫情，但言行不一，别有一种"媚俗"之嫌。

二是移情发泄。这一点在虚拟的网络社会，在为数众多的网络"愤青"中表现最明显。他们在现实生活中备受屈辱和挫折，深感无奈和无力，真身也没有多少话事权和话语权，于是将愤懑转移到反美仇日的"爱国主义"叫嚷中，转移到对"第三者"铜须或"流氓外教"等人的道德讨伐中，从中得到一点参与感和可怜的心理平衡。这样没头没脑还带几分假道学的起哄者，其从众心理和媚俗心态几乎成了一种本能反应。对此，已有一些分析文章，兹不赘言。

三是表演。最典型的当然是作廉政秀的大贪官。台上慷慨激昂痛斥腐败，台下卖官鬻爵大收红包回扣。刚落马的湖南省郴州市委书记李大伦就是一个"作（秀大）家"。

四是投机。对现实持严格的批判立场，本是知识分子的天命和天职。不论社会如何进步，它与人类的理想状态总是有相当大的距离，何况中国尚处于"转型期"，还远未实现现代化，更需要有人拿着理想的标尺来度量现实、批判现实，从而推动人们变革现实；另外，知识分子以精英自居，每有改造社会"舍我其谁"的自负,要他安于现状、甘当被动的看客也难,因此说三道四指点江山"挥斥方遒"几乎是本能；最重要的是，权力需要监督，有人不眨眼地盯着"找茬"，权力就会如履薄冰，不敢乱用和滥用。——这些观点差不多已经形成社会共识；社会批评特别是对权力监督的正当性，理论上舆论上在中国社会已然得到承认。

再加上公众对腐败“现象”的愤慨，激烈地抨击现实在民间会得到敢讲真话的喝彩。

而且，不可否认，这些年来，中国取消了“反革命罪”和“政治犯”的罪名，日常交谈中已不存在“反党反社会主义反对伟大领袖”的“恶攻罪”，在单纯的言论领域杀头坐牢的风险可以说已经消失；在境外发表激烈抨击当局言论的人，只要不涉及实质性重大事务或国家机密，一般也是进出自由。

这样就出现了政治投机的可能。

中国古代有“邀誉卖直”、‘讪君卖直”等对言官诛心的贬辞，但“直”而可“卖”也表明，士林确有不同于庙堂的评价标准存在。如今“卖直”者，看准了行情，一反常态，装得比谁都激进，皆因假扮“民主斗士”，不仅可以在民间得到喝彩，而且还可以在境外名利双收。

我说这样的话是要承担道义风险的，但是我不怕。我崇敬那些敢做敢当、舍身求法、为民请命的志士，虽不能至，心向往之；我敬重那些脚踏实地、埋头苦干的真人，不论其身在“体制外”还是“体制内”；我看不起那些装腔作势、沽名钓誉的人精，厌恶那些“唯我独革”，专打横炮、搅浑水，意欲通过踩损别人来掩饰和抬高自己的混混。我并不标榜“独立”，但是我所是、非我所非，谁的势力我也不想借重。

以上说了这么多，似有违我的初衷。我的初衷是，评论时事、搞学术批评都不必追究批评对象的动机，应该就事论事，“摆事实、讲道理”，只关注例证是否真实，逻辑是否严谨；社会的进步靠的是合力，靠的是持有不同利益诉求的人互相博弈，不管出于何种动机，能推动中国的变革与进步就好。因此，我对愤世嫉俗者作以上分析乃不得已，不针对具体的人和事，可以揭示某种类似于社会学和心理学意义上的真相，以期人们不为过甚其辞的表演所迷惑，不为其“巧言令色鲜矣仁”的文风所感染、所裹挟、所同化，不要毒化了我们的言论氛围，成事不足败事有余。

二

我们应当提倡什么样的文风呢？（注意，我用的是“提倡”一词，有人要坚持他们的那种文风，只要不违法不侵权那是他们的权利。）

也许《书经》上的下述要求仍可以作为我们今天立言兴教的文风追求：

“直而温，宽而栗，刚而无虐，简而无傲。”

这段话出自《书经》的《虞书》部分的《舜典》，是舜帝登基后对大臣的训辞。帝对夔说：我任命你掌管音乐，教育我和卿大夫们的嫡长子，要通过音乐教化使他们养成如此如此的品格和气质。

舜帝讲的教化之具虽然是音乐，但目的是立人，其教育目的是有普遍意义的。因此，也可以移之于我们的“立言”（者）。所谓“文如其人”，就是讲二者在气质上相通（存心作伪者另当别论）。

依朱熹的弟子蔡沈（音沉，自号九峰先生）注解，“栗，庄敬也”；“无字，与毋同”。各句的重音、重点在“而”字的前一个词直、宽、刚、简，即基本的态度应该是：正直、率直、耿直，宽厚、宽容、宽宏，刚正不阿、刚强不屈、刚肠嫉恶，简明扼要、简捷明快、简单果决。

但是，善恶并非截然分明，性格有正反两面，“凡人直者必不足于温”，“宽者必不足于栗”，“刚者必至于虐”，“简者必至于傲”。平心而论，就是这么回事。比如，果决之简明难免涉嫌武断、自负和傲慢。

因此，为了补弊救偏，我们要注意以温济直，“有理不在声高”；以栗济宽，外圆而内方，不失诸油滑；不要让刚正走向酷虐的极端，动辄喊打喊杀；不要让简捷明快变成妄自尊大，以一句顶别人一万句的真理专卖店主口吻讲话虽然时越千载，《书经》上的这十四个字仍然如北斗七星一样光华灿烂，可以作我们今天发言者的座右铭。

三

所谓“媚俗”即“无实事求是之心，有哗众取宠之意”，并不是什么新鲜现象。而今的“媚俗”者往往扮演批判者（愤世嫉俗或民主斗士），这就使我们在谈论此话题时绕不开如何对待“鲁迅风”。

从前，这不是一个可以讨论的问题，如今我们需要、也大体可以重新认识鲁迅了。据《文汇报》载，鲁迅之子周海婴不久前在上海书展上有一个题为《谁是鲁迅》的演讲。他说：“在20世纪的相当一段时间里，鲁迅被严重地‘革命化’和‘意识形态化’了，以至于完全掩盖了历史中真实的鲁迅形象。”

鲁迅并不总是愤怒的。他有一篇论《恨恨而死》的文章，就是专门给不平者吹“热风”的。他说：“中国现在的人心中，不平和愤恨的分子太多了。不平还是改造的引线，但必须先改造了自己，再改造社会，改造世界；万不可单是不平。至于愤恨，却几乎全无用处。愤恨只是恨恨而死的根苗，古人有过许多，我们不要蹈他们的覆辙。我们更不要借了‘天下无公理，无人道’这些话，遮盖自暴自弃的行为，自称‘恨人’，一副恨恨而死的脸孔，其实并不恨恨而死。”他的这番话虽然是80年前说的，却像是对当下的我们发出的忠告。

鲁迅“横眉冷对千夫指”，也曾以战士自命，但他在致左联负责人周扬的信中告诫说“辱骂和恐吓决不是战斗”：“中国历来的文坛上，常见的是诬陷，造谣，恐吓，辱骂，翻一翻大部的历史，就往往可以遇见这样的文章，直到现在，还在应用，而且更加厉害。但我想，这一份遗产，还是都让给叭儿狗文艺家去承受罢，我们的作者倘不竭力地抛弃了它，是会和他们成为‘一丘之貉’的。”他的这些话，对于网上跟帖动辄破口大骂的作者，对于那些以反专制自雄却不脱“文革”思维和文风的人，是颇有针对性的。鲁迅不是神，也有凡人的弱点，他并不讳言自己的“鬼气”（某些时候思想感情的阴郁绝望）。撇开中国历史是一部吃人史、中国的书不要读之类明显表示愤激、带有夸张强调的修辞色彩、自有一种“深刻的片面”的话语不说，鲁迅性格本身确有多疑、尖刻的一面。因此，在《关于杨君袭来事件的辩正》一文中，他反省“自己感到太易于猜疑，太易于愤怒”。鲁迅是真诚的。

然而，今天有些人存心贬损人时往往振振有词地引用鲁迅的语录：“我已经说过：我向来是不惮以最坏的恶意来推测中国人的。”其实，这是鲁迅在特定语境下表达悲愤的言辞。这句话两次出现在《纪念刘和珍君》一文中。第一次出现主要是抨击政府下令屠杀和平请愿学生的异常残暴；第二次出现后接着说“但这回却很有几点出于我的意外。一是当局者竟会这样地凶残，一是流言家竟至如此之下劣，一是中国的女性临难竟能如是之从容”。我们岂能认为鲁迅评人论事，都是怀着“最坏的恶意”在推测？岂能将恶意、刻毒视作常态、奉为正经？

当下，我们应当怎样来观人论世呢？

我想，大体可以分为两个领域来谈。对于公权力我们不妨保持充分的戒心，时刻警惕掌权者以权谋私使公权变质。这就是一种凡事质疑的心态（用毛泽东在“延安整风”那个时候的话来说，“共产党员对任何事情都要问一个为什么，都要经过自己头脑的周密思考，想一想它是否合乎实际、是否真有道理，绝对不应盲从、绝对不应提倡奴隶主义”），也是一种批判性思维的立场。这个时候可以适用“不惮以最坏的恶意来推测”、推敲、考量，以防被蒙骗上当吃亏。垮台的前政治局委员、北京市委书记陈希同也知道自我标榜，号召人们“攻吾之阙”呢。

但对于个人，对于私人领域的事，涉及个人隐私不谈，对私德（动机之类）的批评也应当心怀善意，不搞“有罪推定”，有一分证据说一分话，乃至“话到嘴边留半句，得饶人时且饶人”。不要“以苛为察，以刻为明”（东汉章帝语，即不以苛刻为明察）；最好是怀着“三人行，必有我师”的心态，择其善者从之，择其不善者改之。如果对个人也“不惮以最坏的恶意来推测”，那就难免堕入阶级斗争为纲的年代以发现敌人、制造敌人为己任的魔道。现在有的人话说得冠冕堂皇，他的对立面没有敌人只有“病人”，其实因为没有善意，还是在干着发现、制造“敌人”的勾当，只不过无权像沙皇或斯大林把他心中的“敌人”叫作“病人”给关进“第六病室”、“精神病院”罢了。

我们这个时代处于历史转型期，观点碰撞、思想纷争、利益博弈在所难免，更何况“文革”的专制思维和暴戾之风影响远未消除。愤世与媚俗纠缠不清的局面还会长期存在。对此，我们的网友和言论作者应该有清醒的认识，保持高度的自省。这些话也是写给我自己的。

网络舆论，解渴的马尿

2003年春天以来，网民个人意见的表达开始汇集成某种民意，日渐成为中国公民生活中的一股重要力量，参与中国朝野的政治互动，影响我们的社会进程。对此，我是喜忧参半。

毋庸讳言，传统媒体的新闻与舆论监督环境在不断恶化。不少地方官员以及与他们结成利益同盟的企业主，不仅敢于动用权力牢牢钳制所辖地盘上的传媒，残酷打击胆敢揭丑的子民，而且已经敢于“抗上”，动用警力或打手，狙击中央媒体的采访人员。中央媒体的记者遭驱逐和殴打，中央的报纸在被批评的县市遭封杀，已不是一起两起。《新闻法》则千呼万唤不出来。同时，民意表达的另外一些渠道，游行示威、集会请愿等，更是禁忌重重，“门虽设而常关”。连“上访”都要受打压，遑论结社、游行示威！

然而，历史从来充满意料不到的变数，“天意从来高难问”，不论多么强悍的权势者和强势集团都不可能对一切指挥如意，心想事成。网络就是上苍赐给中国公民自我表达的亦虚亦实的平台，远比天安门广场宽阔，甚至比万里国境线更难把守。

科技的进步从来是推动历史前进的强大力量。举其要者，众所周知，正是印刷术印刷品的普及，带来了欧洲的《圣经》走向民间，推动了宗教革命，冲击了教廷的霸权。正是电视机在中国农村的普及，使九亿贫穷的农民得以窥见“外面的世界真精彩”，产生了强烈的变革现状的欲望。中国要对外开放，融入世界文明，离不开网络。而有了网络，人们就增多了一个自我表达的手段，乃至互相呼应将个人意见的涓涓细流汇积成滔滔公众舆论（民意）的可能。

正是有了网络，在《南方都市报》侥幸地披露了孙志刚案，接到严命只准刊载宣传部门报道此案进展的通稿，孙案眼看就要像此前一些传媒的类似报道不了了之之时，是网民们的齐声呐喊引起了有关方面的关注，使此案有了一个较为圆满的结局。

又是因为网民们的“接应”，披露成都李思怡惨案的媒体才未被淹没在各地每日海量的信息中。试想若无网络，一家区域性小报的新闻有多少人能知晓，更谈不上形成举国关注的热点。

也是因为有了网络，孙大午案才“走出”河北，成为海内外关注的新闻事件，反过来对河北的主政者构成压力，使他们从“投资环境”着想，终于将孙大午放出来。而且，改变了并非孙某人一家的命运，而是连类所及，民营企业家的处境、农村金融的现状乃至直道行事者的命运，都借此形成了公共话题，有助于推进中国的金融体制等方面的改革。

以上说的是单纯的“喜”——某种欣慰。

所忧何来？

我不信奉民粹主义。我认为中国也从来没有俄国贵族们曾经真正奉行的民粹主义，中国现当代史上所有的只是假民粹主义，打着抬举工农的旗号压制知识分子，“运动”群众为之火中取栗。“民意”这个东西有时很靠不住。比如，网上的反美反日的“民族主义”和“ＸＸ热”，我就觉得十分虚假，是伪民意。又如，记者陈杰人，因为一篇报道不够严谨，被武汉一些大学生网民群起而攻之，被迫去职，那些大学生的所作所为正是当地教育官员所期待的，他们做了人家借以向曝光媒体施压的工具而不自知。尤为可耻的，该地区某大学一位教师在回乡奔丧时身故于公安机关，却不见他们在网上群起而追问真相，致使此事没个明确说法不了了之，枉费了张思之律师要代鸣不平的一番苦心。

说到刘涌案的两次改判引发的网络舆论，以及这次苏秀文“宝马”车撞人案的网上传言，恰恰可以用来表征我的“喜忧参半”说。按照“常理”，在一个法治国家，我们应当尊重司法机关的判决，对执法机关及人员保持基本的信任和相当的尊敬。法官判案只能“以（法律意义上的）事实为依据，以法律为准绳”，而不能受民意左右。在张金柱案件中，我曾撰写过一篇论“民愤”的文章，对所谓“不杀不足以平民愤”的老调子进行了批判，提醒国人警惕这种非理性非法治的思维方式。今天，我仍然愿意坚持这个观点。然而，孟德斯鸠在《论法的精神》一文中说“人民必须服从法官”，它的前半句是“法官必须服从法律”。人们在刘涌案、苏秀文案中所表达的对司法者的强烈不信任，并非杯弓蛇影。它是“吏治腐败”与“司法腐败”的严酷现实对人们投下的心理阴影。人们总怀疑有一只看不见的手在操纵判案，先入为主地更相信官官相护、权钱交易之类的“背景”在发生作用。这是我们的司法不独立、不公开必然产生的社会变态反应。尽管有网络舆论的强大压力，孙志刚案的终审、刘涌案最高院的提审，不是仍然隔着一层厚重的帷幕吗？获准旁听和采访的媒体都是官方严格控制的，人们有疑惑的问题不许追问无从追问，公众的知情权根本没有得到满足。在这样的情境中，你不信任我，凭什么要我信任你？猜测之辞乃至流言蜚语满天飞，不是很正常的吗？不公开与猜疑是一对孪生姐妹，冤冤相报永无了日。

所以，在我看来，网络舆论是一桶解渴的马尿。企图借助民意来实现司法公正和社会公正，不好说是饮鸩止渴，也不好说是饮死海里的咸水止渴；对于焦渴于政治透明、司法公正而难得的人们，姑且饮下这桶马尿，虽有一股令人不爽的骚味，毕竟聊胜于无，可以苟延生命。这也是不得已退而求其次吧。

我相信，政务公开、司法独立、新闻自由的甘霖一旦普降神州大地，网络“民意”一枝独秀的势头必将衰落下去。我盼望着这一天早日到来！

网络世界岂容鬼蜮伎俩

国务院新闻办、工信部等七部委正联手在全国整治互联网的“低俗”之风。从现在公布的结果来看，主要是查处一些网站的色情图片和信息。虽然具体到某个内容，其中可能会有某些争议，但总的来说，广大家长和网友是支持查处的。

互联网蓬勃发展，这是时代的进步。信息传播的技术进步极大地改变了我们的社会生活方式，互联网的“革命性”影响之大，可能将远远超出我们的想象。但世界上的事情总是利弊相生的。正如互联网是新邮局，同时也有垃圾邮件来烦人；互联网是免费图书馆，也免不了有劣质电子读物泥沙俱下；互联网是廉价的娱乐工具，也使一些缺乏自制力的青少年沉溺网游损害了身心健康……总之，互联网虽然从技术形态上是虚拟世界，其内容的真实性却是现实社会的反映。现实生活中有的“黄、赌、毒”之类问题，互联网世界一样也不会少，不过变了花样而已。

互联网对于舆论监督和官民互动的积极作用是有共识的；互联网上粗鲁的宣泄，利弊互见；“道德民兵”的“以理杀人”闹到网下，成了私设公堂，侵犯公民的自由和权利，也广泛受到批评和抵制。本文想提醒大家，特别要谴责和防范两种鬼蜮伎俩。

一是造谣诽谤，毁人清白，乃至暗箭伤人。例如，2008 年 6 月 9 日，一个穿着“保护我”马甲的人，在中华网的论坛《国际观察》发表了一篇题为《网络阴谋（低调发表）》的文章，揭发凯迪网络公司是日美的特务组织，总经理纠集了一批“网特”攻击某些发言者，诋毁中国文化，歪曲丑化中国政府和中国人的形象，是有组织、有纲领、有分工的行动，故事编得有鼻子有眼。此帖被置顶，被广为传播，给凯迪网造成很大的压力。凯迪网起诉中华网，对于发布这样的信息没有履行审查的责任；现在已经法院一审判决，由中华网向凯迪网公开发表声明赔礼道歉，并象征性赔偿名誉损失 1 元。遗憾的是，凯迪网没有起诉这个对他人进行政治陷害的“保护我”。可能是怕麻烦，或不想把事情搞大吧。其实，“保护我”这样的“网民”不止一个。我所在的媒体就曾被某个痛恨它的人，说成是拿了外国人的钱替外国人讲话。这样的“网友”一点也不友好，应该见一个就用法律“灭”他一个。

二是利用网络的匿名性和高效低成本的复制性“（制）造舆论”，进行商业性欺诈。公家雇的“五毛党”是否存在且不论（有些地方政府和单位害怕舆论监督，真有可能雇用了一些人在网上发帖，做“占领 XX”之类掩耳盗铃的事），商业上的“五毛党”的确是存在的。《凤凰周刊》2009 年第一期发表了一篇专文，披露了“商业五毛党”网络成潮的现状。据称，在搜索引擎中键入“发帖员 + 招聘”，可以得到 284 万多条结果。记者采访著名的“网络推手”陈墨、“立二拆四”（简称“立二”），他们并不讳言他们雇用“（灌）水军”操纵舆论的赫赫“战果”。这种发帖员是有计价工资标准的，专职的月入可达 3000 元左右，比在流水线上当工人强多了！限于篇幅，这里不能摘抄太多内容。总之，这个商业欺诈新品种渐成气候，已到了必须采取措施整治的时候。门户网站和搜索引擎网站要切断他们的财源（合作者则应追究），广大网民也要抵制这种新“李鬼”。希望政府部门也不要放过这些败坏社会诚信环境的作伪者。

新闻开放与社会扁平化

《纽约时报》专栏作家托马斯·弗里德曼的著作《世界是平的》，正在中国畅销。所谓“世界是平的”是说，始于1492年哥伦布发现“新大陆”的全球化进程，从表明地球是圆的，持续进行到今天，由国家、公司到个人成为世界经济发展的主角，不同种族、不同文化背景的人们，通过因特网轻松实现了自己的社会分工，正在抹平一切疆界，世界变平了，人们之间的距离日益微不足道。他描述的是“同一个世界”的发展大趋势。

那么，什么是社会的扁平化呢？人类社会的扁平化，就是实现人类大同，这是人类社会的“同一个梦想”,亦即“人类共同追求的价值”或叫“普世价值”。人与人之间（更不论国与国之间）没有压迫，没有剥削，人人都是自由人，都有追求幸福的权利，所谓“共产主义理想”、“英特纳雄耐尔一定要实现”，激励人们奋斗的无非就是这个价值目标。

但是，民族、国家在可以预见的时段还不会消亡，我们可以首先追求国内社会的扁平化，即以公民权利平等、发展机会均等、共享社会发展的成果，用学界的话来说，就是以普遍自由和普遍幸福为社会发展目标。这个目标是社会管理目标和社会进步目标的统一（社会和谐）；“每个人的自由发展”是达成这个目标的前提，也是归宿。

实现社会的扁平化，从纵向的时间的维度来看，是要改变中国传统社会的金字塔结构，由少数人统治多数人，变为主权在民的宪政社会和法治国家，使全体公民享有民主选举、民主决策、民主管理和民主监督的权利；从横向的空间的维度来看，就是要缩小不同地区、不同民族和不同群体之间的经济文化发展差距，最终实现均衡乃至大体均等的发展水平。而实现社会的扁平化，作为一个社会发展目标，当然要有步骤地进行，欲速则不达。简言之，当务之争不是揠苗助长的结果扁平化，而是每个公民、不同阶层和群体的权利平等（不排斥在抑制官员和官商行政特权的同时，在一定时期对弱势群体给予特殊优待的社会政策）。

实现社会的扁平化，需要诸多手段和条件。比如，推进村民自治、居民自治、行业自治，发展非营利性的公益组织，促进公民社会的成长，放手让公民实行自我教育、自我管理、自我服务，无疑有助于改变行政包揽一切的权力金字塔结构。不论是这次汶川大地震的救助，还是北京奥运会的成功举办，志愿者的参与都生动地表明，中国民间蕴藏着一股巨大的能量，可以有效地参与中国社会的治理。又如,进一步做好教育投入的均衡工作,缩小同龄儿童的“数字化（教育）鸿沟”，不让贫困地区和家庭的孩子输在起跑线上，等等。

而新闻的开放无疑是实现社会扁平化的重要途径和条件之一。

新闻开放包括两个方面，一个是对外开放，一个是对内开放，合起来就是一个不分内外的全面开放。不论对外对内，新闻开放其实是中国社会发展不可逆转的大趋势。从“大历史”的角度讲，世界潮流不可抗拒，顺昌逆亡，与其被动卷入不如做弄潮儿。自三十年来的国史观之，“改革开放”伊始就两位一体不可分；当年中国选择加入 WTO 也有以开放“倒逼”（促进）改革的意思；在“中国制造”满世界的今天，更是“开弓没有回头箭”。参与全球化的经济分工，不可能只让商品流通，而不让信息流通，或者只让某些自己认为“正面”的信息流通——天下没有这样一厢情愿的好买卖，就像并没有什么男人国或女人国一样。

信息化时代已经来临，网络、手机等新媒体还在迅猛发展中，要想控制新闻信息的传播，成本会越来越高，最终会被证明根本不可能。除了全球化的经济和日新月异的信息技术，还有一点也同样重要，即：随着中国社会的发展，很多人有了国际视野，农民工见识也广了，很多人的文化程度得到提高，甚至在涉及征地、拆迁、讨薪等切身利益和人身安全范围里不分文化程度高低，公众的权利意识普遍高涨，人们的要求反特权反腐败、实现社会公正的诉求会日益强烈。这种内在动力，驱使人们想方设法利用一切可能的渠道和手段向国内外发布新闻,以期引起外界的关注。这就是我们的社会管理者今天必须面对的现实。

新闻开放对于普通民众，自然也有一个改变新闻观念的问题，比如传统的“家丑不可外扬”、批评就是抹黑、官员官府和国家不分，等等，但总的来说，他们是求之不得。对于公开政策法令，公开集体账本和官员财产呼声很高。农民也知道找媒体“上访”,重庆“最牛钉子户”甚至找外国媒体来采访,“制造舆论(压力)”。

然而，在当下中国，主动的新闻开放的程度，还取决于掌握公权的干部。妨碍新闻开放在官员中大致有这三种情形。

一种人是冥顽不化，死抱住“民可使由之，不可使知之”的专制主义皇权传统不放，他根本就反对平等、自由、民主、法治等社会扁平化的现代思维。但是这种过气人物是上不了台面的，与人民当家做主、追求社会公正等社会主义核心价值观相悖,也与中共中央关于实现“四大民主”、保障公民四权(知情权、参与权、表达权、监督权)的承诺性政策目标相反,所以师出无名,不可能得人心,有什么正大光明、立于不败的作为。

第二种人较多，主要是担心新闻开放会失控，影响社会稳定。新闻开放需要有个渐进的发展过程，但这种担心从根本上讲是过虑。要相信绝大多数群众是不愿中国乱的。今年的西藏事件、四川震灾和北京奥运，一再证明，中国民众是爱国的，对于诬蔑中国的不实报道他们会自发地抵制。对外的新闻开放有助于改变西方人对中国的成见和偏见(比如对西藏民主改革前的历史和发展现状的了解)；对内的新闻开放，比如瓮安事件的解决，是消除了不稳定因素而不是加剧了社会冲突。

还有一种人，阻挠新闻开放不是观念问题而是利益所系。他们似封建领主，一掌遮天，卖官鬻爵、贪污受贿刮地皮，哪管当地洪水滔天，或者为了出“政绩”升官，至少是逃避问责。总之为了维护他们的特殊利益，而倒行逆施，不择手段地封锁真相，打击一切妨害其安全的人。掩盖灾难和民变，迫害举报人致死，这样的“新闻”报道已有太多，而且还在继续发生(如 2008 年 8 月 28 日《瞭望东方周刊》的《娄烦：被拖延的真相》)。新闻开放正是这些“独立王国”和“土皇帝”的克星。

可以相信，不论新闻开放还是社会扁平化都是中国发展的不可阻挡的趋势。

附记

以这篇发表在国家新闻出版总署机关报上的表达期待的文章，做本文集的结语，应该是很合适的。该报一位编辑向我约稿，我就给了他，居然就发表出来了，虽然我明白说得好与做得到之间有很大的差距。

后 记

《南方周末》25周年纪念丛书编委会告知我编一本自己的时评选集，我很高兴。这种纪念性的东西正好可以回顾我20多年的时评写作，检点一下自己的思维足迹，总结写作的成败得失。不过，入选的还是以本世纪的作品为主，上世纪的主要选我在《南方周末》发表的作品，其中有加盟《南方周末》前的四篇代表作。而本世纪之所以在外报发表的多于《南方周末》的，不是我不愿给《南方周末》写，也不是《南方周末》编辑不愿给我发，个中缘由不足为外人道也。

本书中最早的一篇《孩子，你怎么会这样想》，始发于1993年8月，迄今整整16年。可以打两场抗战的两个八年，本人所批评的时弊并没有与时俱衰，崇拜反美"英雄"萨达姆的"孩子"并没有减少，"权力资本"、"市长经济"、"红与黑（合流）"、"职业杀手"、"性交易"之类我上世纪在时评中讨论的事件有增无减；但是，仍然可以说中国社会取得了巨大的历史进步，这里面公民权利意识的觉醒与时评繁兴有互为因果的联系。书中时评谈论的话题立此存照的历史纪录价值是勿庸置疑的。在当下，则更多地是文本价值：我们应该怎么看待这些社会问题，作者的一家之言是否有几分道理？作者用什么样的表达技巧适度妥协来实践"表达权"，言人所未能言的？

关于写作理念，这本集子中已收了多篇文章；写作的心路历程，则已在我出版和主编的二十多种著作写的前言后记中说过不少。翻检旧著，且抄数则在这里，也符合选本的体例。

一、《追问的权利》答编者问

问：请用一句话解释本书传递的主要信息。

答：自由、民主、法治是人类共有的追求，中国人也不例外。

问：与同类书相比有什么不同点？

答：往往见人所未见，文风也较明快。

问：你期望读者从本书中得到什么好处？

答：对我们习焉不察的观念重新审视，有一种发现的快乐。

问：你期待读者有什么反应？

答："就是这样"，"原来如此"。

二、《鄢烈山时事评论》自序

关于杂文和时评，香港作家董桥有一貌似幽默实则刻薄的评说。他说：对于男人来讲，政治评论、时事杂文等集子，都是现买现卖，不外是青楼上的姑娘，亲热一下也就完了，明天再看就不是那么回事了；对于女人来讲，政治评论、时事杂文正是外国酒店房里的一场春梦，旅行完了也就完了。(《藏书家的心事》)他的话是实话，但是，在这个"不在乎天长地久，只在乎曾经拥有"成为时髦的时代，"春梦"也许是人们回味最多的呢！报刊短章（时评、杂文、随笔等）应快餐文化流行应运而生，是我们所处的这个时代的必然，连董桥先生这样的大学者也在为报刊写短小的随笔，而不去写小说、诗歌、剧本就是明证。其实，诗词、小说、戏曲这些今日被视之为文坛正宗的东西，当初也是不登大雅之堂的"野花"，跟青楼姑娘一样卑贱。借用体坛一句套话，叫"重在参与"。今天，还有什么文体比时评、杂文的参与性更强呢？至于什么"文章者经国之大业，不朽之盛事"，如果是就个人功名来讲，在电子传媒时代的人看来，完全是梦呓，是做春梦时流出的涎水。

宋人黄庭坚有一首感慨王安石遭际的诗，道是：

"风急啼乌未了，雨来战蚁方酣。真是真非安在？人间北看成南！"(《次韵王荆公题西太一宫壁》)

在我们所处的这个急剧变革的时代——乐观的人们通常称之为"社会转型期"，各种思潮风起云涌，不同声音相激相荡，固然不需要真命天子出世来一统天下，但人间总有一些基本的准则需要我们来申明来维护吧？总不能听任一些人颠倒是非、指鹿为马吧？宽容不应当成为同流合污或苟且偷安的藉口。

总有人夸奖我敢讲真话，我实在愧不敢当。我忘不了苏联诗人叶夫图申科写于1960年的《一个美国作家的独白》：

人们对我说：
“你是个勇敢的人”。
不对。
我从来就不是勇敢者。
我只不过认为卑躬屈膝
乃至同行的胆小，是不体面的事情。
我没去动摇过任何根基。
只是嘲笑过
虚假的、言过其实的东西。
只不过是写诗！
从未告密。
……
可人们坚持说
我勇敢
噢，我们的后代，
在消灭卑鄙行为的同时，
会怀着莫大的耻辱之感
去回忆这极为荒唐的时代，
当普通的正直
被人们称为勇敢。
(《叶夫图申科诗选》，王守仁译)

我也不过是较为正直，不想以文章捞取工薪和稿酬之外的什么好处罢了。如此而已。

三、《一个人的经典》后记

这本文集可算我努力做“人”的一种纪录。白居易在他的诗歌《禽虫十二章》之六中咏道：

“兽中刀枪多怒吼，鸟遭罗弋尽哀鸣；羔羊口在缘何事，喑死屠门无一声？”我们如果遇到不平、不幸而饮恨吞声，心有所感而口无一言，岂非禽兽不如枉称人，要为千年前的白居易所笑?

四、《两个世界的撞击》后记

最后，从苏东坡写给弟弟的诗《戏子由》摘抄四句来结束这篇后记:

“门前万事不挂眼，头虽长低气不屈。”

“文章小技安足程”，“付与时人分重轻”。

2009年8月28日于广州